主编◎乔继堂
编委◎鄢晓霞/李剑霞/李晓丽/崔人元

中华散文百家

上海图书馆馆藏经典阅读

中华散文百家

萧　红◎著
何璐璐◎选　编

萧红散文

上海科学技术文献出版社

出版说明

在中国文学史上，散文具有突出的地位，这恐怕是谁也不能否认的。在文体以有韵无韵区分的时代，散文与韵文相对，固然得占大半壁江山；即使是到了诗歌、散文、小说、戏剧四大文学体裁齐备的时代，散文亦是一方重镇。近世以来，其他文学样式尤其是小说等长足发展，但散文依然焕发着耀眼的光彩，不但有作家钟情此种文体，专事散文随笔的创作而卓成大家，即使以其他体裁创作为主的作家，也或多或少地从事过散文写作；而且由于散文体裁较为广泛的适用性，众多不以作家名世的人也留下了丰富的散文作品。这些散文作品不仅是我们的文学遗产，也是我们的思想文化遗产，其所蕴涵的滋育我们的营养真可谓“无穷无尽”。正是为了较为系统地整理这笔宝藏，挖掘其丰富营养，我们编辑出版了这套丛书。

这套丛书计划以二十世纪初为起点，以人为单位，从我国历代散文作家中选取名家精品，汇成丛集。入选作者除专门的散文家之外，自然也包括其他作家，甚至不以作家名世的作者；与此相应，不仅选取狭义的纯粹散文作品，也选取那些在历史上曾经影响甚巨但不那么纯粹的大散文作品，从而不仅体现散文的文学价值，更体现散文创作在思想文化方面的价值。也可以说，这是这套散文丛书最为突出的特色——不仅是文学的，更是思想文化的；不仅关乎写作技巧，更是关乎素质养成；不仅可供了解作家作品，更可以由此体察历史洪流、社会巨变的大风景……

丛书所选各家散文的编排，或按其原集编排，或重新分辑编排，一视作者原作情况而定。选文除作必要的技术处理外，其余一仍其旧，以见作品原貌。为了阅读的方便，对一些于今天的读者不太熟悉的专门术语等作了适当的注释。关于具体的编选情况，以及作者及其作品的情况，每一集后缀以编后语，给以简略的说明。

丛书计划分批相对集中出版，先期推出二十世纪上半叶的名家名作，随后向两个方向延伸，陆续成其规模，期于有所贡献。

愿广大读者襄助之；愿广大作者襄助之。

上海科学技术文献出版社

目　录

欧罗巴旅馆

楼梯是那样长，好像让我顺着一条小道爬上天顶。其实只是三层楼，也实在无力了。手扶着楼栏，努力拔着两条颤颤的，不属于我的腿，升上几步，手也开始和腿一般颤。

等我走进那个房间的时候，和受辱的孩子似的偎上床去，用袖口慢慢擦着脸。他——郎华，我的情人，那时候他还是我的情人，他问我了：“你哭了吗？”

“为什么哭呢？我擦的是汗呀，不是眼泪呀！”

不知是几分钟过后，我才发现这个房间是如此的白，棚顶是斜坡的棚顶，除了一张床，地下有一张桌子，一围藤椅。离开床沿用不到两步可以摸到桌子和椅子。开门时，那更方便，一张门扇躺在床上可以打开。住在这白色的小室，我好像住在幔帐中一般。我口渴，我说：“我应该喝一点水吧！”

他要为我倒水时，他非常着慌，两条眉毛好像要连接起来，在鼻子的上端扭动了好几下：“怎样喝呢？用什么喝？”

桌子上除了一块洁白的桌布，干净得连灰尘都不存在。

我有点昏迷，躺在床上听他和茶房在过道说了些时，又听到门响，他来到床边。我想他一定举着杯子在床边，却不，他的手两面却分张着：

“用什么喝？可以吧？用脸盆来喝吧！”

他去拿藤椅上放着才带来的脸盆时，手巾下面刷牙缸被他发现，于是拿着刷牙缸走去。

旅馆的过道是那样寂静，我听他踏着地板来了。

正在喝着水，一只手指抵在白床单上，我用发颤的手指抚来抚去。他说：

“你躺下吧！太累了。”

我躺下也是用手指抚来抚去，床单有突起的花纹，并且白得有些闪我的眼睛，心想：不错的，自己正是没有床单。我心想的话他却说出了！

“我想我们是要睡空床板的，现在连枕头都有。”说着，他拍打我枕在头下的枕头。

“咯咯——”有人打门，进来一个高大的俄国女茶房，身后又进来一个中国茶房：

“也租铺盖吗？”

“租的。”

“五角钱一天。”

“不租。”“不租。”我也说不租，郎华也说不租。

那女人动手去收拾：软枕，床单，就连桌布她也从桌子扯下去。床单夹在她的腋下。一切都夹在她的腋下。一秒钟，这洁白的小室跟随她花色的包头巾一同消失去。

我虽然是腿颤，虽然肚子饿得那样空，我也要站起来，打开柳条箱去拿自己的被子。

小室被劫了一样，床上一张肿涨的草褥赤现在那里，破木桌一些黑点和白圈显露出来，大藤椅也好像跟着变了颜色。

晚饭以前，我们就在草褥上吻着抱着过的。

晚饭就在桌子上摆着，黑“列巴”[1] 和白盐。

晚饭以后，事件就开始了：

开门进来三四个人，黑衣裳，挂着枪，挂着刀。进来先拿住郎华的两臂，他正赤着胸膛在洗脸，两手还是湿着。他们那些人，把箱子弄开，翻扬了一阵。

“旅馆报告你带枪，没带吗？”那个挂刀的人问。随后那人在床下扒得了一个长纸卷，里面卷的是一支剑。他打开，抖着剑柄的红

① 列巴：俄语，面包。

穗头：

“你哪里来的这个？”

停在门口那个去报告的俄国管事，挥着手，急得涨红了脸。

警察要带郎华到局子里去。他也预备跟他们去，嘴里不住地说：“为什么单独用这种方式检查我？妨害我？”

最后警察温和下来，他的两臂被放开，可是他忘记了穿衣裳，他湿水的手也干了。

原因日间那白俄来取房钱，一日两元，一月六十元。我们只有五元钱，马车钱来时去掉五角。那白俄说：

“你的房钱，给！”他好像知道我们没有钱似的，他好像是很着忙，怕是我们跑走一样。他拿到手中两元票子又说：“六十元一月，明天给！”原来包租一月三十元，为了松花江涨水才有这样的房价。如此，他摇手瞪眼地说：“你的明天搬走，你的明天走！”

郎华说：“不走，不走……”

“不走不行，我是经理。”

郎华从床下取出剑来，指着白俄：

“你快给我走开，不然，我宰了你。”

他慌张着跑出去了，去报告警察，说我们带着凶器，其实剑裹在纸里，那人以为是大枪，而不知是一支剑。

结果警察带剑走了，他说：“日本宪兵若是发现你有剑，那你非吃亏不可，了不得的，说你是大刀会。我替你寄存一夜，明天你来取。”

警察走了以后，闭了灯，锁上门，街灯的光亮从小窗口跑下来，凄凄淡淡的，我们睡了。在睡中不住想：警察是中国人，倒比日本宪兵强得多啊！

天明了，是第二天，从朋友处被逐出来是第二天了。

雪　天

我直直是睡了一个整天，这使我不能再睡。小屋子渐渐从灰色变做黑色。

睡得背很痛，肩也很痛，并且也饿了。我下床开了灯，在床沿坐了坐，到椅子上坐了坐，扒一扒头发，揉擦两下眼睛，心中感到幽长和无底，好像把我放下一个煤洞去，并且没有灯笼，使我一个人走沉下去。屋子虽然小，在我觉得和一个荒凉的广场样，屋子墙壁离我比天还远，那是说一切不和我发生关系；那是说我的肚子太空了！

一切街车街声在小窗外闹着。可是三层楼的过道非常寂静。每走过一个人，我留意他的脚步声，那是非常响亮的，硬底皮鞋踏过去，女人的高跟鞋更响亮而且焦急，有时成群的响声，男男女女穿插着过了一阵。我听遍了过道上一切引诱我的声音，可是不用开门看，我知道郎华还没回来。

小窗那样高，囚犯住的屋子一般，我仰起头来，看见那一些纷飞的雪花从天空忙乱地跌落，有的也打在玻璃窗片上，即刻就消融了，变成水珠滚动爬行着，玻璃窗被它画成没有意义、无组织的条纹。

我想：雪花为什么要翩飞呢？多么没有意义！忽然我又想：我不也是和雪花一般没有意义吗？坐在椅子里，两手空着，什么也不做；口张着，可是什么也不吃。我十分和一架完全停止了的机器相像。

过道一响，我的心就非常跳，那该不是郎华的脚步？一种穿软底鞋的声音，嚓嚓来近门口，我仿佛是跳起来，我心害怕：他冻得可怜了吧？他没有带回面包来吧？

开门看时，茶房站在那里：

“包夜饭吗？”

“多少钱？”

“每份六角。包月十五元。”

“……”我一点都不迟疑地摇着头，怕是他把饭送进来强迫我吃似的，怕他强迫向我要钱似的。茶房走出，门又严肃地关起来。一切别的房中的笑声，饭菜的香气都断绝了，就这样用一道门，我与人间隔离着。

一直到郎华回来，他的胶皮底鞋擦在门槛，我才止住幻想。茶房手上的托盘，盛着肉饼，炸黄的蕃薯，切成大片有弹力的面包……

郎华的夹衣上那样湿了，已湿的裤管拖着泥。鞋底通了孔，使得袜也湿了。

他上床暖一暖，脚伸在被子外面，我给他用一张破布擦着脚上冰凉的黑圈。

当他问我时，他和呆人一般，直直的腰也不弯：

“饿了吧？”

我几乎是哭了。我说：“不饿。”为了低头，我的脸几乎接触到他冰凉的脚掌。

他的衣服完全湿透，所以我到马路旁去买馒头。就在光身的木桌上，刷牙缸冒着气，刷牙缸伴着我们把馒头吃完。馒头既然吃完，桌上的铜板也要被吃掉似的。他问我：

“够不够？”

我说：“够了。”我问他：“够不够？”

他也说：“够了。”

隔壁的手风琴唱起来，它唱的是生活的痛苦吗？手风琴凄凄凉凉的唱呀！

登上桌子，把小窗打开。这小窗是通过人间的孔道：楼顶，烟囱，飞着雪沉重而浓黑的天空，路灯，警察，街车，小贩，乞丐，一切显现在这小孔道，繁繁忙忙的市街发着响。

隔壁的手风琴在我们耳里不存在了。

他去追求职业

他是一条受冻受饿的犬呀！

在楼梯尽端，在过道的那边，他着湿的帽子被墙角隔住，他着湿的鞋子踏过发光的地板，一个一个排着脚踵的印泥。

这还是清早，过道的光线还不充足。可是有的房间门上已经挂好“列巴圈”了！

送牛奶的人，轻轻带着白色的、发热的瓶子，排在房间的门外。这非常引诱我，好像我已嗅到“列巴圈”的麦香，好像那成串肥胖的圆形的点心，已经挂在我的鼻头了。几天没有饱食，我是怎样的需要啊！胃口在胸膛里面收缩，没有钱买，让那“列巴圈”们白白在虐待我。

过道渐渐响起来。他们呼唤着茶房，关门开门，倒脸水。外国女人清早便高声说笑。可是我的小室，没有光线，连灰尘都看不见飞扬，静得桌子在墙角欲睡了，藤椅在地板上伴着桌子睡，静得棚顶和天空一般高，一切离得我远远的，一切都厌烦我。

下午，郎华还不回来。我在过道口站了好几次。外国女人红色的袜子，蓝色的裙子……一张张耸着的骄傲的脸庞，走下楼梯，她们的高跟鞋打得楼梯清脆发响。圆胖而生着大胡子的男人，那样不相称地捉着长耳环、黑脸的和小鸡一般瘦小的“吉普赛”女人上楼来。茶房在前面去给打开一个房间，长时间以后，又上来一群外国孩子，他们嘴上嗑着瓜子儿，多冰的鞋底在过道上嘣嘣啪啪地留下痕迹过去了。

看遍了这些人，郎华总是不回来。我开始打旋子，经过每个房间，轻轻荡来踱去，别人已当我是个偷儿，或是讨乞的老婆，但我自己并不感觉。仍是带着我苍白的脸，褪了色的蓝布宽大的单衫踱荡着。

忽然楼梯口跑上两个一般高的外国姑娘。

“啊呀！”指点着向我说：“你的……真好看！”

另一个样子像是为了我倒退了一步，并且那两个不住翻着衣襟给我看：

“你的……真好看！”

我没有理她们。心想：她们帽子上有水滴，不是又落雪？

跑回房间，看一看窗子究竟落雪不？郎华是穿着昨晚潮湿的衣裳走的。一开窗，雪花便满窗倒倾下来。

郎华回来，他的帽沿滴着水，我接过来帽子，问他：

“外面上冻了吗？”

他把裤口摆给我看，我用手摸时，半截裤管又凉又硬。他抓住我的摸裤管的手说：

“小孩子，饿坏了吧！”

我说：“不饿。”我怎能呢？为了追求食物，他的衣服都结冰了。

过一会，他拿出二十元票子给我看。忽然使我痴呆了一刻，这是哪里来的呢？

家庭教师

二十元票子，使他作了家庭教师。

这是第一天，他起得很早，并且脸上也像愉悦了些。我欢喜的跑过道去倒脸水。心中埋藏不住这些愉快，使我一面折着被子，一面嘴里任意唱着什么歌的句子。而后坐到床沿，两腿轻轻地跳动，单衫的衣角在腿下抖荡。我又跑出门外，看了几次那个提篮卖面包的人，我想他应该吃些点心吧，八点钟他要去教书，天寒，衣单，又空着肚子，那是不行的。

但是还不见那提着膨胀的篮子的人来到过道。

郎华作了家庭教师，大概他自己想也应该吃了。当我下楼时，他就自己在买，长形的大提篮已经摆在我们房间的门口。他仿佛是一个大蝎虎样，贪婪的，为着他的食欲，从篮子里往外捉取着面包，圆形的点心和"列巴圈"，他强健的两臂，好像要把整个篮子抱到房间里才能满足。最后他付过钱，下了最大的决心，舍弃了篮子，跑回房中来吃。

还不到八点钟，他就走了。九点钟刚过，他就回来。下午太阳快落时，他又去一次，一个钟头又回来。他已经慌慌忙忙像是生活有了意义似的。当他回来时，他带回一个小包袱，他说那是才从当铺取出的从前他当过的两件衣裳。他很有兴致地把一件夹袍从包袱里解出来，还一件小毛衣。

"你穿我的夹袍，我穿毛衣，"他吩咐着。

于是两个人各自赶快穿上。他的毛衣很合适。惟有我穿着他的夹袍，两只脚使我自己看不见，手被袖口吞没去，宽大的袖口，使我忽然感到我的肩膀一边挂好一个口袋，就是这样，我觉得很合适，很满足。

电灯照耀着满城市的人家。钞票带在我的衣袋里，就这样，两个人理直气壮地走在街上，穿过电车道，穿过扰嚷着的那条破街。

一扇破碎的玻璃门，上面封了纸片，郎华拉开它，并且回头向我说："很好的小饭馆，洋车夫和一切工人全都在这里吃饭。"

我跟着进去。里面摆着三张大桌子。我有点看不惯，好几部分食客都挤在一张桌上。屋子几乎要转不过来身。我想，让我坐在哪里呢？三张桌子都是满满的人。我在袖口外面捏了一下郎华的手说："一张空桌也没有，怎么吃？"

他说："在这里吃饭是随随便便的，有空就坐。"他比我自然得多，接着，他把帽子挂到墙壁上。堂倌走来，用他拿在手中已经擦满油腻的布巾抹了一下桌角，同时向旁边正在吃的那个人说："借光，借光。"

就这样，郎华坐在长板凳上那个人剩下来的一头。至于我呢，堂倌把掌柜独坐的那个圆板凳搬来，占据着大桌子的一头。我们好像存在也可以，不存在也可以似的。不一会，小小的菜碟摆上来。我看到一个小圆木砧上堆着煮熟的肉，郎华跑过去，向着木砧说了一声："切半角钱的猪头肉。"

那个人把刀在围裙上，在那块脏布上抹了一下，熟练地挥动着刀在切肉。我想：他怎么知道那叫猪头肉呢？很快的我吃到猪头肉了。后来我又看见火炉上煮着一个大锅，我想要知道这锅里到底盛的是什么，然而当时我不敢，不好意思站起来满屋摆荡。

"你去看看吧。"

"那没有什么好吃的。"郎华一面去看，一面说。

正相反，锅虽然满挂着油腻，里面却是肉丸子。掌柜连忙说："来一碗吧？"

我们没有立刻回答。掌柜又连忙说："味道很好哩。"

我们怕的倒不是味道好不好，既然是肉的，一定要多花钱吧！

我们面前摆了五六个小碟子，觉得菜已经够了。他看看我，我看看他。

“这么多菜，还是不要肉丸子吧，”我说。

“肉丸还带汤。”我看他说这话，是愿意了，那么吃吧。一决心，肉丸子就端上来。

破玻璃门边，来来往往有人进出，戴破皮帽子的，穿破皮袄的，还有满身红绿的油匠，长胡子的老油匠，十二三岁尖嗓子的小油匠。

脚下有点潮湿得难过了。可是门仍不住地开关，人们仍是来来往往。一个岁数大一点的妇人，抱着孩子在门外乞讨，仅仅在人们开门时她说一声：“可怜可怜吧！给小孩点吃的吧！”然而她从不动手推门。后来大概她等得时间太长了，就跟着人们进来，停在门口，她还不敢把门关上，表示出她一得到什么东西很快就走的样子。忽然全屋充满了冷空气。郎华拿馒头正要给她，掌柜的摆着手：“多得很，给不得。”

靠门的那个食客强关了门，已经把她赶出去了，并且说：“真她妈的，冷死人，开着门还行！”

不知哪一个发了这一声：“她是个老婆子，你把她推出去。若是个大姑娘，不抱住她，你也得多看她两眼。”

全屋人差不多都笑了，我却听不惯这话，我非常恼怒。

郎华为着猪头肉喝了一小壶酒，我也帮着喝。同桌的那个人只吃咸菜，喝稀饭，他结账时还不到一角钱。接着我们也结账：小菜每碟二分，五碟小菜，半角钱猪头肉，半角钱烧酒，丸子汤八分，外加八个大馒头。

走出饭馆，使人吃惊，冷空气立刻裹紧全身，高空闪烁着繁星。我们奔向有电车经过叮叮响的那条街口。

“吃饱没有？”他问。

“饱了，”我答。

经过街口卖零食的小亭子，我买了两纸包糖，我一块，他一块，一面上楼，一面吮着糖的滋味。

“你真像个大口袋，”他吃饱了以后才向我说。

同时我打量着他，也非常不像样。在楼下大镜子前面，两个人照了好久。他的帽子仅仅扣住前额，后脑勺被忘记似的，离得帽子老远老远的独立着。很大的头，顶个小卷沿帽，最不相宜的就是这个小卷沿帽，在头顶上看起来十分不牢固，好像乌鸦落在房顶，有随时飞走的可能。别人送给他的那身学生服短而且宽。

走进房间，像两个大孩子似的，互相比着舌头，他吃的是红色的糖块，所以是红舌头，我是绿舌头。比完舌头之后，他忧愁起来，指甲在桌面上不住的敲响。

“你看，我当家庭教师有多么不带劲！来来往往冻得和个小叫花子似的。”

当他说话时，在桌上敲着的那只手的袖口，已是破了，拖着线条。我想破了倒不要紧，可是冷怎么受呢？

长久的时间静默着，灯光照在两人脸上，也不跳动一下，我说要给他缝缝袖口，明天要买针线。说到袖口，他警觉一般看一下袖口，脸上立刻浮现着幻想，并且嘴唇微微张开，不太自然似的，又不说什么。

关了灯，月光照在窗外，反映得全室微白。两人扯着一张被子，头下破书当做枕头。隔壁手风琴又咿咿呀呀的在诉说生之苦乐。乐器伴着他，他慢慢打开幽禁的心灵了：

“敏子，……这是敏子姑娘给我缝的。可是过去了，过去了就没有什么意义。我对你说过，那时候我疯狂了。直到最末一次信来，才算结束，结束就是说从那时起她不再给我来信了。这样意外的，相信也不能相信的事情，弄得我昏迷了许多日子……以前许多信都是写着爱我……甚至于说非爱我不可。最末一次信却骂起我来，直到现在我还不相信，可是事实是那样……”

他起来去拿毛衣给我看，“你看过桃色的线……是她缝的……敏子缝的……”

又灭了灯，隔壁的手风琴仍不停止。在说话里边他叫那个名字“敏子，敏子”，都是喉头发着水声。

“很好看的，小眼眉很黑……嘴唇很……红啊！”说到恰好的时候，在被子里边他紧紧捏了我一下手。我想：我又不是她。

“嘴唇通红通红……啊……”他仍说下去。

马蹄打在街石上嗒嗒响声。每个院落在想象中也都睡去。

来　客

打过门，随后进来一个胖子，穿的绸大衫，他也说他来念书，这使我很诧异。他四五十岁的样子，又是个买卖人，怎么要念书呢？过了好些时候，他说要念《庄子》。白话文他说不用念，一看就明白，那不算学问。

郎华该怎么办呢？郎华说："念《庄子》也可以。"

那胖子又说，每一星期要做一篇文章，要请先生改。郎华说，也可以。郎华为了钱，为了一点点的学费，这都可以。

另一天早晨，又来一个年轻人，郎华不在家，他就坐在草褥上等着，他好像有肺病，一面看床上的旧报纸，一面问我：

"门外那张纸贴上写着打武术，每月五元，不能少点吗？"

"等一等再讲吧！"我说。

他规规矩矩，很无聊地坐着。大约十分钟又过去了！郎华怎么还不回来，我很着急。得一点教书钱，好像做一笔买卖似的。我想这笔买卖是作不成了，那人直要走。

"你等一等，就回来的，就回来的。"

结果不能等，临走时向我告诉：

"我有肺病，我是从'大罗新'（商店）下来的，一年了，病也不好，医生叫我运动运动。吃药花钱太多，也不能吃了！运动总比挺着强。昨天我看报上有广告，才知道这里教武术。先生回来，请向先生说说，学费少一点。"

从家庭教师广告登出去，就有人到这里治病，念《庄子》，还有人要练"飞檐走壁"，问先生会不会"飞檐走壁"。

那天，又是郎华不在家，来一个人，还没有坐定，他就走了。他看一看床上就是一张光身的草褥，被子卷在床头，灰色的棉花从破孔流出来，我想去折一下，又来不及。那人对准地下两只破鞋打量着。他的手杖和眼镜都闪着光，在他看来，教武术的先生不用问是个讨饭的家伙。

提 篮 者

提篮人，他的大篮子，长形面包，圆面包——每天早晨他带来诱人的麦香等在过道。

我数着……三个，五个，十个……把所有的铜板给了他。一块黑面包摆在桌子上。郎华回来第一件事，他在面包上掘了一个洞，连帽子也没脱，就嘴里嚼着，又去找白盐。他从外面带进来的冷空气发着腥味。他吃面包，鼻子时时滴下清水滴。

“来吃啊!”

“就来，”我拿了刷牙缸，跑下楼去倒开水。回来时，面包差不多只剩硬壳在那里。他紧忙说：

“我吃得真快，怎么吃得这么快？真自私，男人真自私。”只端起牙缸来喝水，他再不吃了！我再叫他吃他也不吃。只说：“饱了，饱了！吃去你的一半还不够吗？男人不好，只顾自己。你的病刚好，一定要吃饱的。”

他给我讲着，他怎样要开一个“学社”，教武术，还教什么什么——这时候，他的手，又凑到面包壳上去，并且另一只手也来了！扭了一块下去，已经送到嘴里，已经咽下去，他也没有发觉，第二次又来扭，可是说了：

“我不应该再吃，我已经吃饱。”

他的帽子仍没有脱掉，我替他脱了去，同时送一块面包皮到他的嘴上。

喝开水，他也是一直喝，等我向他要，他才给我。

“晚上，我领你到饭馆去吃。”我觉得很奇怪，没钱怎么可以到饭馆去吃呢！

“吃完就走，这年头不吃还饿死？”他说完，又去倒开水。

第二天，挤满面包的大篮子又等在过道，我始终没推开门。门外有别人在买，即是不开门，我也好像嗅到麦香。对面包我害怕起来，不是我想吃面包，怕是面包要吞了我。

“列巴，列巴！”哈尔滨叫面包做“列巴”，卖面包的人打着我们的门在招呼。带着心惊，买完了说：

“明天给你钱吧，没有零钱。”

星期日家庭教师也休息。只有休息，连早饭也没有。提篮人在打门，郎华跳下床去，比猫跳得更得法，轻快，无声。我一动不动。“列巴”就摆在门口，郎华光着脚，只穿一件短裤，衬衣搭在肩上，胸膛露在外面。

一块黑面包，一角钱。我还要五分钱的“列巴圈”，那人用绳穿起来。我还说：“不用，不用。”我打算就要吃了！我伏在床上，把头抬起来，正像见了桑叶而抬头的蚕一样。

可是立刻受了打击，我眼看着那人从郎华的手上把面包夺回去，五个“列巴圈”也夺回去。

“明早一起取钱不行吗？”

“不行，昨天那半角也给我吧！”

我充满口涎的舌头向嘴唇舐了几下，不但“列巴圈”没有吃到，把所有的铜板又都带走了。

“早饭吃什么呀？”

“你说吃什么？”锁好门，他回到床上时，冰冷的身子贴住我。

饿

“列巴圈”挂在过道别人的门上，过道好像还没有天明，可是电灯已经熄了。夜间遗留下来睡朦朦的气息充塞在过道，茶房气喘着，抹着地板。我不愿醒得太早，可是已经醒了，同时再不能睡去。

厕所房的电灯仍开着，和夜间一般昏黄，好像黎明还没有到来，可是“列巴圈”已经挂上别人家的门了！有的牛奶瓶也规规矩矩的等在别的房间外。只要一醒来，就可以随便吃喝。但，这都只限于别人，是别人的事，与自己无关。

扭开了灯，郎华睡在床上，他睡得很恬静，连呼吸也不震动空气一下。听一听过道连一个人也没走动，全旅馆的三层楼都在睡中，越这样静越引诱我，我的那种想头越坚决。过道尚没有一点声息，过道越静越引诱我，我的那种想头越想越充涨我：去拿吧！正是时候，即使是偷，那就偷吧！

轻轻扭动钥匙，门一点响动也没有。探头看了，“列巴圈”对门就挂着，东隔壁也挂着，西隔壁也挂着。天快亮了！牛奶瓶的乳白色看得真真切切，“列巴圈”比每天也大了些。结果什么也没有去拿，我心里发烧，耳朵也热了一阵，立刻想到这是“偷”。儿时的记忆再现出来，偷梨吃的孩子最羞耻。过了好久，我就贴在已关好的门扇上，大概我像一个没有灵魂的，纸剪成的人贴在门扇。大概这样吧：街车唤醒了我，马蹄得得，车轮吱吱的响过去。我抱紧胸膛，把头也挂到胸口，向我自己心说：我饿呀！不是“偷”呀！

第二次也打开门，这次我决心了！偷就偷，虽然是几个“列巴圈”，我也偷，为着我“饿”，为着他“饿”。

第二次又失败，那么不去做第三次了。下了最后的决心，爬上床，关了灯，推一推郎华，他没有醒，我怕他醒，在“偷”这一刻，郎华也是我的敌人，假若我有母亲，母亲也是敌人。

天亮了！人们醒了，马路也醒了。做家庭教师，无钱吃饭也要去上课，并且要练武术。他喝了一杯空茶走的，过道那些“列巴圈”早已不见，都让别人吃了。

从昨夜到中午，四肢软一点，肚子好像被踢打放了气的皮球。

窗子在墙壁中央，天窗似的，我从窗口升了出去，赤裸裸，完全和日光接近，市街临在我的脚下，直线的，错综着许多角度的楼房，大柱子一般工厂的烟筒，街道横顺交组着，秃光的街树。白云在天空作出各样的曲线，高空的风吹破我的头发，飘荡我的衣襟。市街和一张繁繁杂杂颜色不清晰的地图挂在我的眼前。楼顶和树梢都挂住一层稀薄的白霜，整个城市在阳光下闪闪灼灼撒了一层银片。我的衣襟风拍着作响，我冷了，我孤孤独独的好像站在无人的山顶。每家楼顶的白霜，一刻不是银片了，而是些雪花、冰花，或是什么更严寒的东西在吸我，像全身浴在冰水里一般。

我披了棉被再出现到窗口，那不是全身，仅仅是头和胸突在窗口。一个女人站在一家药店门口讨钱，手上牵着孩子，衣襟裹着更小的孩子。药店没有人出来理她，过路人也不理她，都像说她有孩子不对，穷就不该有孩子，有也应该饿死。

我只能看到街路的半面，那女人大概向我的窗下走来，因为我听见那孩子的哭声很近。

“老爷，太太，可怜可怜……”可是看不见她在追逐谁，虽然是三层楼也听得这般清楚，她一定是跑得颠颠断断地呼喘：“老爷……老爷……可怜吧！”

那女人一定正同我，一定早饭还没有吃，也许昨晚的也没有吃。她在楼下急迫的来回的呼声传染了我，肚子立刻响起来，肠子不住的呼叫……

郎华仍不回来，我拿什么来喂肚子呢？桌子可以吃吗？草褥子可以吃吗？

晒着阳光的行人道，来往的行人，小贩，乞丐……这一些看得我疲倦了！打着呵欠从窗口爬下来。

窗子一关起来，立刻满生了霜，过一刻玻璃片就流着眼泪了！起初是一条条的，后来就大哭了！满脸是泪，好像在行人道上讨饭的母亲的脸。

我坐在小屋，像饿在笼中的鸡一般，只想合起眼睛来静着，默着，但又不是睡。

“咯，咯！”这是谁在打门！我快去开门：是三年前旧学校里的图画先生。

他和从前一样很喜欢说笑话，没有改变，只是胖了一点，眼睛又小了一点。他随便说，说得很多。他的女儿，那个穿红花旗袍的小姑娘，又加了一件黑绒上衣，她在藤椅上怪美丽的。但她有点不耐烦的样子。

“爸爸，我们走吧。”小姑娘哪里懂得人生！小姑娘只知道美，哪里懂得人生？

曹先生问：“你一个人住在这里吗？”

“是——”我当时不晓得为什么答应“是”，明明是和郎华同住，怎么要说自己住呢？

好像这几年并没有别开，我仍在那个学校读书一样。他说：

“还是一个人好，可以把整个的心身献给艺术。你现在不喜欢画，你喜欢文学，就把全心身献给文学。只有忠心于艺术的心才不空虚，只有艺术才是美，才是真美。‘爱情’这话很难说，若是为了性欲才爱，那么就不如临时解决，随便可以找到一个，只要是异性。爱是爱，‘爱’很不容易，那么就不如爱艺术，比较不空虚……”

“爸爸，走吧！”小姑娘哪里懂得人生，只知道“美”，她看一看这屋子一点意思也没有，床上只铺一张草褥子。

“是，走——”曹先生又说，眼睛指着女儿：“你看我，十三岁就结了婚。这不是吗？曹云都十五岁啦！”

“爸爸，我们走吧！”

他和几年前一样，总爱说“十三岁”就结了婚。差不多全校同学都知道曹先生是十三岁结婚的。

“爸爸，我们走吧！”

他把一张票子丢在桌上就走了！那是我写信去要的。

郎华还没有回来，我应该立刻想到饿，但我完全被青春迷惑了，读书的时候哪里懂得“饿”？只晓得青春最重要，虽然现在我也并没老，但总觉得青春是过去了！过去了！

我冥想了一个长时期，心浪和海水一般的翻了一阵。

追逐实际吧！青春惟有自私的人才系念她，“只有饥寒，没有青春。”

几天没有去过的小饭馆，又坐在那里边吃喝了。“很累了吧，腿可疼？道外道里要有十五里路。”我问他。

只要有的吃，他也很满足，我也很满足。其余什么都忘了！

那个饭馆，我已经习惯，还不等他坐下，我就抢个地方先坐下，我也把菜的名字记得很熟，什么辣椒白菜啦，雪里红豆腐啦……什么酱鱼啦！怎么叫酱鱼呢？哪里有鱼！用鱼骨头炒一点酱，借一点腥味就是啦！我很有把握，我简直都不用算一算就知道这些菜也超不过一角钱。因此我用很大的声音招呼，我不怕，我一点也不怕花钱。

回来，没有睡觉之前我们一面喝着开水一面说：

“这回又饿不着了，又够吃些日子。”

闭了灯，又满足又安适的睡了一夜。

搬　家

搬家！什么叫搬家？移了一个窠就是罢！

一辆马车，载了两个人，一个条箱，行李也在条箱里。车行在街口了，街车，行人道上的行人，店铺大玻璃窗里的“模特儿”……汽车驰过去了，别人的马车赶过我们急跑，马车上面似乎坐着一对情人，女人的卷发在帽沿外跳舞，男人的长臂没有什么用处一般，只为着一种表示才遮在女人的背后。马车驰过去了，那一定是一对情人在兜风……只有我们是搬家。天空有水状的和要融化春冰状的白云，我仰望着白云，风从我的耳边吹过，使我的耳朵鸣响。

到了：南市街××号。

他夹着条箱，我端着脸盆，通过很长的院子，在尽那头，第一下拉开门的是郎华，他说：“进去吧！”

“家”就这样的搬来，这就是“家”。

一个男孩，穿着一双很大的马靴，跑着跳着喊：“妈……我老师搬来啦，我老师搬来啦！”

这就是他教武术的徒弟。

借来的那张铁床，从门也抬不进来，从窗也抬不进来。抬不进来，真的就要睡地板吗？光着身子睡吗？铺什么？

“老师，用斧子打吧。”穿长靴的孩子去找到一柄斧子。

铁床已经站起，塞在门口，正是想抬出去也不能够的时候，郎华就用斧子打，铁击打着铁发出震鸣，门顶的玻璃碎了两块，结果床搬进来了，光身子放在地板中央。又向房东借一张桌子和两张椅子。

郎华走了，他说他去买水桶，菜刀，饭碗……

我的肚子因为冷，也许因为累，又在作痛。走到厨房去看，炉中的火熄了。未搬来之前也许什么人在烤火，所以炉中尚有木柈在燃。

铁床露着骨，玻璃窗渐渐结上冰来。下午了，阳光失去了暖力，风渐渐卷着沙泥来吹打窗子……用冷水擦着地板，擦着窗台……等到这一切做完，再没有别的事可做的时候，我感到手有点痛，脚也有点痛。

这里不像旅馆那样静，有狗叫，有鸡鸣……有人吵嚷。

把手放在铁炉板上也不能暖了，炉中连一颗火星也灭掉。肚子痛，要上床去躺一躺，哪里是床！冰一样的铁条，怎么敢去接近！

我饿了，冷了，我肚痛，郎华还不回来，有多么不耐烦！连一只表也没有，连时间也不知道。多么无趣，多么寂寞的家呀！我好像落下井的鸭子一般寂寞并且隔绝。肚痛，寒冷和饥饿伴着我，……什么家？简直是夜的广场，没有阳光，没有暖。

门扇大声哐啷哐啷的响，是郎华回来，他打开小水桶的盖给我看：小刀，筷子，碗，水壶，他把这些都摆出来，纸包里的白米也倒出来。

只要他在我边旁，饿也不难忍了，肚痛也轻了。买回来的草褥放在门外，我还不知道，我问他：

“是买的吗？”

“不是买的，是哪里来的！”

“钱，还剩多少？”

“还剩！怕是不够哩！”

等他买木柈回来，我就开始点火。站在火炉边居然也和小主妇一样调着晚餐。油菜烧焦了，白米饭是半生就吃了，说它是粥，比粥还硬一点；说它是饭，比饭还粘一点。这是说我做了“妇人”，不做妇人，哪里会烧饭？不做妇人哪里懂得烧饭？

晚上房主人来时，大概是取着拜访先生的意义来的！房主人就是穿马靴那个孩子的父亲。

“我三姐来啦！”过一刻那孩子又打门。

我一点也不能认识她。她说她在学校时每天差不多都看见我，不管在操场或是礼堂。我的名字她还记得很熟。

“也不过三年，就忘得这样厉害——你在哪一班？”我问。

“第九班。”

“第九班，和郭小娴一班吗？郭小娴每天打球，我倒认识她。”

“对啦，我也打篮球。”

但无论如何我也想不起来，坐在我对面的简直是一个从未见过的面孔。

“那个时候，你十几岁呢？”

“十五岁吧！”

“你太小啊，学校是多半不注意小同学的。”我想了一下，我笑了。

她卷皱的头发，挂胭脂的嘴，比我好像还大一点，因为回忆完全把我带回往昔的境地去。其实我是二十二了，比起她来，怕是已经老了。尤其是在蜡烛光里，假若有镜子让我照一下，我一定惨败得比三十岁更老。

“三姐！你老师来啦！”

“我去学俄文。”她弟弟在外边一叫她，她就站起来说。

很爽快，完全是少女风度，长身材，细腰，闪出门去。

最末的一块木柈

火炉烧起又灭，灭了再弄着，灭到第三次，我恼了！我再不能抑止我的愤怒，我想冻死吧，饿死吧，火也点不着，饭也烧不熟。就是那天早晨，手在铁炉门上烫焦了两条，并且把指甲烧焦了一个缺口。火焰仍是从炉门喷吐，我对着火焰生气，女孩子的娇气毕竟没有脱掉。我向着窗子，心很酸，脚也冻得很痛，打算哭了。但过了好久，眼泪也没有流出，因为已经不是娇子，哭什么？

烧晚饭时，只剩一块木柈，一块木柈怎么能生火呢？那样大的炉腔，一块木柈只能占去炉腔的二十分之一。

“睡下吧，屋子太冷。什么时候饿，就吃面包。”郎华抖着被子招呼我。

脱掉袜子，腿在被子里面团卷着。想要把自己的脚放到自己肚子上面暖一暖，但是不可能，腿生得太长了，实在感到不便，腿实在是无用。在被子里面也要颤抖似的。窗子上的霜，已经挂得那样厚，并且四壁的绿颜色，涂着金边，这一些更使人感到冷。两个人的呼吸像冒着烟一般的。玻璃上的霜好像柳絮落到河面，密结的起着绒毛。夜来时也不知道，天明时也不知道，是个没有明暗的幽室，人住在里面，正像菌类。

半夜我就醒来，并不饿，只觉到冷。郎华光着身子跳起来。点起蜡烛，到厨房去喝冷水。

“冻着，也不怕受寒！”

“你看这力气！怕冷？”他的性格是这样，逞强给我看。上床，他还在自己肩头上打了两下。我暖着他冰冷的身子颤抖了。都说情人的身子比火还热，到此时，我不能相信这话了。

第二天，仍是一块木柈。他说，借吧！

“向哪里借！”

“向汪家借。”

写了一张纸条，他站在门口喊他的学生汪玉祥。

老厨夫抱了满怀的木柈来叫门。

不到半点钟，我的脸一定也红了，因为郎华的脸红起来。窗子滴着水，水从窗口流到地板上，窗前来回走人也看得清，窗前哺食的小鸡也看得清，黑毛的，红毛的，也有花毛的。

“老师，练武术吗？九点钟啦！”

“等一会，吃完饭练武术！”

有了木柈，还没有米，等什么？越等越饿。他教完武术，又跑出去借钱，等他借了钱买了一大块厚饼回来，木柈又只剩了一块。这可怎么办？晚饭又不能吃。

对着这一块木柈，又爱它，又恨它，又可惜它。

黑“列巴”和白盐

玻璃窗子又慢慢结起霜来，不管人和狗经过窗前，都辨认不清楚。

“我们不是新婚吗?”他这话说得很响，他唇下的开水杯起一个小圆波浪。他放下杯子，在黑面包上涂一点白盐送下喉去。大概是面包已不在喉中，他又说：

“这不正是度蜜月吗!”

“对的，对的。”我笑了。

他连忙又取一片黑面包，涂上一点白盐，学着电影上那样度蜜月，把涂盐的“列巴”先送上我的嘴，我咬了一下，而后他才去吃。一定盐太多了，舌尖感到不愉快，他连忙去喝水：

“不行不行，再这样度蜜月，把人咸死了。”

盐毕竟不是奶油，带给人的感觉一点也不甜，一点也不香。我坐在旁边笑。

光线完全不能透进屋来，四面是墙，窗子已经无用，像封闭了的洞门似的，与外界绝对隔离开。天天就生活在这里边。素食，有时候不食，好像传说上要成仙的人在这地方苦修苦炼。很有成绩，修炼得倒是不错了，脸也黄了，骨头也瘦了。我的眼睛越来越扩大，他的颊骨和木块一样突在腮边。这些工夫都做到，只是还没成仙。

“借钱”，“借钱”，郎华每日出去“借钱”。他借回来的钱总是很少，三角，五角，借到一元，那是很稀有的事。

黑“列巴”和白盐，许多日子成了我们唯一的生命线。

度　日

天色连日阴沉下去，一点光也没有，完全灰色，灰得怎样程度呢？那和墨汁混到水盆中一样。

火炉台擦得很亮了，碗、筷子、小刀摆在格子上。清早起第一件事点起火炉来，而后擦地板，铺床。

炉铁板烧得很热时，我便站到火炉旁烧饭，刀子、匙子弄得很响。炉火在炉腔里起着小的爆炸，饭锅腾着气，葱花炸到油里，发出很香的烹调的气味。我细看葱花在油边滚着，渐渐变黄起来……小洋刀好像剥着梨皮一样，把土豆刮得很白，很好看，去了皮的土豆呈乳黄色，柔和而有弹力。炉台上铺好一张纸，把土豆再切成薄片。饭已熟，土豆煎好。打开小窗望了望，院心几条小狗在戏耍。

家庭教师还没有下课，菜和米香引我回到炉前再吃两口，用匙子调一下饭，再调一下菜，很忙的样子像在偷吃。在地板上走了又走，一个钟头的课程还不到吗？于是再打开锅盖吞下几口。再从小窗望一望。我快要吃饱的时候，他才回来。习惯上知道一定是他，他都是在院心大声弄着嗓子响。我藏在门后等他，有时候我不等他寻到，就作着怪声跳出来。

早饭吃完以后，就是洗碗，刷锅，擦炉台，摆好木格子。假如有表，怕是十一点还多了！

再过三四个钟头，又是烧晚饭。他出去找职业，我在家里烧饭，我在家里等他。火炉台，我开始围着它转走起来。每天吃饭，睡觉，愁柴，愁米……

这一切给我一个印象：这不是孩子时候了，是在过日子，开始过日子。

飞　雪

是晚间，正在吃饭的时候，管门人来告诉：

“外面有人找。”

踏着雪，看到铁栅栏外我不认识的一个人，他说他是来找武术教师。那么这人就跟我来到房中，在门口他找擦鞋的东西，可是没有预备那样完备。表示着很对不住的样子，他怕是地板会弄脏的。厨房没有灯，经过厨房时，那人为了脚下的雪差不多没有跌倒。

一个钟头过去了吧！我们的面条在碗中完全凉透，他还没有走，可是他也不说“武术”究竟是学不学，只是在那里用手帕擦一擦嘴，揉一揉眼睛，他是要睡着了！我一面用筷子调一调快凝住的面条，一面看他把外衣的领子轻轻地竖起来，我想这回他一定是要走。然而没有走，或者是他的耳朵怕受冻，用皮领来取一下暖，其实，无论如何在屋里也不会冻耳朵，那么他是想坐在椅子上睡觉吗？这里是睡觉的地方？

结果他也没有说“武术”是学不学，临走时他才说：

“想一想……想一想……”

常常有人跑到这里来想一想，也有人第二次他再来想一想。立刻就决定的人一个也没有，或者是学或者是不学。看样子当面说不学，怕人不好意思，说学，又觉得学费不能再少一点吗？总希望武术教师把学费自动减少一点。

我吃饭时很不安定，替他挑碗面，替自己挑碗面，一会又剪一剪灯花，不然蜡烛颤嗦得使人很不安。

两个人一句话也不说，对着蜡烛吃着冷面。雪落得很大了！出去倒脏水回来，头发就是混合的。从门口望出去，借了灯光，大雪白茫茫，一刻就要倾满人间似的。

郎华披起才借来的夹外衣，到对面的屋子教武术。他的两只空袖口没进大雪片中去了。我听他开着对面那房子的门。那间客厅光亮起来。我向着窗子，雪片翻倒倾忙着，寂寞并且严肃的夜，围临着我，终于起着咳嗽关了小窗。找到一本书，读不上几页，又打开小窗，雪大了呢？还是小了？人在无聊的时候，风雨，总之一切天象会引起注意来。雪飞得更忙迫，雪片和雪片交织在一起。

很响的鞋底打着大门过道，走在天井里，鞋底就减轻了声音。我知道是汪林回来了。那个旧日的同学，我没能看见她穿的是中国衣裳或是外国衣裳，她停在门外的木阶上在按铃。小使女，也就是小丫环开了门，一面问：

“谁？谁？”

“是我，你还听不出来！谁！谁！”她有点不耐烦，小姐们有了青春更骄傲，可是做丫环的一点也不知道这个。假若不是落雪，一定能看到那女孩是怎样无知的把头缩回去。

又去读读书。又来看看雪，读了很多页了，但什么意思呢？我也不知道。因为我心里只记得：落大雪，天就转寒。那么从此我不能出屋了吧？郎华没有皮帽，他的衣裳没有皮领，耳朵一定要冻伤的吧？

在屋里，只要火炉生着火，我就站在炉边，或者更冷的时候，我还能坐到铁炉板上去把自己煎一煎。若没有木柈，我就披着被坐在床上，一天不离床，一夜不离床，但到外边可怎么能去呢？披着被上街吗？那还可以吗？

我把两只脚伸到炉腔里去，两腿伸得笔直，就这样在椅子上对着门看书；哪里看书，假看，无心看。

郎华一进门就说：“你在烤火腿吗？”

我问他：“雪大小？”

“你看这衣裳！”他用面巾打着外套。

雪，带给我不安，带给我恐怖，带给我终夜各种不舒适的梦……一大群小猪沉下雪坑去……麻雀冻死在电线上，麻雀虽然死了，仍挂在电线上。行人在旷野白色的大树里，一排一排地僵直着，还有一些把四肢都冻丢了。

这样的梦以后，但总不能知道这是梦，渐渐明白些时，才紧抱住郎华，但总不能相信这不是真事。我说：

“为什么要做这样的梦？照迷信来说，这可不知怎样？”

“真糊涂，一切要用科学方法来解释，你觉得这梦是一种心理，心理是从哪里来的？是物质的反映。你摸摸你这肩膀，冻得这样凉，你觉得到肩膀冷，所以，你做那样的梦！”很快地他又睡去。留下我觉得风从棚顶，从床底都会吹来，冻鼻头，又冻耳朵。

夜间，大雪又不知落得怎样了！早晨起来，一定会推不开门吧！记得爷爷说过：大雪的年头，小孩站在雪里露不出头顶……风不住扫打窗子，狗在房后哽哽地叫……

从冻又想到饿，明天没有米了。

他的上唇挂霜了

他夜夜出去在寒月的清光下。他到五里路远一条僻静的街上去教两个人读国文课本。这是新找到的职业，不能说是职业，只能说新找到十五元钱。

秃着耳朵，夹外套的领子还不能遮住下巴，就这样夜夜出去，一夜比一夜冷了！听得见人们踏着雪地的响声也更大。他带着雪花回来，裤子下口全是白色，鞋也被雪浸了一半。

“又下雪吗？”

他一直没有回答，像是同我生气。我把袜子脱下来，雪积满他的袜口，我拿他的袜子在门扇上打着，只有一小部分雪星是震落下来，袜子的大部分全是潮湿了的。等我在火炉上烘袜子的时候，一种很难忍的气味满屋散布着。

“明天早晨晚些吃饭，南岗有一个要学武术的。等我回来吃。”他说这话完全没有声色，把声音弄得很低很低……或者他想要严肃一点，也或者他把这事故意看做平凡的事，总之我不能猜到了！

他赤了脚，穿上“傻鞋”去到对门上武术课。

“你等一等，袜子就要烘干的。”

“我不穿。”

“怎么不穿！汪家有小姐的。”

“有小姐管什么？”

“不是不好看吗？”

“什么好看不好看！”他光着脚去，也不怕小姐们看，汪家有两个很漂亮的小姐。

他很忙，早晨起来就跑到南岗去，吃过饭又要给他的小徒弟上国文课。一切忙完了又跑出去借钱。晚饭后又是教武术，又是去教中学课本。

夜间他睡觉醒也不醒转来，我感到非常孤独了！白昼使我对着一些家具默坐，我虽生着嘴也不言语，我虽生着腿也不能走动，我虽生着手而也没有什么做，和一个废人一般，有多么寂寞！连视线都被墙壁截止住，连看一看窗前的麻雀也不能够，什么也不能够，玻璃生满厚的和绒毛一般的霜雪。这就是“家”，没有阳光，没有暖，没有声，没有色，寂寞的家，穷的家，不生毛草荒凉的广场。

我站在小过道窗口等郎华，我的肚子很饿。

铁门扇响了一下，我的神经便要震荡一下，铁门响了无数次，来来往往都是和我无关的人，汪林她很大的皮领子和她很响的高跟鞋相配称，她摇摇晃晃，满满足足，她的肚子想来很饱很饱，向我笑了笑，滑稽的样子用手指点我一下：

“啊！又在等你的郎华……”她快走到门前的木阶还说着：“他出去，你天天等他，真是怪好的一对！”

她的声音在冷空气里来得很脆，也许是少女们特有的喉咙。对于她，我立刻把她忘记，也许原来就没把她看见，没把她听见，假若我是个男人，怕是也只有这样。肚子响叫起来。

汪家厨房传出来炒酱的气味，隔得远我也会嗅到，他家吃炸酱面吧！炒酱的铁勺子一响，都像说：炸酱面炸酱面……

在过道站着，脚冻得很痛，鼻子流着鼻涕。我回到屋里。关好二层门，不知是想什么，默坐了好久。

汪林的二姐到冷屋去取食物，我去倒脏水见她，平日不很说话，很生疏，今天她却说：

“没去看电影吗？这个片子不错，胡蝶主演。”她蓝色的大耳环永远吊荡着不能停止。

“没去看。”我的袍子冷透骨了！

“这个片子很好，煞尾是结了婚，看这片子的人都猜想，假若演下去，那是怎么美满的……"

她热心地来到门缝边，在门缝我也看到她大长的耳环在摆动。

"进来玩玩吧。"

"不进去，要吃饭啦！"

郎华回来了，他的上唇挂霜了！汪二小姐走得很远时，她的耳环和她的话声仍震荡着："和你度蜜月的人回来啦，他来了。"

好寂寞的，好荒凉的家呀！他从口袋取出烧饼来给我吃。他又走了，说有一家招请电影广告员，他要去试试。

"什么时候回来？什么时候回来？"我追赶到门外问他，好像很久捉不到的鸟儿，捉到又飞了！失望和寂寞，虽然吃着烧饼也好像饿倒下来。

小姐们的耳环，对比着郎华的上唇挂着的霜，对门居着，他家的女儿看电影，戴耳环；我家呢？我家……

当　铺

“你去当吧！你去当吧，我不去！”

“好，我去，我就愿意进当铺，进当铺我一点也不怕，理直气壮。”

新做起来的，我的棉袍，一次还没有穿就跟着我进当铺去了！在当铺门口稍微徘徊了一下，想起出门时郎华要的价目——非两元不当。

包袱送到柜台上，我是仰着脸，伸着腰，用脚尖站起来送上去的，真不晓得当铺为什么摆起这么高的柜台！

那戴帽头的人翻着衣裳看，还不等他问，我就说了：

“两块钱。”

他一定觉得我太不合理，不然怎么连看我一眼也没看就把东西卷起来，他把包袱仿佛要丢在我的头上，他十分不耐烦的样子。

“两块钱不行，那么多少钱呢？”

“多少钱不要。”他摇摇相同长西瓜形的脑袋，小帽头顶尖的红帽球也跟着摇了摇。

我伸手去接包袱，我一点也不怕，我理直气壮，我明明知道他故意作难，正想把包袱接过来就走。猜得对对的，他并不把包袱真给我。

“五毛钱！这件衣服袖子太瘦，卖不出钱来……”

“不当。”我说。

“那么一块钱……再可不能多了，就是这个数目。”他把腰微微向后弯一点，柜台太高，看不出他突出的肚囊……一只大手指，就比在和他太阳穴一般高低的地方。

带着一元票子和一张当票，我快快地走，走起路来感到很爽快，默认自己是很有钱的人。菜市，米店我都去过，臂上抱了很多东西，感到非常愿意抱这些东西，手冻得很痛，觉得这是应该，对于手一点也不感到可惜，本来手就应该给我服务，好像冻掉了也不可惜。走在一家包子铺门前，又买了十个包子，看一看自己带着这些东西，很骄傲，心血时时激动，至于手冻得怎样痛，一点也不可惜。路旁遇见一个老叫化子，又停下来给他一个大铜板，我想我有饭吃，他也是应该吃啊！然而没有多给，只给一个大铜板，那些我自己还要用呢！又摸一摸当票也没有丢，这才重新走，手痛得什么心思也没有了，快到家吧！快到家吧。但是，背上流了汗，腿觉得很软，眼睛有些刺痛，走到大门口，才想起来从搬家还没有出过一次街，走路腿也无力，太阳光也怕起来。

又摸一摸当票才走进院去。郎华仍躺在床上，和我出来的时候一样，他还不习惯于进当铺。他是在想什么。拿包子给他看，他跳起来了：

“我都饿啦，等你也不回来。”

十个包子吃去一大半，他才细问：“当多少钱？当铺没欺负你？”

把当票给他，他瞧着那样少的数目：

“才一元，太少。”

虽然说当得的钱少，可是又愿意吃包子，那么结果很满足。他在吃包子的嘴，看起来比包子还大，一个跟着一个，包子消失尽了。

借

“女子中学”的门前，那是三年前在里边读书的学校。和三年前一样，楼窗，窗前的树，短板墙，墙外的马路，每块石砖我踏过它。墙里墙外的每棵树尚存着我温馨的记忆，附近的家屋唤着我往日的情绪。

我记不了这一切啊！管它是温馨的是痛苦的，我忘不了这一切啊！我在那楼上正是我有着青春的时候。

现在已经黄昏了，是冬的黄昏。我踏上水门汀的阶石，轻轻地迈着步子。三年前，曾按过的门铃又按在我的手中。出来开门的那个校役，他还认识我。楼梯上下跑走的那一些同学却咬着耳说：“这是找谁的？”

一切全不生疏，事务牌，信箱，电话室，就是挂衣架子三年也没有搬动，仍是摆在传达室的门外。

我不能立刻上楼，这对于我是一种侮辱似的。旧同学虽有，怕是教室已经改换了，宿舍我不知道在楼上还是在楼下。

“梁先生——国文梁先生在校吗？”我对校役说。

“在校是在校的，正开教务会议。”

“什么时候开完？”

“那怕到七点钟吧！”

墙上的钟还不到五点，等也是无望，我走出校门来了，这一刻，我完全没有来时的感觉，什么街石，什么树，这对我发生什么关系？

“吟——在这里。”郎华在很远的路灯下打着招呼。

“回去吧！走吧！”我走到他身边，再不说别的。

顺着那条斜坡的直道走得很远的我才告诉他：

“梁先生开教务会议，开到七点，我们等得了吗？”

“那么你能走吗？肚子还疼不疼？”

“不疼，不疼。”

圆月从东边一小片林梢透过来，暗红色的圆月，很大很混浊的样子，好像老人昏花的眼睛垂到天边去。脚下的雪不住在滑着，响着，走了许多时候，一个行人没有遇见，来到火车站了！大时钟在暗红色的空中发着光，火车的汽笛震鸣着冰寒的空气，电车，汽车，马车，人力车，车站前忙着这一切。

顺着电车道走，电车响着铃子从我们身边一辆一辆地过去。没有借到钱，电车就上不去。走吧！挨着走，肚痛我也不能说。走在桥上，大概是东行的火车突着烟从桥下经过，震得人会耳鸣起来，索练一般的爬向市街去。从岗上望下来，最远处，商店的红绿电灯不住的闪闭，在夜里的人家好像在烟里一般，若没有灯光从窗子流出来，那么所有的楼房就该变成幽寂的，没有钟声的大教堂了！站在冈上望下去，“许公路”的电灯，好像扯在太阳下的长串的黄色铜铃，越远那些铜铃越增加着密度，渐渐数不过来了！

挨着走，昏昏茫茫地走，什么夜，什么市街，全是阴沟，我们滚在沟中。携着手吧！相牵着走吧！天气那样冷，道路那样滑，我时时要滑倒的样子，脚下不稳起来，不自主起来，在一家电影院门前我终于跌倒了，坐在冰上，因为道上无处不是冰。膝盖的关节一定受了伤害，他虽拉着我，走起来也十分困难。“肚子跌痛了没有？你实在不能走了吧？”

到家把剩下来的一点米煮成稀饭，没有盐，没有油，没有菜，暖一暖肚子算了。吃饭，肚子仍不能暖，饼干盒子盛了热水，盒子漏了。郎华又拿一个空玻璃瓶要盛热水给我暖肚子，瓶底炸掉下来，满地流着水。他拿起没有底的瓶子当号筒来吹。在那呜呜的响声里边，我躺到冰冷的床上。

买皮帽

“破烂市”上打起着阴棚，很大一块地盘全然被阴棚连络起来，不断地摆着摊子：鞋，袜，帽子，面巾，这都是应用的东西。摆出来最多的，是男人的裤子和衬衫。我打量了郎华一下，这裤子他应该买一条。我正想问价钱的时候，忽然又被那些大大小小的皮外套吸引住。仰起头，看那些挂得很高的，一排一排的外套，宽大的领子，黑色毛皮的领子，虽是马夫穿的外套，郎华穿不也很好吗？又正想问价钱，郎华在那边叫我：

“你来，这个帽子怎么样?”他拳头上顶着一个四个耳朵的帽子正在转着弯看，我一见那和猫头一样的帽就笑了，我还没有走到他近边，我就说：“不行。”

“我小的时候，在家乡尽戴这个样帽子。”他赶快顶在头上试一试。立刻他就变成个小猫样，“这真暖和。”他又把左右的两个耳朵放下来，立刻我又看他像个小狗，总之他戴起这样的帽子不像个小猫，就像个小狗——因为小时候爷爷给我买过这样“叭狗帽”，爷爷叫它“叭狗帽”。

“这帽子暖和得很!”他又顶在拳头上转着弯摇了两下。

脚在阴棚里冻得难忍，在小的行人道跑了几个弯子，许多“飞机帽”，这个，那个，他都试过。黑色的比黄色的价钱便宜两角，他喜欢黄色的，同时又喜欢少花两角钱，于是走遍阴棚，在寻找。

“你的……什么的要?”出摊子的人这样问着。同是中国人，却把中国人当作日本或是高丽人。

我们不能买他的东西，很快的跑了过去。

郎华带上飞机帽了！两个大皮耳朵上面长两个小耳朵。

“快走啊，快走。”绕过不少路，才走出阴棚。若不是他喊我，我真被那些衣裳和裤子恋住了，尤其是马车夫们穿的羊皮外套。

重见天日时，我慌忙着跟上郎华去！

“还剩多少钱？”

“五毛。”

走过菜市，从前吃饭那个小饭馆，我想提议进去吃包子，一想到五角钱只好硬着心肠，背了自己的愿望走过饭馆。五角钱要吃三天，哪能进饭馆子？

街旁许多卖花生，瓜子的。

“有铜板吗？”我拉了他一下。

“没有，一个没有。”

“没有就完事。”

“你要买什么？”

“不买什么！”

“要买什么这不是有票子吗？”他停下来不走了。

“我想买点瓜子，没有铜板就不买。”

大概他想：爱人要买几个铜板瓜子的愿望都不能满足！于是慷慨地摸着他的衣袋。

这不是给爱人买瓜子的时候，吃饭比瓜子更要紧；饿比爱人更要紧。

风雪吹着我们走回家来了，手疼，脚疼，我白白地跟着跑了一趟。

广告员的梦想

有一个朋友到一家电影院去画广告，月薪四十元。画广告留给我一个很深的印象，我一面烧早饭一面看报，又有某个电影院招请广告员被我看到，立刻我动心了：我也可以吧？从前在学校时不也学过画吗？但不知月薪多少。

郎华回来吃饭，我对他说，他很不愿意作这事。他说："尽骗人。昨天别的报上登着一段招聘家庭教师的广告，我去接洽，其实去的人太多，招一个人，就要去十个，二十个……"

"去看看怕什么？不成完事。"

"我不去。"

"你不去我去。"

"你自己去?"

"我自己去!"

第二天早晨，我又留心那块广告，这回更能满足我的欲望。那广告又改登一次，月薪四十元，明明白白的是四十元。

"看一看去。不然，等着职业，职业会来吗?"我又向他说。

"要去。吃了饭就去，我还有别的事。"这次，他不很坚决了。

走在街上遇到他一个朋友。

"到哪里去?"

"接洽广告员的事情。"

"就是《国际协报》登的吗?"

"是的。"

"四十元啊!"这四十元他也注意到。

十字街商店高悬的大表还不到十一点钟，十二点才开始接洽。

已经寻找得好疲乏了，已经不耐烦了，代替接洽的那个“商行”才寻到。指明的是石头道街，可是那个“商行”是在石头道街旁的一条顺街尾上，我们的眼睛缭乱起来。走进“商行”去，在一座很大的楼房二层楼上，刚看到一个长方形的亮铜牌钉在过道，还没看到究竟是什么个“商行”，就有人截住我们：“什么事?”

“来接洽广告员的!”

“今天星期日，不办公。”

第二天再去的时候还是有勇气的，是阴天，飞着清雪。那个“商行”的人说：

“请到电影院本家去接洽吧。我们这里不替他们接洽了。”

郎华走出来就埋怨我：“这都是你主张，我说他们尽骗人，你不信!”

“怎么又怨我?”我也十分生气。

“不都是想当广告员吗？看你当吧!”

吵起来了。他觉得这是我的过错，我觉得他不应该同我生气。走路时他在前面，总比我快一些，他不愿意和我一起走的样子，好像我对事情没有眼光使他讨厌的样子。冲突就这样越来越大，当时并不去怨恨那个“商行”或是那个电影院，只是他生气我，我生气他，真正的目的却丢开了。两个人吵着架回来。

第三天，我再不去了。我再也不提那事。仍是在火炉板上烘着手。他自己出去，戴着他的飞机帽。

“南岗那个人的武术不教了。”晚上他告诉我。

我知道，就是那个人不学了。

第二天，他仍戴着他的飞机帽走了一天。到夜间我也并没提起广告员的事。照样第三天我也并没有提，我已经没有兴致想找那样的职业。可是他自动的，比我更留心，自己到那个电影院去过两次。

“我去过两次，第一回说经理不在，第二回说过几天再来吧。

真他妈的！有什么劲，只为着四十元钱，就去给他们耍宝！画的什么广告？什么情火啦，艳史啦，甜蜜啦，真是无耻和肉麻！”

他发的议论我是不回答的。他愤怒起来，好像有人非捉他去作广告员不可。

“你说我们能干那样无聊的事？去他娘的吧！滚蛋吧！”他竟骂起来，跟着他就骂起自己来：“真是混蛋，不知耻的东西，自私的爬虫！”

直到睡觉时他还没忘掉这件事，他还向我说：“你说我们不是自私的爬虫是什么？只怕自己饿死，去画广告，画得好一点，不怕肉麻，多招来一些看情史的，使人们羡慕富丽，使人们一步一步的爬上去……就是这样只怕自己饿死，毒害多少人不管，人是自私的东西……若有人每月给二百元，不是什么都干了吗？我们就是不能够推动历史，也不能站在相反的方面努力败坏历史！”

他讲的使我也感动了，并且声音不自知的越讲越大，他已经开始更细的分析自己……

“你要小点声啊，房东那屋常常有日本朋友来。”我说。

又是一天，我们在“中央大街”闲荡着，很瘦很高的老秦在他肩上拍了一下。冬天下午三四点钟时已经快要黄昏了，阳光仅仅留在楼顶，渐渐微弱下来，街路完全在晚风中，就是行人道上也有被吹起的霜雪扫着人们的腿。

冬天在行人道上遇见朋友总是不把手套脱下来就握手的。那人的手套大概很凉吧，我见郎华的赤手握了一下就抽回来。我低下头去，顺便看到老秦的大皮鞋上撒着红绿的小斑点。

“你的鞋上怎么有颜料？”

他说他到电影院去画广告了。他又指给我们电影院就是眼前那个，他说：

“我的事情很忙，四点钟下班，五点钟就要去画广告。你们可以不可以帮我一点忙？”

听了这话，郎华和我都没回答。

“五点钟我在卖票的地方等你们，你们一进门就能看见我。”老秦走开了。

晚饭吃的烤饼，差不多每张饼都半生就吃下的，为着忙也没有到桌子上去吃，就围在炉边吃的。他的脸被火烤得通红。我是站着吃的。看一看新买的小表五点了，所以连汤锅也没有盖起我们就走出了，汤在炉板上蒸着气。

不用说我是连一口汤也没喝，郎华已跑在我的前面。我一面弄好头上的帽子一面追随他。才要走出大门时，忽然想起火炉旁还堆着一堆木柴，怕着了火，又回去看了一趟。等我再出来的时候他已跑到街口去了。

他说我：“做饭也不晓得快做！摸索，你看晚了吧！女人就会摸索，女人就能耽误事！”

可笑的内心起着矛盾。这行业不是干不得吗？怎么跑得这样快呢？他抢着跨进电影院的门去。我看他矛盾的样子，好像他的后脑勺也在起着矛盾，我几乎笑出来跟着他进去了。

不知俄国人还是英国人，总之是大鼻子，站在售票处卖票。问他老秦，他说不知道。问别人又不知道哪个人是电影院的人。等了半个钟头也不见老秦。又只好回家了。

他的学说一到家就生出来，照样生出来：“去他娘的吧！都是你愿意去，那不成，那不成啊！人这自私的东西，多碰几个钉子也对。”

他到别处去了，留我一个人在家。

“你们怎么不去找找？”老秦一边脱着皮帽一边说。

“还到哪里找去？等了半点钟也看不到你！”

“我们一同走吧。郎华呢？”

“他出去了。”

“那么我们先走吧。你就是帮我忙，每月四十元，你二十，我二十，均分。”

在广告牌前站到十点钟才回来。郎华找我两次也没有找到，所以他正在房中生气。这一夜，我和他就吵了半夜，他去买酒喝，我也抢着喝了一半，哭了，两个人都哭了。他醉了以后在地板上嚷着说：

“一看到职业，什么也不管就跑了，有职业，爱人也不要了！”

我是个很坏的女人吗？只为了二十元钱，把爱人气得在地板上滚着！醉酒的心像有火烧，像有开水在滚，就是哭也不知道为什么要哭，已经失去了理智，他也和我同样。

第二天酒醒，是星期日。他同我去画了一天的广告。我是老秦的副手，他是我的副手。

第三天就没有去，电影院另请了别人。

广告员的梦到底做成了，但到底是碎了。

新　识

太寂寞了，“北国”人人感到寂寞。一群人组织一个画会，大概是我提议的吧！又组织一个剧团，第一次参加讨论剧团事务的人有十几个，是借民众教育馆阅报室讨论的。其中有一个脸色很白，多少有一点像政客的人，下午就到他家去继续讲座。许久没有到过这样暖的屋子，壁炉很热，阳光晒在我的头上；明亮而暖和的屋子使我感到热了！第二天是个假日，大家又到他家去。那是夜了，在窗子外边透过玻璃的白霜，晃晃荡荡的一些人在屋里闪动，同时阵阵起着高笑。我们打门的几乎没有人听到，后来把手放重一些，但是仍没有人听到，后来敲玻璃窗片，这回立刻从纱窗帘现出一个灰色的影子，那影子用手指在窗子上抹了一下，黑色的眼睛出现在小洞。于是声音同人一起来在过道了。

“郎华来了，郎华来了！”开了门，一面笑着一面握手。虽然是新识，但非常熟识了！我们在客厅门外除了外套，差不多挂衣服的钩子都将挂满。

“我们来得晚了吧！”

“不算晚，不算晚，还有没到的呢！”

客厅的台灯也开起来，几个人围在灯下读剧本。还有一个从前的同学也在读剧本，她的背靠着炉壁，淡黄色有点闪光的炉壁衬在背后，她黑的作着曲卷的头发就要散到肩上去。她演剧一般地在读剧本。她波状的头发和充分作着圆形的肩，停在淡黄色的壁炉前，是一幅完成的少妇美丽的剪影。

她一看到我就不在读剧本了！我们两个靠着墙，无秩序地谈了些话。研究着壁上嵌在大框子里的油画。我受冻的脚遇到了热，在鞋里面作痒。这是我自己的事，努力忍着好了！

客厅中那么许多人都是生人。大家一起喝茶，吃瓜子。这家的主人来来往往地走，他很像一个主人的样子，他讲话的姿式很温和，面孔带着敬意，并且他时时整理他的上衣，挺一挺胸，直一直胳臂，他的领结不知整理多少次，这一切表示个主人的样子。

客厅每一个角落有一张门，可以通到三个另外的小屋去，其余的一张门是通过道的。就从一个门中走出一个穿皮外套的女人，转了一个弯，她走出客厅去了。

我正在台灯下读着一个剧本时，听到郎华和什么人静悄悄在讲话。看去是一个胖军官样的人和郎华对面立着。他们走到客厅中央圆桌的地方坐下来。他们的谈话我听不懂，什么“炮二队”“第九期，第八期”，又是什么人，我从未听见过的名字郎华说出来，那人也说，总之很稀奇。不但我感到稀奇，为着这样生疏的术语，所有客厅中的人都静肃了一下。

从右角的门扇走出一个小女人来，虽然穿的高跟鞋，但她像个小“蒙古”。胖人站起来说：

“这是我的女人！”

郎华也把我叫过去，照样也说给他们。这样一来，我就可以坐在旁边细听他们的讲话了！

走在回家的路上，郎华告诉我：

“那个是我的同学啊！”

电车不住地响着铃子，冒着绿火。半面月亮升起在西天，街角卖豆浆的灯火好像个小萤火虫，卖浆人守着他渐渐冷却的浆锅，默默打转。夜深了！夜深了。

“牵牛房”

还不到三天，剧团就完结了！很高的一堆剧本剩在桌子上面。感到这屋子广大了一些，冷了一些。

“他们也来过，我对他们说这个地方常常有一大群人出来进去是不行啊！日本子这几天在道外捕去很多工人。像我们这剧团……不管我们是剧团还是什么，日本子知道那就不好办……”

结果是什么意思呢？就说剧团是完了！我们站起来要走，觉得剧团都完了，再没有什么停留的必要，很伤心似的。后来郎华的胖友人出去买瓜子，我们才坐下来吃着瓜子。

厨房有家具响，大概这是吃夜饭的时候。我们站起来快快地走了。他们说：

“也来吃饭吧！不要走，不要客气。”

我们说：“不客气，不客气。”其实，才是客气呢！胖朋友的女人，就是那个我所说的小“蒙古”，她几乎来拉我。

“吃过了，吃过了！”欺骗着自己的肚子跑出来，感到非常空虚，剧团也没有了，走路也无力了。

“真没意思，跑了这些次，我头疼了咧！”

“你快点走，走得这样慢！”郎华说。

使我不耐烦的倒不十分是剧团的事情，因为是饿了！我一定知道家里一点什么吃的东西也没有。

因为没有去处，以后常到那地方闲坐，第四次到他家去闲坐，正是新年的前夜，主人约我们到他家过年。其余新识的那一群也都欢迎我们在一起玩玩。有的说：

"'牵牛房'又牵来两条牛!"

有人无理由地大笑起来,"牵牛房"是什么意思,我不能解释。

"夏天窗前满种着牵牛花,种得太多啦!爬满了窗门,因为这个叫'牵牛房'!主人大声笑着给我们讲了一遍。

"那么把人为什么称做牛呢?"还太生疏,我没有说这话。

不管怎样玩,怎样闹,总是各人有各人的立场。女仆出去买松子,拿着三角钱,这钱好像是我的一样,非常觉得可惜,我急得要颤栗了!就像那女仆把钱去丢掉一样。

"多余呀!多余呀!吃松子做什么!不要吃吧!不要吃那样没用的东西吧!"这话我都没有说,我知道说这话还不是地方。等一会虽然我也吃着,但我一定不同别人那样感到趣味;别人是吃着玩,我是吃着充饥!所以一个跟着一个咽下它,毫没有留在舌头上尝一尝滋味的时间。

回到家来才把这可笑的话告诉郎华。他也说他不觉的吃了很多松子,他也说他像吃饭一样吃松子。

起先我很奇怪,两人的感觉怎么这样相同呢?其实一点也不奇怪,因为饿才把两个人的感觉弄得一致的。

十元钞票

在绿色的灯下，人们跳着舞狂欢着，有的抱着椅子跳。胖朋友他也丢开风琴，从角落扭转出来，他扭到混杂的一堆人去，但并不消失在人中。因为他胖，同时也因为他跳舞做着怪样，他十分不协调的在跳，两腿扭颤得发着疯。他故意妨碍别人，最终他把别人都弄散开去，地板中央只留下一个流汗的胖子。人们怎样大笑，他不管。

“老牛跳得好！”人们向他招呼。

他不听这些，他不是跳舞，他是乱跳瞎跳，他完全胡闹，他蠢得和猪、和蟹子那般。

红灯开起来，扭扭转转的那一些绿色的人变红起来。红灯带来另一种趣味，红灯带给人们更热心的胡闹。瘦高的老桐扮了一个女相，和胖朋友跳舞。女人们笑流泪了！直不起腰了！但是胖朋友仍是一拐一拐。他的“女舞伴”在他的手臂中也是谐和地把头一扭一拐，扭得太丑，太愚蠢，几乎要把头扭掉，要把腰扭断，但是他还扭，好像很不要脸似的，一点也不知羞似的，那满脸的红胭脂呵！那满脸丑恶得到妙处的笑容！

第二次老桐又跑去化妆，出来时，头上包一张红布，脖子后拖着很硬的但有点颤动的棍状的东西，那是用红布扎起来的、扫帚把柄的样子，生在他的脑后。又是跳舞，每跳一下，脑后的小尾巴就随着颤动一下。

跳舞结束了，人们开始吃苹果，吃糖，吃茶。就是吃也没有个吃的样子！有人说：

“我能整吞一个苹果。”

“你不能，你若能整吞个苹果，我就能整吞一个活猪！”另一个说。

自然，苹果也没有吞，猪也没有吞。

外面对门那家锁着的大狗，锁链子在响动。腊月开始严寒起来，狗冻得小声吼叫着。

带颜色的灯闭起来，因为没有颜色的刺激，人们暂时安定了一刻。因为过于兴奋的缘故，我感到疲乏，也许人人感到疲乏大家都安定下来，都像恢复了人的本性。

小“电驴子”从马路笃笃地跑过，又是日本宪兵在巡逻吧！可是没有人害怕，人们对于日本宪兵的印象还浅。

“玩呀！乐呀！”第一个站起的人说。

“不乐白不乐，今朝有酒今朝醉……”大个子老桐也说。

胖朋友的女人拿一封信，送到我的手里：

“这信你到家去看好啦！”

郎华来到我的身边。也不知道这是什么意思，我就把信放到衣袋中。

只要一走出屋门，寒风立刻刮到人们的脸，外衣的领子竖起来，显然郎华的夹外套是感到冷，但是他说：“不冷。”

一同出来的人，都讲着过旧年时比这更有趣味，那一些趣味早从我们跳开去。我想我有点饿，回家可吃什么？于是别的人再讲什么，我听不到了?！郎华也冷了吧，他拉着我走向前面，越走越快了，使我们和那些人远远的分开。

在蜡烛旁忍着脚痛看那封信，信里边十元钞票露出来。

夜是如此静了，小狗在房后吼叫。

第二天，一些朋友来约我们到“牵牛房”去吃夜饭。果然吃得好，这样的饱餐，非常觉得不多得，有鱼，有肉，有很好滋味的汤。又是玩到半夜才回来。这次我走路时很起劲，饿了也不怕，在家有十元票子在等我。我特别充实地迈着大步，寒风不能打击我。

“新城大街”，“中央大街”，行人很稀少了！人走在行人道，好像没有挂掌的马走在冰面，很小心的，然而时时要跌倒。店铺的铁门关得紧紧，里面无光了，街灯和警察还存在，警察和垃圾箱似的失去了威权，他背上的枪提醒着他的职务，若不然他会依着电线柱睡着的。再走就快到“商市街”了！然而今夜我还没有走够，“马迭尔”旅馆门前的大时钟孤独挂着。向北望去，松花江就是这条街的尽头。

我的勇气一直到“商市街”口还没消灭，脑中，心中，脊背上，腿上，似乎各处有一张十元票子，我被十元票子鼓励得肤浅得可笑了。

是叫化子吧！起着哼声，在街的那边移动。我想他没有十元票子吧！

铁门用钥匙打开，我们走进院去，但，我仍听得到叫化子的哼声……

同命运的小鱼

我们的小鱼死了。它从盆中跳出来死的。

我后悔，为什么要出去那么久！为什么只贪图自己的快乐而把小鱼干死了！

那天鱼放到盆中去洗的时候，有两条又活了，在水中立起身来。那么只用那三条死的来烧茶。鱼鳞一片一片地掀掉，沉到水盆底去；肚子剥开，肠子流出来。我只管掀掉鱼鳞，我还没有洗过鱼，这是试着干，所以有点害怕，并且冰凉的鱼的身子，我总会联想到蛇；剥鱼肚子我更不敢了。郎华剥着，我就在旁边看，然而看也有点躲躲闪闪，好像乡下没有教养的孩子怕着已死的猫会还魂一般。

“你看你这个无用的，连鱼都怕。”说着，他把已经收拾干净的鱼放下，又剥第二个鱼肚子。这回鱼有点动，我连忙扯了他的肩膀一下：“鱼活啦，鱼活啦！”

“什么活啦！神经质的人，你就看着好啦！”他逞强一般的在鱼肚子上划了一刀，鱼立刻跳动起来，从手上跳下盆去。

“怎么办哪？”这回他向我说了。我也不知道怎么办。他从水中摸出来看看，好像鱼会咬了他的手，马上又丢下水去。鱼的肠子流在外面一半，鱼是死了。

“反正也是死了，那就吃了它。”

鱼再被拿到手上，一点也不动弹。他又安然地把它收拾干净。直到第三条鱼收拾完，我都是守候在旁边，怕看，又想看。第三条鱼是全死的，没有动。盆中更小的一条很活泼了，在盆中转圈。另一条怕是要死，立起不多时又横在水面。

火炉的铁板热起来，我的脸感觉烤痛时，锅中的油翻着花。

鱼就在大炉台的菜板上，就要放到油锅里去。我跑到二层门去拿油瓶，听得厨房里有什么东西跳起来，噼噼啪啪的。他也来看。盆中的鱼仍在游着，那么菜板上的鱼活了，没有肚子的鱼活了，尾巴仍打得菜板很响。

这时我不知该怎样做，我怕看那悲惨的东西。躲到门口，我想：不吃这鱼吧。然而它已经没有肚子了，可怎样再活？我的眼泪都跑上眼睛来，再不能看了。我转过身去，面向着窗子。窗外的小狗正在追逐那红毛鸡，房东的使女小菊挨过打以后到墙根处去哭……

这是凶残的世界，失去了人性的世界，用暴力毁灭了它吧！毁灭了这些失去了人性的东西！

晚饭的鱼是吃的，可是很腥，我们吃得很少，全部丢到垃圾箱去。

剩下来两条活的就在盆里游泳。夜间睡醒时，听见厨房里有乒乓的水声。点起洋烛去看一下。可是我不敢去，叫郎华去看。

“盆里的鱼死了一条，另一条鱼在游水响……”

到早晨，用报纸把它包起来，丢到垃圾箱去。只剩一条在水中上下游着，又为它换了一盆水，早饭时又丢了一些饭粒给它。

小鱼两天都是快活的，到第三天忧郁起来，看了几次，它都是沉到盆底。

“小鱼都不吃食啦，大概要死吧？”我告诉郎华。

他敲一下盆沿，小鱼走动两步；再敲一下，再走动两步……不敲，它就不走，它就沉下去。

又过一天，小鱼的尾巴也不摇了，就是敲盆沿，它也不动一动尾巴。

“把它送到江里一定能好，不会死。它一定是感到不自由才忧愁起来！”

“怎么送呢？大江还没有开冻，就是能找到一个冰洞把它塞下去，我看也要冻死，再不然也要饿死。”我说。

郎华笑了。他说我像玩鸟的人一样，把鸟放在笼子里，给它米子吃，就说它没有悲哀了，就说比在山里好得多，不会冻死，不会饿死。

“有谁不爱自由呢？海洋爱自由，野兽爱自由，昆虫也爱自由。”郎华又敲了一下水盆。

小鱼只悲哀了两天，又畅快起来，尾巴打着水响。我每天在火边烧饭，一边看着它，好像生过病又好起来的自己的孩子似的，更珍贵一点，更爱惜一点。天真太冷，打算过了冷天就把它放到江里去。

我们每夜到朋友那里去玩，小鱼就自己在厨房里过个整夜。它什么也不知道，它也不怕猫会把它攫了去，它也不怕耗子会使它惊跳。我们半夜回来也要看看，它总是安安然然地游着。家里没有猫，知道它没有危险。

又一天就在朋友那里过的夜，终夜是跳舞，唱戏。第二天晚上才回来。时间太长了，我们的小鱼死了！

第一步踏进门的是郎华，差一点没踏碎那小鱼。点起洋烛去看，还有一点呼吸，腮还轻轻地抽着。我去摸它身上的鳞，都干了，小鱼是什么时候跳出水的？是半夜？是黄昏？耗子惊了你，还是你听到了猫叫？

蜡油滴了满地，我举着蜡烛的手，不知歪斜到什么程度。

屏着呼吸，我把鱼从地板上拾起来，再慢慢把它放到水里，好像亲手让我完成一件丧仪。沉重的悲哀压住了我的头，我的手也颤抖了。

短命的小鱼死了！是谁把你摧残死的？你还那样幼小，来到世界——说你来到鱼群吧，在鱼群中你还是幼芽一般正应该生长的，可是你死了！

郎华出去了，把空漠的屋子留给我。他回来时正在开门，我就赶上去说："小鱼没死，小鱼又活啦！"我一面拍着手，眼泪就要流出来。我到桌子上去取蜡烛。他敲着盆沿，没有动，鱼又不动了。

"怎么又不会动了?"手到水里去把鱼立起来，可是它又横过去。

"站起来吧。你看蜡油啊！……"他拉我离开盆边。

小鱼这回是真死了！可是过一会又活了。这回我们相信小鱼绝对不会死，离水的时间太长，复一复原就会好的。

半夜郎华起来看，说它一点也不动了，但是不怕，那一定是又在休息。我招呼郎华不要动它，小鱼在养病，不要搅扰它。

亮天看它还在休息，吃过早饭看它还在休息。又把饭粒丢到盆中。我的脚踏起地板来也放轻些，只怕把它惊醒，我说小鱼是在睡觉。

这睡觉就再没有醒。我用报纸包它起来，鱼鳞沁着血，一只眼睛一定是在地板上挣跳时弄破的。

就这样吧，我送它到垃圾箱去。

几个欢快的日子

人们跳着舞，“牵牛房”那一些人们每夜跳着舞。过旧年那夜，他们就在茶桌上摆起大红蜡烛，他们摹仿着供财神，拜祖宗。灵秋穿起紫红绸袍，黄马褂，腰中配着黄腰带，他第一个跑到神桌前。老桐又是他那一套，穿起灵秋太太瘦小的旗袍，长短到膝盖以上，大红的脸，脑后又是用红布包起笤帚把柄样的东西，他跑到灵秋旁边，他们俩是一致的，每磕一下头，口里就自己喊一声口号：一、二、三……不倒翁样不能自主地倒下又起来。后来就在地板上烘起火来，说是过年都是烧纸的……这套把戏玩得熟了，惯了！不是过年，也每天来这一套，人们看得厌了！对于这事冷淡下来，没有人去大笑，于是又变一套把戏：捉迷藏。

客厅是个捉迷藏的地盘，四下窜走，桌子底下蹲着人，椅子倒过来扣在头上顶着跑，电灯泡碎了一个。蒙住眼睛的人受着大家的玩戏，在那昏庸的头上摸一下，在那分张的两手上打一下。有各种各样的叫声，蛤蟆叫，狗叫，猪叫，还有人在装哭。要想捉住一个很不容易，从客厅的四个门会跑到那些小屋去。有时瞎子就摸到小屋去，从门后扯出一个来，也有时误捉了灵秋的小孩。虽然说不准向小屋跑，但总是跑。后一次瞎子摸到王女士的门扇。

“那门不好进去。”有人要告诉他。

“看着，看着不要吵嚷！”又有人说。

全屋静下来，人们觉得有什么奇迹要发生，瞎子的手接触到门扇，他触到门上的铜环响，眼看他就要进去把王女士捉出来，每人心里都想着这个：看他怎样捉啊！

“谁呀！谁？请进来！”跟着很脆的声音开门来迎接客人了！以为她的朋友来访她。

小浪一般冲过去的笑声，使摸门的人脸上的罩布脱掉了，红了脸。王女士笑着关了门。

玩得厌了！大家就坐下喝茶，不知从什么瞎话上又拉到正经问题上。于是“做人”这个问题使大家都兴奋起来。

——怎样是“人”，怎样不是“人”？

“没有感情的人不是人。”

“没有勇气的人不是人。”

“冷血动物不是人。”

“残忍的人不是人。”

“有人性的人才是人。”

“……”

每个人都会规定怎样做人。有的人他要说出两种不同做人的标准。起首是坐着说，后来站起来说，有的也要跳起来说。

“人是情感的动物，没有情感就不能生出同情，没有同情那就是自私，为己……结果是互相杀害，那就不是人。”那人的眼睛睁得很圆，表示他的理由充足，表示他把人的定义下得准确。

“你说的不对，什么同情不同情，就没有同情，中国人就是冷血动物，中国人就不是人。”第一个又站了起来，这个人他不常说话，偶然说一句使人很注意。

说完了，他自己先红了脸，他是山东人，老桐学着他的山东调：

“老猛（孟）你使（是）人不使人？”

许多人爱和老孟开玩笑，因为他老实，人们说他像个大姑娘。

“浪漫诗人”，是老桐的绰号。他好喝酒，让他作诗不用笔就能一套连着一套，连想也不用想一下。他看到什么就给什么作个诗；朋友来了他也作诗：

“梆梆梆敲门响，呀！何人来了？”

总之，就是猫和狗打架，你若问他，他也有诗，他不喜欢谈论什么人啦！社会啦！他躲开正在为了“人”而吵叫的茶桌，摸到一本唐诗在读：

“昨日之……日不可留……今日之日……多……烦……忧”①，读得有腔有调，他用意就在打搅吵叫的一群。郎华正在高叫着：

“不剥削人，不被人剥削的就是人。”

老桐读诗也感到无味。

“走！走啊！我们喝酒去。”

他看一看只有灵秋同意他，所以他又说：

“走，走，喝酒去。我请客……”

客请完了！差不多都是醉着回来。郎华反反复复地唱着半段歌，是维特别离绿蒂的故事②，人人喜欢听，也学着唱。

听到哭声了！正像绿蒂一般年轻的姑娘被歌声引动着，哪能不哭？是谁哭？就是王女士。单身的男人在客厅中也被感动了，倒不是被歌声感动，而是被少女的明脆而好听的哭声所感动，在地心不住地打着转。尤其是老桐，他贪婪的耳朵几乎竖起来，脖子一定更长了点，他到门边去听，他故意说：

“哭什么？真没意思！”

其实老桐感到很有意思，所以他听了又听，说了又说：“没意思。”

不到几天，老桐和那女士恋爱了！那女士也和大家熟识了！也到客厅来和大家一道跳舞。从那时起，老桐的胡闹也是高等的胡闹了！

在王女士面前，他耻于再把红布包在头上，当灵秋叫他去跳滑稽舞的时候，他说：

“我不跳啦！”一点兴致也不表示。

等王女士从箱子里把粉红色的面纱取出来：

---

① “昨日”二句：出自李白《宣州谢朓楼饯别校书叔云》诗。

② 维特、绿蒂：歌德《少年维特的烦恼》中的一对恋人。

“谁来当小姑娘，我给他化妆。”

“我来，我……我来……”老桐他怎能像个小姑娘？他像个长颈鹿似的跑过去。

他自己觉得很好的样子，虽然是胡闹，也总算是高等的胡闹。头上顶着面纱，规规矩矩地、平平静静地在地板上动着步。但给人的感觉无异于他脑后的颤动着红扫帚柄的感觉。

别的单身汉，就开始羡慕幸福的老桐。可是老桐的幸福还没十分摸到，那女士已经和别人恋爱了！

所以“浪漫诗人”就开始作诗。正是这时候他失一次盗：丢掉他的毛毯，所以他就作诗“哭毛毯”。哭毛毯的诗作得很多，过几天来一套，过几天又来一套。朋友们看到他就问：

“你的毛毯哭得怎样了？”

女 教 师

一个初中学生，拿着书本来到家里上课，郎华一大声开讲，我就躲到厨房里去。第二天，那个学生又来，就没拿书，他说他父亲不许他读白话文，打算让他做商人，说白话文没有用；读古文他父亲供给学费，读白话文他父亲就不管。

最后，他从口袋摸出一张一元票子给郎华。

“很对不起先生，我读一天书，就给一元钱吧！”那学生很难过的样子，他说他不愿意学买卖。手拿着钱，他要哭似的。

郎华和我同时觉得很不好过，临走时，强迫把他的钱给他装进衣袋。

郎华的两个读中学课本的学生也不读了！他实在不善于这行业，到现在我们的生命线又断尽。胖朋友刚搬过家，我就拿了一张郎华写的条子到他家去。回来时我是带着米、面、木柈，还有几角钱。

我眼睛不住的盯住那马车，怕那车夫拉了木柈跑掉。所以我手下提着用纸盒盛着的米，因为我在快走而震摇着；又怕小面袋从车上翻下来，赶忙跑到车前去弄一弄。

听见马的铃铛响，郎华才出来！这一些东西很使他欢乐，亲切地把小面袋先拿进屋去。他穿着很单的衣裳，就在窗前摆堆着木柈。

“进来暖一暖再出去……冻着！”可是招呼不住他。始终摆完才进来。

“天真够冷。”他用手扯住很红的耳朵。

他又呵着气跑出去，他想把火炉点着，这是他第一次点火。

“柈子真不少，够烧五六天啦！米面也够吃五六天，又不怕啦！”

他弄着火，我就洗米烧饭。他又说了一些看见米面时特有高兴的话，我简直没理他。

米面就这样早饭晚饭的又快不见了，这就到我做女教师的时候了！

我也把桌子上铺了一块报纸，开讲的时候也是很大的声。郎华一看，我就要笑。他也是常常躲到厨房去。我的女学生，她读小学课本，什么猪啦！羊啦，狗啦！这一类字都不用我教她，她抢着自己念：“我认识，我认识！”

不管在什么地方碰到她认识的字，她就先一个一个念出来，不让她念也不行，因为她比我的岁数还大，我总有点不好意思。她先给我拿五元钱，并说：

“过几天我再交那五元。”

四五天她没有来，以为她不会再来了。那天，我正在烧晚饭，她跑来。她说她这几天生病。我看她不像生病，那么她又来做什么呢？过了好久，她站在我的身边：

“先生，我有点事求求你！”

“什么事？说吧……”我把葱花加到油里去炸。

她的纸单在手心握得很热，交给我；这是药方吗？信吗？都不是。

借着炉台上那个流着油的小蜡烛看，看不清，怕是再点两支蜡烛我也看不清，因为我不认识那样的字。

“这是易经上的字！”郎华看了好些时才说。

“我批了个八字，找了好些人也看不懂，我想先生是很有学问的人，我拿来给先生看看。”

这次她走去，再也没有来，大概她觉得这样的先生教不了她，连个“八字”都说不出所以然来！

春意挂上了树梢

三月花还没有开，人们嗅不到花香，只是马路上融化了积雪的泥泞干起来。天空打起朦胧的多有春意的云彩；暖风和轻纱一般浮动在街道上，院子里。春末了，关外的人们才知道春来。春是来了，街头的白杨树蹿着芽，拖马车的马冒着气，马车夫们的大毡靴也不见了，行人道上外国女人的脚又从长统套鞋里显现出来。笑声，见面打招呼声，又复活在行人道上。商店为着快快的传播春天的感觉，橱窗里的花已经开了，草也绿了，那是布置着公园的夏景。我看得很凝神的时候，有人撞了我一下，是汪林，她也戴着那样小沿的帽子。

“天真暖啦！走路都有点热。”

看着她转过“商市街”，我们才来到另一家店铺，并不是买什么，只是看看，同时晒晒太阳。这样好的行人道，有树，也有椅子，坐在椅子上，把眼睛闭起，一切春的梦，春的谜，春的暖力……这一切把自己完全陷进去。听着，听着吧！春在歌唱……

“大爷，大奶奶……帮帮吧！……”这是什么歌呢，从背后来的？这不是春天的歌吧！

那个叫化子嘴里吃着个烂梨，一条腿和一只脚肿得把另一只显得好像不存在似的。“我的腿冻坏啦！大爷，帮帮吧！唉唉……！”

有谁还记得冬天？阳光这样暖了！街树蹿着芽！

手风琴在隔道唱起来，这也不是春天的调，只要一看那个瞎人为着拉琴而挪歪的头，就觉得很残忍。瞎人他摸不到春天，他没有。坏了腿的人，他走不到春天，他有腿也等于无腿。

世界上这一些不幸的人，存在着也等于不存在，倒不如赶早把他们消灭掉，免得在春天他们会唱这样难听的歌。

汪林在院心吸着一支烟卷，她又换一套衣裳。那是淡绿色的，和树枝发出的芽一样的颜色。她腋下夹着一封信，看见我们，赶忙把信送进衣袋去。

“大概又是情书吧！”郎华随便说着玩笑话。

她跑进屋去了。香烟的烟缕在门外打了一下旋卷才消灭。

夜，春夜，中央大街充满了音乐的夜。流浪人的音乐，日本舞场的音乐，外国饭店的音乐……七点钟以后。中央大街的中段，在一条横口，那个很响的扩音机哇哇地叫起来，这歌声差不多响彻全街。若站在商店的玻璃窗前，会疑心是从玻璃发着震响。一条完全在风雪里寂寞的大街，今天第一次又号叫起来。

外国人！绅士样的，流氓样的，老婆子，少女们，跑了满街……有的连起人排来封闭住商店的窗子，但这只限于年轻人。也有的同唱机一样唱起来，但这也只限于年轻人。这好像特有的年轻人的集会。他们和姑娘们一道说笑，和姑娘们连起排来走。中国人来混在这些卷发人中间，少得只有七分之一，或八分之一。但是汪林在其中，我们又遇到她。她和另一个也和她同样打扮漂亮的、白脸的女人同走……卷发的人用俄国话说她漂亮。她也用俄国话和他们笑了一阵。

中央大街的南端，人渐渐稀疏了。

墙根，转角，都发现着哀哭，老头子，孩子，母亲们……哀哭着的是永久被人间遗弃的人们！那边，还望得见那边快乐的人群。还听得见那边快乐的声音。

三月，花还没有，人们嗅不到花香。

夜的街，树枝上嫩绿的芽子看不见，是冬天吧？是秋天吧？但快乐的人们，不问四季总是快乐；哀哭的人们，不问四季也总是哀哭！

小偷、车夫和老头

木柈车在石路上发着隆隆的重响。出了木柈场，这满车的木柈使老马拉得吃力了！但不能满足我，大木柈堆对于这一车木柈，真像在牛背上拔了一根毛，我好像嫌这柈子太少。

"丢了两块木柈哩！小偷来抢的，没看见？要好好看着，小偷常偷柈子……十块八块木柈也能丢。"

我被车夫提醒了！觉得一块木柈也不该丢，木柈对我才恢复了它的重要性。小偷眼睛发着光又来抢时，车夫在招呼我们：

"来了啊！又来啦！"

郎华招呼一声，那竖着头发的人跑了！

"这些东西顶没有脸，拉两块就得啦吧！贪多不厌，把这一车都送给你好不好？……"打着鞭子的车夫. 反复的在说那个小偷的坏话，说他贪多不厌。

在院心把木柈一块块推下车来，那还没有推完，车夫就不再动手了！把车钱给了他，他才说："先生，这两块给我吧！拉家去好烘烘火，孩子小，屋子又冷。"

"好吧！你拉走吧！"我看一看那是五块顶大的他留在车上。

这时他又弯下腰，去弄一些碎的，把一些木皮扬上车去，而后拉起马来走了。但他对他自己并没说贪多不厌，别的坏话也没说，跑出大门道走了。

只要有木柈车进院，铁门栏外就有人向院里看着问："柈子拉（锯）不拉？"

那些人带着锯，有两个老头也扒着门扇。

这些柈子就讲妥归两个老头来锯，老头有了工作在眼前，才对那个伙伴说："吃点么？"

我去买给他们面包吃。

柈子拉完又送到柈子房去。整个下午我不能安定下来；好像我从未见过木柈，木柈给我这样的大欢喜，使我坐也坐不定，一会跑出去看看。最后老头子把院子扫得干干净净的了！这时候，我给他工钱。

我先用碎木皮来烘着火。夜晚在三月里也是冷一点，玻璃窗上挂着蒸气。没有点灯，炉火颗颗星星的发着爆炸，炉门打开着，火光照红我的脸，我感到例外的安宁。

我又到窗外去拾木皮，我吃惊了！老头子的斧子和锯都背好在肩上，另一个背着架柈子的木架，可是他们还没有走。这许多的时候，为什么不走呢？

"太太，多给了钱吧？"

"怎么多给的！不多，七角五分不是吗？"

"太太，吃面包钱没有扣去！"那几角工钱，老头子并没放入衣袋，仍呈在他的手上，他借着离得很远的门灯在考察钱数。

我说："吃面包不要钱，拿着走吧！"

"谢谢，太太。"感恩似的，他们转过身走去了，觉得吃面包是我的恩情。

我愧得立刻心上烧起来，望着那两个背影停了好久，羞恨的眼泪就要流出来。已经是祖父的年纪了，吃块面包还要感恩吗？

公　园

树叶摇摇地挂满了池边。一个半胖的人走在桥上，他是一个报社的编辑。

“你们来多久啦?”他一看到我们两个在长石凳上就说。“多幸福，像你们多幸福，两个人逛逛公园……”

“坐在这里吧。”郎华招呼他。

我很快的让一个位置。但他没有坐，他的鞋底无意的踢撞着石子，身边的树叶让他扯掉两片。他更烦恼了，比前些日子看见他更有点两样。

“你忙吗？稿子多不多?”

“忙什么！一天到晚就是那一点事，发下稿去就完，连大样子也不看。忙什么，忙着幻想！”

“什么信！那……一点意思也没有，恋爱对于胆小的人是一种刑罚。”

让他坐下，他故意不坐下；没有人让他，他自己会坐下。于是他又用手拔着脚下的短草。他满脸似乎蒙着灰色。

“要恋爱，那就大大方方的恋爱，何必受罪?”郎华摇一下头。

一个小信封，小得有些神秘意味的，从他的口袋里拔出来，拔着蝴蝶或是什么会飞的虫儿一样，他要把那信给郎华看，结果只是他自己把头歪了歪，那信又放进了衣袋。

“爱情是苦的呢，是甜的？我还没有爱她，对不对？家里来信说我母亲死了那天，我失眠了一夜，可是第二天就恢复了。为什么她……她使我不安会整天，整夜？才通信两个礼拜，我觉得我的头发也脱落了不少，嘴上的小胡也增多了。”

当我们站起要离开公园时，又来一个熟人：“我烦忧啊！我烦忧啊！”像唱着一般说。

我和郎华踏上木桥了，回头望时，那小树丛中的人影也像对那个新来的人说：

“我烦忧啊！我烦忧啊！”

我每天早晨看报，先看文艺栏。这一天，有编者的说话：摩登女子的口红，我看正相同于“血”。资产阶级的小姐们怎样活着的？不是吃血活着吗？不能否认，那是个鲜明的标记。人涂着人的“血”在嘴上，那是污浊的嘴，嘴上带着血腥和血色，那是污浊的标记。

我心中很佩服他，因为他来得很干脆。我一面读报，一面走到院子里去，晒一晒清晨的太阳。汪林也在读报。

“汪林，起得很早！”

“你看，这一段，什么小姐不小姐，‘血’不‘血’的！这骂人的是谁？”

那天郎华把他做编辑的朋友领到家里来，是带着酒和菜回来的。郎华说他朋友的女友到别处去进大学了。于是喝酒，我是帮闲喝，郎华是劝朋友。至于被劝的那个朋友呢？他嘴里哼着京调哼得很难听。

和我们的窗子相对的是汪林的窗子。里面胡琴响了。那是汪林拉的胡琴。

天气开始热了，趁着太阳还没走到正空，汪林在窗下长凳上洗衣服。编辑朋友来了，郎华不在家，他就在院心里来回走转，可是郎华还没有回来。

“自己洗衣服，很热吧！”

“洗得干净。”汪林手里拿着肥皂答他。

郎华还不回来，他走了。

夏　夜

汪林在院心坐了很长的时间了。小狗在她的脚下打着滚睡了。

“你怎么样？我胳臂疼。”

“你要小声点说，我妈会听见。”

我抬头看，她的母亲在纱窗里边，于是我们转了话题。在江上摇船到“太阳岛”去洗澡这些事，她是背着她的母亲的。

第二天，她又是去洗澡。我们三个人租一条小船，在江上荡着。清凉的，水的气味。郎华和我都唱起来了。汪林的嗓子比我们更高。小船浮得飞起来一般。

夜晚又是在院心乘凉，我的胳臂为着摇船而痛了，头觉得发胀。我不能再听那一些话感到趣味。什么恋爱啦，谁的未婚夫怎样啦，某某同学结婚，跳舞……我什么也不听了，只是想睡。

“你们谈吧，我可非睡觉不可。”我向她和郎华告辞。

睡在我脚下的小狗，我误踏了它，小狗还在哽哽地叫着，我就关了门。

最热的几天，差不多天天去洗澡，所以夜夜我早早睡。郎华和汪林就留在暗夜的院子里。

只要接近着床，我什么全忘了。汪林那红色的嘴，那少女的烦闷……夜夜我不知道郎华什时候回屋来睡觉。就这样，我不知过了几天了。

“她对我要好，真是……少女们。”

“谁呢？”

“那你还不知道！”

“我还不知道。”我其实知道。

很穷的家庭教师，那样好看的有钱的女人竟同他要好了。

“我坦白地对她说了：我们不能够相爱的，一方面有吟，一方面我们彼此相差得太远……你沉静点吧……”他告诉我。

又要到江上去摇船。那天又多了三个人，汪林也在内。一共是六个人：陈成和他的女人，郎华和我，汪林，还有那个编辑朋友。

停在江边的那一些小船动荡得落叶似的。我们四个跳上了一条船，当然把汪林和半胖的人丢下。他们两个就站在石堤上。本来是很生疏的，因为都是一对一对的，所以我们故意要看他们两个也配成一对，我们的船离岸很远了。

“你们坏呀！你们坏呀！”汪林仍叫着。

为什么骂我们坏呢？那人不是她一个很好的小水手吗？为她荡着桨，有什么不愿意吗？也许汪林和我的感情最好，也许也最愿意和我同船。船荡得那么远了，一切江岸上的声音都隔绝，江沿上的人影也消灭了轮廓。

水声，浪声，郎华和陈成混合着江声在唱。远远近近的那一些女人的阳伞，这一些船，这一些幸福的船呀！满江上是幸福的船，满江上是幸福了！人间，岸上，没有罪恶了吧！

再也听不到汪林的喊，他们的船是脱开离我们很远了。

郎华故意把桨打起的水星落到我的脸上。船越行越慢，但郎华和陈成流起汗来。桨板打到江心的沙滩了，小船就要搁浅在沙滩上。这两个勇敢的大鱼似的跳下水去，在大江上挽着船行。

一入了湾，把船任意停在什么地方都可以。

我浮水是这样浮的：把头昂在水外，我也移动着，看起来在浮，其实手却抓着江底的泥沙，鳄鱼一样，四条腿一起爬着浮。那只船到来时，听着汪林在叫。很快她脱了衣裳，也和我一样抓着江底在爬，但她是快乐的，爬得很有意思。在沙滩上滚着的时候，居然很熟识了，她把伞打起来，给她同船的人遮着太阳，她保护着他。陈成扬着沙子飞向他：“陵，着镖吧！”

汪林和陵站了一队，用沙子反攻。

我们的船出了湾，已行在江上时，他们两个仍在沙滩上走着。

“你们先走吧，看我们谁先上岸。”汪林说。

太阳的热力在江面上开始减低，船是顺水行去的。他们还没有来，看过多少只船，看过多少柄阳伞，然而没有汪林的阳伞。太阳西沉时，江风很大了，浪也很高，我们有点耽心那只船。李说那只船是“迷船”。

四个人在岸上就等着这“迷船”，意想不到的是他们绕着弯子从上游来的。

汪林不骂我们是坏人了，风吹着她的头发，那兴奋的样子，这次摇船好像她比我们得到的快乐更大，更多……

早晨在看报时，编辑居然作诗了。大概就是这样的意思：愿意风把船吹翻，愿意和美人一起沉下江去……

我这样一说，就没有诗意了。总之，可不是前几天那样的话，什么摩登女子吃“血”活着啦，小姐们的嘴是吃“血”的嘴啦……总之可不是那一套。这套比那套文雅得多，这套说摩登女子是天仙，那套说摩登女子是恶魔。

林和郎华在夜间也不那么谈话了。陵编辑一来，她就到我们屋里来，因此陵到我们家来的次数多多了。

“今天早点走……多玩一会，你们在街角等我。”这样的话，汪林再不向我们说了。她用不着约我们去“太阳岛”了。

伴着这吃人血的女子在街上走，在电影院里会，他也不怕她会吃他的血，还说什么怕呢，常常在那红色的嘴上接吻，正因为她的嘴和血一样红才可爱。

骂小姐们是恶魔是羡的意思，是伸手去攫取怕她逃避的意思。

在街上，汪林的高跟鞋，陵的亮皮鞋，格登格登和谐地响着。

家庭教师是强盗

有个人影在窗子上闪了一下，接着敲了两下窗子，那是汪林的父亲。

什么事情？郎华去了好大时间没回来，半个钟头还没回来！

我拉开门，午觉还没睡好的样子，一面揉着眼睛一面走出门去。汪林的二姐，面孔白的那样怕人，坐在门前的木台上，林禽（狗名）在院心乱跑，使那坐在木台的白面孔十分生气，她大声想叫住它。汪林也出来了！嘴上的纸烟冒着烟，但没有和我打招呼，也坐在木台上。使女小菊在院心走路也很规矩的样子。

我站在她家客厅窗下，听着郎华在里面不住地说话，看不到人。白纱窗帘罩得很周密，我站在那里不动。……日本人吧！有什么事情要发生吧！可是里面没有日本人说话，我并不去问那很不好看的脸色的她们。

为着印册子而来的恐怖吧？没经过检查的小说册被日本人晓得了吧！

“接到一封黑信，说他老师要绑汪玉祥的票。”

我点了点头。再到窗下去听时，里面的声音更听不清了。

“三小姐，开饭啦！”小菊叫她们吃饭，那孩子很留心看我一遍。过了三四天，汪玉祥被姐姐们看管着不敢到大门口去。

家庭教师真有点像个强盗，谁能保准不是强盗？领子不打领结，没有更多的，只是一件外套，冬天，秋天，春天都穿夹外套。

不知有半月或更多的日子，汪玉祥连我们窗下都不敢来，他家的大人一定告诉他：

“你老师是个不详细的人……”

册　子

永远不安定下来的洋烛的火光使眼睛痛了。抄写，抄写……

"几千字了?"

"才三千多。"

"不手疼吗？休息休息吧，别弄坏了眼睛。"郎华打着哈欠到床边，两只手相交着依在头后，背脊靠着铁床的钢骨。我还没停下来，笔尖在纸上作出响声……

纱窗外阵阵起着狗叫，很响的皮鞋，人们的脚步从大门道来近，不自禁的恐怕落在我的心上。

"谁来了，你出去看看。"

郎华开了门，李和陈成进来。他们是剧团的同志，带来的一定是剧本。我没接过来看，让他们随便坐在床边。

"吟真忙，又在写什么?"

"没有写，抄一点什么。"我又拿起笔来抄。

他们的谈话我一句半句的听到一点，我的神经开始不能统一，时时写出错字来，或是丢掉字，或是写重字。

蚊虫啄着我的脚面，后来在灯下作着阵，我才放下不写。

呵呀呀，蚊虫满屋子！门扇仍大开着。一个小狗崽溜走进来，又卷着尾巴跑出去。关起门来，蚊虫仍是飞……我用手搔着作痒的耳，搔着腿和脚……手指的骨节搔得肿胀起来，这些中了蚊毒的地方，使我已经发酸的手腕不得不停下。我的嘴唇肿得很高，眼边也感到发热和紧涨。这里搔搔，那里搔搔，我的手感到不够用了。

"册子怎么样啦?"李的烟卷在嘴上冒烟。

“只剩这一篇。”郎华回答。

“封面是什么样子?”

“就是等着封面呢……”

第二天我也跟着跑到印刷局去。使我特别高兴，折得很整齐的一帖一帖的都是要完成的册子，比儿时母亲为我制一件新衣裳更觉欢喜。……我又到排铅字的工人旁边，他手下按住的正是一个题目，很大的铅字，方的，带来无限的感情，那正是我的那篇《夜风》。

那天预先吃了一顿外国包子，郎华说他为着册子来敬祝我，所以到柜台前叫那人倒了两小杯“哦特克”酒①，我说这是为着册子敬祝他。

被大欢喜追逐着，我们变成孩子了！走进公园，在大树下乘了一刻凉，觉得公园是满足的地方。望着树梢顶边的天。外国孩子们在地面弄着沙土。因为还是上午，游园的人不多。日本女人撑着伞走。卖“冰淇凌”的小板房洗刷着杯子。我忽然觉得渴了。但那一排排的透明的汽水瓶子，并不引诱我们。我还没有养成那样的习惯，在公园还没喝过一次那样东西。

“我们回家去喝水吧。”只有回家去喝冷水，家里的冷水才不要钱。

拉开第一扇门，大草帽被震落下来。喝完了水，我提议戴上大草帽到江边走走。

赤着脚，郎华穿的是短裤，我穿的是小短裙子，向江边出发了。

两个人渔翁似的，时时在沿街玻璃窗上反映着。

“划小船吧，多么好的天气!”到了江边我又提议。

“就剩两角钱……但也可以划，都花了吧!”

择一个船底铺着青草的、有两副桨的船。和船夫说明，一点钟

---

① “哦特克”酒：即“伏特加”酒。

一角五分。并没打算洗澡，连洗澡的衣裳也没有穿。船夫给推开了船，我们向江心去了。两副桨翻着，顺水下流，好像江岸在退走。我们不是故意去寻，任意遇到了一个沙洲，有两方丈的沙滩，突出江心，郎华勇敢地先跳上沙滩，我胆怯，迟疑着，怕沙洲会沉下江底。

最后洗澡了，就在沙洲上脱掉衣服。郎华是完全脱的。我看了看江沿洗衣人的面孔是辨不出来的，那么我借了船身的遮掩才爬下水底把衣服脱掉。我时时靠近沙滩，怕水流把我带走。江浪击撞着船底，我拉住船板，头在水上，身子在水里，水光，天光，离开了人间一般的。当我躺在沙滩晒太阳时，从北面来了一只小划船。我慌张起来，穿衣裳已经来不及，怎么好呢？爬下水去吧！船走过，我又爬上来。

我穿好衣服。郎华还没穿好。他找他的衬衫，他说他的衬衫洗完了就挂在船板上，结果找不到。远处有白色的东西浮着，他想一定是他的衬衫了，划船去追白色的东西，那白东西走得很慢，那是一条鱼，死掉的，白色的鱼。

虽然丢掉了衬衫并不感到可惜，郎华赤着膀子大嚷大笑地把鱼捉上来，大概他觉得在江上能够捉到鱼是一件很有本领的事。

“晚饭就吃这条鱼，你给煎煎它。”

“死鱼不能吃，大概臭了。”

他赶快把鱼腮掀给我看：“你看，你看，这样红就会臭的？”

直到上岸，他才静下去。

“我怎么办呢？光着膀子，在中央大街上可怎样走？”他完全静下去了，大概这时候忘了他的鱼。

我跑到家去拿了衣裳回来，满头流着汗，可是他在江沿和码头夫们在一起喝茶了。在那个样的布棚下吹着江风，他第一句和我说的话想来是：“你热吧？”

但他不是问我，他先问鱼：“你把鱼放在哪里啦？用凉水泡上没有？”

“五分钱给我！”我要买醋，煎鱼要用醋的。

“一个铜板也没剩，我喝了茶，你不知道？”

被大喜欢追逐着的两个人，把所有的钱用掉，把衬衣丢到大江，换得一条死鱼。

等到吃鱼的时候，郎华又说：“为着册子，我请你吃鱼。”

这是我们创作的一个阶段，最前的一个阶段，册子就是划分这个阶段的东西。

八月十四日，家家准备着过节的那天。我们到印刷局去，自己开始装订，装订了一整天，郎华用拳头打着背，我也感到背痛。

于是郎华跑出去叫来一部斗车，一百本册子提上车去，就在夕阳中，马脖子上颠动着很响的铃子，走在回家的道上。

家里，地板上摆着册子，朋友们手里拿着册子，谈论也是册子。同时关于册子出了谣言：没收啦！日本宪兵队要逮捕啦！

逮捕可没有逮捕，没收是真的。送到书店去的书，没有几天就被禁止发卖。

剧　团

册子带来了恐怖。黄昏时候，我们排完了剧，和剧团那些人出了“民众教育馆”，恐怖使我对于家有点不安。街灯亮起来，进院，那些人跟在我们后面。门扇，窗子，和每日一样安然的关着。我十分放心，知道家中没有来过什么恶物。

失望了，开门的钥匙由郎华带着，于是大家只好坐在窗下的楼梯口。李买的香瓜，大家就吃香瓜。

汪林照样吸着烟。她掀起纱窗帘向我们这边笑了笑。陈成把一个香瓜高举起来。

“不要。”她摇头，隔着玻璃窗说。

我一点趣味也感不到，一直到他们把公演的事情议论完，我想的事情还没停下来。我愿意他们快快走，我好收拾箱子，好像箱子里面藏着什么使我和郎华犯罪的东西。

那些人走了，郎华从床底把箱子拉出来，洋烛立在地板上，我们开始收拾了。弄了满地纸片，什么犯罪的东西也没有。但不敢自信，怕书页里边夹着骂“满洲国”的，或是骂什么的字迹，所以每册书都翻了一遍。一切收拾好，箱子是空空洞洞的了。一张高尔基的照片，也把它烧掉。大火炉烧得烤痛人的面。我烧得很快，日本宪兵就要来捉人似的。

当我们坐下来喝茶的时候，当然是十分定心了，十分有把握了。一张吸墨纸我无意地玩弄着，我把腰挺得很直，很大方的样子，我的心像被拉满的弓放了下来一般的松适。我细看红铅笔在吸墨纸上写的字，那字正是犯法的字：

——小日本子，走狗，他妈的“满洲国”……——

我连再看一遍也没有看，就送到火炉里边。

“吸墨纸啊！是吸墨纸！”郎华可惜得跺着脚。等他发觉那已开始烧起了：“那样大一张吸墨纸你烧掉它，烧花眼了？什么都烧，看用什么！”

他过于可惜那张吸墨纸。我看他那种样子也很生气。吸墨纸重要，还是拿生命去开玩笑重要？

“为着一个虱子烧掉一件棉袄！”郎华骂我。“那你就不会把字剪掉？”

我哪想起来这样做！真傻，为着一块疮疤丢掉一个苹果！

我们把“满洲国”建国纪念明信片摆到桌上，那是朋友送给的，很厚的一打。还有两本上面写着“满洲国”字样的不知是什么书，连看也没有看也摆起来。桌子上面很有意思：《离骚》，《李后主词》，《石达开日记》，他当家庭教师用的小学算术教本。一本《世界各国革命史》也从桌子抽下去，郎华说那上面载着日本怎样压迫朝鲜的历史，所以不能摆在外面。我一听说有这种重要性，马上就要去烧掉，我已经站起来了，郎华把我按下：“疯了吗？你疯了吗？”

我就一声不响了，一直到灭了灯睡下，连呼吸也不能呼吸似的。在黑暗中我把眼睛张得很大。院中的狗叫声也多起来。大门扇响得也厉害了。总之，一切能发声的东西都比平常发的声音要高，平常不会响的东西也被我新发现着，棚顶发着响，洋瓦房盖被风吹着也响，响，响……

郎华按住我的胸口……我的不会说话的胸口。铁大门震响了一下，我跳了一下。

“不要怕，我们有什么呢？什么也没有。谣传不要太认真。他妈的，哪天捉去哪天算！睡吧，睡不足，明天要头疼的……”

他按住我的胸口。好像给恶梦惊醒的孩子似的，心在母亲的手下大跳着。

有一天，到一家影戏院去试剧，散散杂杂的这一些人，从我们的小房出发。

全体都到齐，只少了徐志，他一次也没有不到过，要试演他就不到，大家以为他病了。

很大的舞台，很漂亮的垂幕。我扮演的是一个老太婆的角色，还要我哭，还要我生病。把四个椅子拼成一张床，试一试倒下去，我的腰部触得很疼。

先试给影戏院老板看的，是郎华饰的《小偷》中的杰姆和李饰的律师夫人对话的那一幕[①]。我是另外一个剧本，还没挨到我，大家就退出影戏院了。

因为条件不合，没能公演。大家等待机会，同时每个人发着疑问：公演不成吧？

三个剧排了三个月，若说演不出，总有点可惜。

"关于你们册子的风声怎么样？"

"没有什么。怕狼，怕虎是不行的。这年头只得碰上什么算什么……"郎华是刚强的。

---

① 《小偷》：即美国剧作家辛克莱的话剧《居住二楼的人》。

白 面 孔

恐怖压到剧团的头上，陈成的白面孔在月光下更白了。这种白色使人感到事件的严重。落过秋雨的街道，脚在街石上发着“巴巴”的声音，李，郎华，我们四个人走过很长的一条街。李说：“徐志，我们那天去试演，他不是没有到吗？被捕一个礼拜了！我们还不知道……”

“不要说。在街上不要说。”我撞动她的肩头。

鬼祟的样子，郎华和陈成一队，我和李一队。假如有人走在后面，还不等那人注意我，我就先注意他，好像人人都知道我们这回事。街灯也变了颜色，其实我们没有注意到街灯，只是紧张的走着。

李和陈成是来给我们报信，听说剧团人老柏已经三天不敢回家，有密探等在他的门口，他在准备逃跑。

我们去找胖朋友，胖朋友又有什么办法？他说：“××科里面的事情非常秘密，我不知道这事，我还没有听说。”他在屋里转着弯子。

回到家锁了门，又在收拾书箱，明知道没有什么可收拾的，但本能的要收拾。后来，也把那一些册子从过道拿到后面样子房去。看到册子并不喜欢，反而感到累了！

老秦的面孔也白起来，那是在街上第二天遇见他。我们没说什么，因为郎华早已通知他这事件。

没有什么办法，逃，没有路费，逃又逃到什么地方去？不安定的生活又重新开始。从前是闹饿，刚能弄得饭吃，又闹着恐。好像从来未遇过的恶的传闻和事实，都在这时来到：日本宪兵队前夜捉去了谁，昨夜捉去了谁……听说昨天被捉去的人与剧团又有关系……

耳孔里塞满了这一些，走在街上也是非常不安。在中央大街的中段，竟有这样突然的事情——郎华被一个很瘦的高个子在肩上拍了一下，就带着他走了！转弯走向横街去，郎华也一声不响的就跟他走，也好像莫名其妙的脱开我就跟他去……起先我的视线被电影院门前的人们遮断，但我并不怎样心跳，那人和郎华很密切的样子，肩贴着肩，踱过来，但一点感情也没有，又踱过去……这次走了许多工夫就没再转回来。我想这是用的什么计策吧？把他弄上圈套。

结果不是要捉他，那是他的一个熟人，多么可笑的熟人呀！太突然了！神经衰弱的人会吓出神经病来——唉呀危险，你们剧团里人捕去了两个了……在街上他竟弄出这样一个奇特的样子来，他不断的说："你们应该预备预备。"

"我预备什么？怕也不成，遇上算。"郎华的肩连摇也不摇的说。

这几天发生的事情极多，做编辑的朋友陵也跑掉了。汪林喝过酒的白面孔也出现在院心。她说她醉了一夜，她说陵前夜怎样送她到家门，怎样要去了她一把削瓜皮的小刀……她一面说着，一面幻想，脸也是白的。好像不好的事情都一起发生，朋友们变了样。汪林在院子里走来走去，也变了样。

只失掉了剧员徐志，剧团的事就在恐怖中不再提起了。

又是冬天

窗前的大雪白绒一般，没有停的在落，整天没有停。我去年受冻的脚完全好起来，可是今年没有冻，壁炉着得呼呼发响，时时起着木柈的小炸音；玻璃窗简直就没被冰霜蔽住；柈子不像去年摆在窗前，而是装满了柈子房的。

我们决定非回国不可①。每次到书店去，一本杂志也没有，至于别的书，那还是三年前摆在玻璃窗里退了色的旧书。非去不可，非走不可。

遇到朋友，我们就问：

“海上几月里浪小？小海船是怎样晕法？……”因为我们都没航过海，海船那样大，在图画上看见也是害怕，所以一经过“万国车票公司”的窗前，必须要停住许多时候，要看窗子里立着的大图画，我们计算着这海船有多么高啊！都说海上无风三尺浪，我在玻璃上就用手去量，看海船有海浪的几倍高？结果那太差远了！海船的高度等于海浪的二十倍。我说海船六丈高。

“哪有六丈？”郎华反对我，他又量量：“哼！可不是吗！差不多……海浪三尺，船高是二十三尺。”

也有时因为我反复着说：“有那么高吗？没有吧！也许有！”

郎华听了就生起气了，因为海船的事差不多在街上就吵架……

可是朋友们不知道我们要走。有一天，我们在胖朋友家里举起酒杯的时候，嘴里吃着烧鸡的时候，郎华要说，我不叫他说，可是

① 回国：当时的哈尔滨属伪满洲国，故作者称离哈入关为“回国”。

到底说了。

“走了好！我看你早就该走！”以前胖朋友常这样说：“郎华，你走吧！我给你们对付点路费。我天天在××科里边听着问案子。皮鞭子打得那个响！哎，走吧！我想要是我的朋友也弄去……那声音可怎么听？我一看那行人，我就想到你……”

老秦来了，他是穿着一件崭新的外套，看起来帽子也是新的，不过没有问他，他自己先说：

“你们看我穿新外套了吧？非去上海不可，忙着做了两件衣裳，好去进当铺，卖破烂，新的也值几个钱……”

听了这话，我们很高兴，想不说也不可能：“我们也走。非走不可，在这个地方等着活剥皮吗？”郎华说完了就笑了：“你什么时候走？”

“那么你们呢？”

“我们没有一定。”

“走就五六月走，海上浪小……”

“那么我们一同走吧！”

老秦并不认为我们是真话，大家随便说了不少关于走的事情，怎样走法呢？怕路上检查，怕路上盘问，到上海什么朋友也没有，又没有钱。说得高兴起来，逼真了！带着幻想了！老秦是到过上海的，他说四马路怎样怎样！他说上海的穷是怎样的穷法……

他走了以后，雪还没有停。我把火炉又放进一块木柈去。又到烧晚饭的时间了！我想一想去年，想一想今年，看一看自己的手骨节胀大了一点，个子还是这么高，还是这么瘦……

这房子我看得太熟了，至于墙上或是棚顶有几个多余的钉子，我都知道。郎华呢？没有瘦胖，他是照旧，从我认识他那时候起，他就是那样，颧骨很高，眼睛小，嘴大，鼻子是一条柱。

“我们吃什么饭呢？吃面或是饭？”

居然我们有米有面了，这和去年不同，忽然那些回想牵住了我……借到两角钱或一角钱……空手他跑回来……抱着新棉袍去进当铺。

我想到我冻伤的脚，下意识的看了一下脚。于是又想到柈子，那样多的柈子，烧吧！我就又去搬了木柈进来。

“关上门啊！冷啊！”郎华嚷着。

他仍把两手插在裤袋，在地上打转；一说到关于走，他不住地打转，转起半点钟来也是常常的事。

秋天，我们已经装起电灯了。隐在灯下抄自己的稿子。郎华又跑出去，他是跑出去玩，这可和去年不同，今年他不到外面当家庭教师了。

门前的黑影

从昨夜，对于震响的铁门更怕起来，铁门扇一响，就跑到过道去看，看过四五次都不是，但愿它不是。清早了，某个学校的学生，他是郎华的朋友，他戴着学生帽，进屋也没有脱，他连坐下也不坐下就说：

“风声很不好，关于你们，我们的同学弄去了一个。”

“什么时候？”

“昨天。学校已经放假了，他要回家还没有定。今天一早又来日本宪兵，把全宿舍检查一遍，每个床铺都翻过，翻出一本《战争与和平》来……”

“《战争与和平》又怎么样？”

“你要小心一点，听说有人要给你放黑箭。”

“我又不反满，不抗日，怕什么？”

“别说这一套话，无缘无故就要拿人，你看，把《战争与和平》那本书就带了去，说是调查调查，也不知道调查什么？”

说完他就走了。问他想放黑箭的是什么人？他不说。过一会，又来一个人，同样是慌张，也许近些日子看人都是慌张的。

“你们应该躲躲，不好吧！外边都传说剧团不是个好剧团。那个团员出来了没有？”

我们送走了他，就到公园走走。冰池上小孩们在上面滑着冰，日本孩子，俄国孩子……中国孩子……

我们绕着冰池走了一周，心上带着不愉快……所以彼此不讲话，走得很沉闷。

“晚饭吃面吧!”他看到路北那个切面铺才说，我进去买了面条。

回到家里，书也不能看，俄语也不能读，开始慢慢预备晚饭吧！虽然在预备吃的东西也不高兴，好像不高兴吃什么东西。

木格上的盐罐装着满满的白盐，盐缸旁边摆着一包大海米，酱油瓶，醋瓶，香油瓶，还有一缸炸好的肉酱。墙角有米袋，面袋，样子房满堆着木料……这一些并不感到满足，用肉酱拌面条吃，倒不如去年米饭拌着盐吃舒服。

“商市街”口，我看到一个人影，那不是寻常的人影，即像日本宪兵。我继续前走，怕是郎华知道要害怕。

走了十步八步，可是不能再走了！那穿高筒皮靴的人在铁门外盘旋。我停止下，想要细看一看。郎华和我同样，他也早就注意上这人。我们想逃。他是在门口等我们吧！不用猜疑，路南就停着小“电驴子”，并且那日本人又走到路南来，他的姿式表示着他的耳朵也在倾听。

不要家了，我们想逃，但是逃向哪里呢？

那日本人连刀也没有佩，也没有别的武装，我们有点不相信他就会拿人。我们走进路南的洋酒面包店去了，买了一块面包，我并不要买肠子，掌柜的就给切了肠子，因为我是聚精会神地在注意玻璃窗外的事情。那没有佩刀的日本人转着弯子慢慢走掉了。

这真是一场大笑话，我们就在铺子里消费了三角五分钱，……从玻璃门出来，带着三角五分钱的面包和肠子。假若是更多的钱在那当儿就丢在马路上，也不觉得可惜……

“要这东西做什么呢？明天袜子又不能买了。”事件已经过去，我懊悔地说。

“我也不知道，谁叫你进去买的？想怨谁？”

郎华在前面哐哐地开着门，屋中的热气快扑到脸上来。

决　意

非走不可，环境虽然和缓下来，不走是不行，几月走呢？五月吧！

从现在起还有五个月，在灯下计算了又计算，某个朋友要拿他多少钱，某个朋友该向他拿路费的一半。……

在心上一想到走，好像一件兴奋的事，也好像一件伤心的事，于是我的手一边在倒茶，一边发抖。

“流浪去吧！哈尔滨也并不是家，要么流浪去吧！”郎华端一端茶杯，没有喝，又放下。

眼泪已经充满着我了。

“伤感什么，走去吧！有我在身边，走到哪里你也不要怕。伤感什么，老悄，不要伤感。”

我垂下头说：“这些锅怎么办呢？”

“真是小孩子，锅，碗又算得什么？”

我从心笑了，我觉到自己好笑。在地上绕了个圈子，可是心中总有些悲哀，于是又垂下了头。

剧团的徐同志不是出来了吗？不是被灌了凉水吗？我想到这里，想到一个人，被弄了去，灌凉水，打橡皮鞭子，那已经不成个人了。走吧，非走不可。

一个南方的姑娘

郎华告诉我一件新的事情，他去学开汽车回来的第一句话说：

"新认识一个朋友，她从上海来，是中学生。过两天还要到家里来。"

第三天，外面打着门了！我先看到的是她头上扎着漂亮的红带，她说她来访我。老王在前面引着她。大家谈起来，差不多我没有说话，我听着别人说。

"我到此地四十天了！我的北方话还说不好，大概听得懂吧！老王是我到此地才认识的。那天巧得很，我看报上为着戏剧在开着笔战，署名郎华的我同情他……我同朋友们说：这位郎华先生是谁？论文作得很好。因为老王的介绍，上次，见到郎华……"

我点着头，遇到生人，我一向是不会说什么话。她又去拿桌上的报纸，她寻找笔战继续的论文。我慢慢的看着她，大概她也慢慢的看着我吧！她很漂亮，很素净，脸上不涂粉，头发没有卷起来，只是扎了一条红绸带，这更显得特别风味，又美又净，葡萄灰色的袍子上面，有黄色的花，只是这件袍子我看不很美，但也无损于美。到晚上，这美人似的人就在我们家里吃晚饭。在吃饭以前，汪林也来了！汪林是来约郎华去滑冰，她从小孔窗看了一下：

"郎华不在家吗？"她接着"唔"了一声。

"你怎么到这里来？"汪林进来了。

"我怎么就不许到这里来？"

我看得她们这样很熟的样子，更奇怪，我说：

"你们怎么也认识呢？"

“我们在舞场里认识的。”汪林走了以后她告诉我。

从这句话当然也知道程女士也是常常进舞场的人了！汪林是漂亮的小姐，当然程女士也是，所以我就不再留意程女士了。

环境和我不同的人来和我做朋友，我感不到兴味。

郎华肩着冰鞋回来，汪林大概在院中也看到了他，所以也跟进来。这屋子就热闹了！汪林的胡琴口琴都跑去拿过来。郎华唱：“杨延辉坐宫院。”

“哈呀呀，怎么唱这个？这是‘奴心未死’！”汪林嘲笑他。

在报纸上就是因为旧剧才开笔战。郎华自己明明写着，唱旧戏是奴心未死。

并且汪林耸起肩来笑得背脊靠住暖墙，她带着西洋少妇的风情。程女士很黑，是个黑姑娘。

又过几天，郎华为我借一双滑冰鞋来，我也到冰场上去。程女士常到我们这里来，她是来借冰鞋，有时我们就一起去，同时新人当然一天比一天熟起来。她渐渐对郎华比对我更熟，她给郎华写信了，虽然常见，但是要写信的。

又过些日子，程女士要在我们这里吃面条，我到厨房去调面条。

“……喳……喳……”等我走进屋，他们又在谈别的了！女士只吃一小碗面就说：“饱了。”

我看她近些日子更黑一点，好像她的“愁”更多了！她不仅仅是“愁”，因为愁并不兴奋，可是程女士有点兴奋。

我忙着收拾家具，她走时我没有送她，郎华送她出门。

我听得清清楚楚的是在门口：“有信吗？”

或者不是这么说，总之跟着一声“喳喳”之后，郎华很响的：“没有。”

又过了些日子，程女士就不常来了，大概是她怕见我。

程女士要回南方，她到我们这里来辞行，有我做障碍，她没有把要诉说出来的“愁”尽量诉说给郎华。她终于带着“愁”回南方去了。

生　人

来了一个希奇的客人。我照样在厨房里煎着饼，因为正是预备晚饭时候。饼煎得糊烂了半块，有的竟烧着起来，冒着烟。一边煎着饼，一边跑到屋里去听他们的谈话，我忘记我是在预备饭，所以在晚饭桌上那些饼很不好吃，我去买面包来吃。

他们的谈话还没有谈完，于是家具我也不能去洗，就站在门边不动。

“…………

…………

…………”

这全是些很沉痛的谈话！有时也夹着笑声，那个人是从盘石人民革命军里来的……

我只记住他是很红的脸。

又是春天

太阳带来了暖意，松花江靠岸的江冰坍下去，融成水了，江上用人支走的爬犁渐少起来。汽车更没有一辆在江上行走了。松花江失去了它冬天的威严，江上的雪已经不是闪眼的白色，变成灰的了。又过几天，江冰顺着水慢慢流动起来，那是很好看的，有意流动，也像无意流动，大块冰和小块冰轻轻地互相击撞发着响，唧唧着。这种响声，像是瓷器相碰的响声似的，也像玻璃相碰的响声似的。立在江边，我起了许多幻想：这些冰块流到哪里去？流到海去吧！也怕是到不了海，阳光在半路上就会全数把它们消灭尽……

然而它们是走的，幽游一般，也像有生命似的，看起来比人更快活。

那天在江边遇到一些朋友，于是大家同意去走江桥。我和郎华走得最快，松花江在脚下东流，铁轨在江空发啸，满江面的冰块，满天空的白云。走到尽头，那里并不是郊野，看不见绿绒绒的草地，看不见绿树，"塞外"的春来得这样迟啊！我们想吃酒，于是沿着土堤走下去，然而寻不到酒馆，江北完全是破落人家，用泥土盖成的房子，用柴草织成的短墙。

"怎么听不到鸡鸣？"

"要听鸡鸣做什么？"人们坐在土堤上揩着面，走得热了。

后来，我们去看一个战舰，那是一九二九年和苏俄作战时被打沉在江底的，名字是"利捷"。每个人用自己所有的思想来研究这战舰，但那完全是瞎说，有的说汽锅被打碎了才沉江的，有的说把驾船人打死才沉江的。一个洞又一个洞。这样的军舰使人感到残忍，正相同在街上遇见的在战场上丢了腿的人一样，他残废了，别人称他是个废人。

这个破战舰停在船坞里完全发霉了。

患 病

我在准备早饭，同时打开了窗子，春朝特有的气息充满了屋子。在大炉台上摆着已经去了皮的地豆，小洋刀在手中仍是不断的转着……浅黄色带着面性似的地豆，个个在炉台上摆好，稀饭在旁边冒着泡，我一面切着地豆，一面想着：江上连一块冰也融尽了吧！公园的榆树怕是发了芽吧！已经三天不到公园去，吃过饭非去看看不可。

“郎华呀！你在外边尽作什么？也来帮我提一桶水去……”

“我不管，你自己去提吧。”他在院子来回走，又是在想什么文章。于是我跑着，为着高兴。把水桶翻得很响，斜着身子从汪家厨房出来，差不多是横走，水桶在腿边左摇荡一下，右摇荡一下……

菜烧好，饭也烧好。吃过饭就要去江边，去公园。春天就要在头上飞，在心上过，然而我不能吃早饭了，肚子偶然疼起来。

我喊郎华进来，他很惊讶！但越痛越不可耐了。

他去请医生，请来一个治喉病的医生。

“你是患着盲肠炎吧？”医生问我。

我疼得那个样子，还晓得什么盲肠炎不盲肠炎的？眼睛发黑了，喉医生在我的臂上打了止痛药针。

“张医生，车费先请自备吧！过几天和药费一起送去。”郎华对医生说。

一角钱也没有了，我又不能说再请医生，白打了止痛药针，一点痛也不能止。

郎华又跑出去，我不知他跑出去作什么，说不出怀着怎样的心情在等他回来。

一个星期过去，我还不能从床上坐起来。第九天，郎华从外面举着鲜花回来，插在瓶子里，摆在桌上。

“花开了？”

“不但花开，树还绿了呢！”

我听说树绿了！我对于“春”不知怀着多少意义。我想立刻起来去看看，但是什么也不能作，腿软得好像没有腿了，我还站不住。

头痛减轻一些，夜里睡得很熟。有朋友告诉郎华：在什么地方有一个市立的公共医院，为贫民而设，不收药费。

当然我挣扎着也要去的。那天是晴天，换好干净衣服，一步一步走出大门，坐上了人力车，郎华在车旁走，起先他是扶着车走，后来，就走在行人道上了。街树不是发着芽的时候，已长好绿叶了！

进了诊闻所，到挂号处挂了名，很长的堂屋，排着长椅子，那里已经开始诊断。穿白衣裳的俄国女人，跑来跑去唤着名字，六七个人一起闯进病室去，过一刻就放出来，第一批人再被呼进去。到这里来的病人，都是穷人，愁眉苦脸的一个，愁眉苦脸的一个。撑着木棍的跛子，脚上生疮缚着白布的肿脚人，肺痨病的女人，白布包住眼睛的盲人，包住眼睛的盲小孩，头上生疮的小孩。对面坐着老外国女人，闭着眼睛，把头靠住椅子，好似睡着，然而她的嘴不住的收缩，她的包头巾在下巴上慢慢牵动……

小孩治疗室有孩子大大的哭叫。内科治疗室门口。外国女人又闯出来，又叫着外国名字；一会又有中国人从外科治疗室闯出来，又喊着中国名字……拐脚子和胖脸人都一起走进去

因为我来得最晚。大概最后才能够叫到我，等得背痛，头痛。

“我们回去吧！明天再来。”坐在人力车上，我已无心再看街树，这样去投医，病象不但没有减轻，好像更加重了些。

不能不去，因为不要钱。第二次去，也被唤着名字走进妇科治

疗室。虽等了两点钟，到底进了妇科治疗室。既然进了治疗室，那该说怎样治疗法。

把我引到一个屏风后面，那里摆着一张很宽、很高、很短的台子，台子的两边还立了两支叉形的东西，叫我爬上这台子。当时我可有些害怕了，爬上去做什么呢？莫非要用刀割吗？

我坚决的不爬上去。于是那肥胖的外国女人先上去了，没有什么，并不动刀。换着次序我也被治疗了一回，经过这样的治疗，并不用吃药，只在肚子上按了按，或是一面按着，一面问两句。

我的俄文又不好，所以医生问的，我并不全懂，马马虎虎的就走出治疗室。医生告诉我，明天再来一次，好把药给我。

以后我就没有再去，因为那天我出了诊断所的时候，我是问过一个重病的人，他哼着，他的家属哭着。我以为病人病到不可治的程度，“他们不给药吃，说药贵，让自己去买，哪里有钱买?”是这样说向我的。

去了两天诊疗所，等了几个钟头。怕是再去两天，再去等几个钟头，病人就会自然而然的好起来！可惜我没有那样的忍耐性。

十　三　天

“用不到一个月我们就要走的。你想想吧，去吧！不要闹孩子脾气，三两天我就去看你一次……”郎华说。

为着病，我要到朋友家去休养几天。我本不愿去，那是郎华的意思，非去不可，又因为病象又要重似的，全身失去了力量，骨节酸痛。于是冒着雨，跟着朋友就到朋友家去。

汽车在斜纹的雨中前行。大雨和冒着烟一般。我想：开汽车的人怎能认清路呢！但车行的更快起来。在这样大的雨中，人好像坐在房间里，这是多么有趣！汽车走出市街，接近乡村的时候。立刻有一种感觉，好像赴战场似的英勇。我是有病，我并没喊一声“美景”。汽车颠动着，我按紧着肚子，病会使一切厌烦。

当夜还不到九点钟，我就睡了。原来没有睡，来到乡村，那一种落寞的心情浸透了我。又是雨夜，窗子上淅沥的打着雨点。好像是做梦把我惊醒，全身沁着汗，这一刻又冷起来，从骨节发出一种冷的滋味，发着疟疾似的，一刻热了，又寒了！

要解体的样子，我哭出来吧！没有妈妈哭向谁去？

第二天夜又是这样过的，第三夜又是这样过的。没有哭，不能哭，和一个害着病的猫儿一般，自己的痛苦自己担当着吧！整整是一个星期，都是用被子盖着坐在炕上，或是躺在炕上。

窗外的梨树开花了，看着树上白白的花儿。

到端阳节还有二十天，节前就要走的。

眼望着窗外梨树上的白花落了！有小果子长起来，病也渐好，拿椅子到树下去看看小果子。

第八天郎华才来看我，好像父亲来了似的，好像母亲来了似的，我发羞一般的，没有和他打招呼，只是让他坐在我的近边。我明明知道生病是平常的事，谁能不生病呢？可是总要酸心，眼泪虽然没有落下来，我却耐过一个长时间酸心的滋味。好像谁虐待了我一般。那样风雨的夜，那样忽寒忽热，独自幻想着的夜。

第二次郎华又来看我，我决定要跟他回家。

“你不能回家。回家你就要劳动，你的病非休息不可，还没有两个星期我们就得走。刚好起来再累病了，我可没有办法。”

“回去，我回去……”

“好，你回家吧！没有一点理智的人，不能克服自己的人还有什么办法！你回家好啦！病犯了可不要再问我！”

我又被留下，窗外梨树上的果子渐渐大起来。我又不住的乱想：穷人是没有家的，生了病被赶到朋友家去。

已是十三天了！

拍卖家具

似乎带着伤心，我们到厨房检查一下，水壶，水桶，小锅这一些都要卖掉，但是并不是第一次检查，从想走那天起，我就跑到厨房来计算，三角二角，不知道这样计算多少回，总之一提起“走”字来便去计算，现在可真的要出卖了。

旧货商人就等在门外。

他估着价：水壶，面板，水桶，蓝瓷锅，三只饭碗，酱油瓶子，豆油瓶子，一共值五角钱。

我们没有答话，意思是不想卖了。

“五毛钱不少。你看，这锅漏啦！水桶是旧水桶，买这东西也不过几毛钱，面板这块板子，我买它没有用，饭碗也不值钱……”他一只手向上摇着，另一只手翻着摆在地上的东西，他很看不起这东西：“这还值钱？这还值钱？”

“不值钱，我也不卖。你走吧！”

“这锅漏啦！漏锅……”他的手来回地推动锅底，嘭响一声，再嘭响一声。

我怕他把锅底给弄掉下来，我很不愿意：“不卖了，你走吧！”

“你看这是废货，我买它卖不出钱来。”

我说：“天天烧饭，哪里漏呢？”

“不漏，眼看就要漏，你摸摸这锅底有多么薄？”最后，他又在小锅底上很留恋地敲了两下。

小锅第二天早晨又用它烧了一次饭吃，这是最后的一次。我伤心，明天它就要离开我们到别人家去了！永远不会再遇见，我们的小锅。没有钱买米的时候，我们用它盛着开水来喝；有米太少的时候，就用它煮稀饭给我们吃。现在它要去了！

共患难的小锅呀！与我们别开，伤心不伤心？

旧棉被，旧鞋和袜子，卖空了！空了……

还有一只剑，我也想起拍卖它，郎华说：

“送给我的学生吧！因为剑上刻着我的名字，卖是不方便的。”

前天，他的学生听说老师要走，哭了。

正是练武术的时候，那孩子手举着大刀，流着眼泪。

最后的一星期

刚下过雨，我们踏着水淋的街道，在中央大街上徘徊，到江边去呢？还是到哪里去呢？

天空的云还没有散，街头的行人还是那样稀疏，任意走，但是再不能走了。

“郎华，我们应该规定个日子，哪天走呢？”

“现在三号，十三号吧！还有十天，怎么样？”

我突然站住，受惊一般地，哈尔滨要与我们别离了？还有十天，十天以后的日子，我们要过在车上，海上，看不见松花江了，只要“满洲国”存在一天，我们是不能来到这块土地。

李和陈成也来了，好像我们走，是应该走。

“还有七天，走了好啊！”陈成说。

为着我们走，老张请我们吃饭。吃过饭以后，又去逛公园。在公园又吃冰激凌，无论怎样总感到另一种滋味，公园的大树，公园夏日的风，沙土，花草，水池，假山，山顶的凉亭……这一切和往日两样，我没有像往日那样到公园里乱跑，我是安静静的走，脚下的沙土慢慢的在响。

夜晚屋中又剩了我一个人，郎华的学生跑到窗前。他偷偷观察着我，他在窗前走来走去，假装着闲走来观察我，来观察这屋中的事情，观察不足，于是问了：

“我老师上哪里去了？”

“找他做什么？”

“找我老师上课。”

其实那孩子平日就不愿意上课，他觉得老师这屋有个景况：怎么这些日子卖起东西来，旧棉花，破皮褥子……

要搬家吧？那孩子不能确定是怎么回事。他跑回去又把小菊也找出来，那女孩和他一般大，当然也觉得其中有个景况。我把灯闭上了，要收拾的东西，暂时也不收拾了！

躺在床上，摸摸墙壁，又摸摸床边，现在这还是我所接触的，再过七天，这一些都别开了。

小锅，小水壶，终归被旧货商人所提走，在商人手里发着响，闪着光，走出门去！那是前年冬天，郎华从破烂市买回来的。现在又将回到破烂市去。

卖掉小水壶，我的心情更不能压制住。不是用的自己的腿似的，到木柈房去看看许多木柈还没有烧尽，是卖呢？是送朋友？门后还有个电炉，还有双破鞋。

大炉台上失掉了锅，失掉了壶，不像个厨房样。

一个星期已经过去四天，心情随着时间更烦乱起来。也不能在家烧饭吃，到外面去吃，到朋友家去吃。

看到别人家的小锅，吃饭也不能安定。后来，睡觉也不能安定。

“明早六点钟就起来拉床，要早点起来。”

郎华说这话，觉得走是逼近了！必定得走了。好像郎华如不说，就不走了似的。

夜里想睡也睡不安。太阳还没出来，铁大门就响起来，我怕着，这声音要夺去我的心似的，昏茫地坐起来。郎华就跳下床去，两个人从床上往下拉着被子、褥子。枕头摔在脚上，忙忙乱乱，有人打着门，院子里的狗乱咬着。

马颈的铃铛就响在窗外，这样的早晨已经过去，我们遭了恶祸一般，屋子空空的了。

我把行李铺了铺，就睡在地板上。为了多日的病和不安，身体弱的快要支持不住的样子。郎华跑到江边去洗他的衬衫，他回来看到我还没有起来，他就生气：

“不管什么时候，总是懒。起来，收拾收拾，该随手拿走的东西，就先把它拿走。”

“有什么收拾的，都已收拾好。我再睡一会，天还早，昨夜我失眠了。”我的腿痛，腰痛，又要犯病的样子。

“要睡，收拾干净再睡，起来！”

铺在地板上的小行李也卷起来了。墙壁从四面直垂下来，棚顶一块块发着微黑的地方，是长时间点蜡烛被烛烟所熏黑的。说话的声音有些轰响。空了！在屋子里边走起来很旷荡……

还吃最后的一次早餐——面包和肠子。

我手提个包袱。郎华说：

“走吧！”他推开了门。

这正像乍搬到这房子郎华说“进去吧”一样，门开着我出来了，我腿发抖，心往下沉坠，忍不住这从没有落下的眼泪，是哭的时候了！应该流一流眼泪。

我没有回转一次头走出大门，别了家屋！街车，行人，小店铺，行人道旁的杨树。转角了！

别了，“商市街”！

小包袱在手上挎着。我们顺了中央大街南去。

一九三五，五，十五日。上海。

小　六

“六啊，六……”

孩子顶着一块大锅盖。蹒蹒跚跚大蜘蛛一样从楼梯爬下来，孩子头上的汗还不等揩抹，妈妈又唤喊了：

“六啊！……六啊！……”

是小六家搬家的日子。八月天，风静睡着，树梢不动，蓝天好像碧蓝的湖水，一条云彩也未挂到湖上。楼顶闲荡无虑的在晒太阳。楼梯被石墙的阴影遮断了一半，和往日一样，该是预备午饭的时候。

“六啊……六，……小六……”

一切都和昨日一样，一切没有变动，太阳，天空，墙外的树，树下的两只红色毛鸡仍在啄食。小六家房盖穿着洞了，有泥块打进水桶，阳光从窗子、门，从打开的房盖一起走进来，阳光逼走了小六家一切盆子、桶子和人。

不到一个月，那家的楼房完全长起，红色瓦片盖住楼顶，有木匠在那里正装窗框。吃过午饭，泥水匠躺在长板条上睡觉，木匠也和大鱼似的找个荫凉的地方睡。那一些拖长的腿，泥污的手脚，在长板条上可怕的，偶然伸动两下。全个后院，全个午间，让他们的鼾声结着群。

虽然楼顶已盖好瓦片，但在小六娘觉得只要那些人醒来，楼好像又高一点，好像天空又短了一块。那家的楼房玻璃快到窗框上去闪光，烟囱快要冒起烟来了。

同时小六家呢？爹爹提着床板一条一条去卖。并且蟋蟀吟鸣得厉害，墙根草莓棵藏着蟋蟀似的。爹爹回来，他的单衫不像夏夜那样染着汗。娘在有月的夜里，和旷野上老树一般，一张叶子也没有，娘的灵魂里一颗眼泪也没有，娘没有灵魂！

“自来火给我！小六他娘，小六他娘。”

“俺娘哪来的自来火，昨晚不是借的自来火点灯吗？”

爹爹骂起来：“懒老婆，要你也过日子，不要你也过日子。”

爹爹没有再骂，假如再骂小六就一定哭起来，她想爹爹又要打娘。

爹爹去卖西瓜，小六也跟着去。后海沿那一些闹嚷嚷的人，推车的，摇船的，肩布袋的……拉车的。爹爹切西瓜，小六拾着从他们嘴上流下来的瓜子。后来爹爹又提着篮子卖油条、包子。娘在墙根砍着树枝。小六到后山去拾落叶。

孩子夜间说的睡话多起来，爹和娘也嚷着：

“别挤我呀！往那面一点，我腿疼。”

“六啊！六啊，你爹死到哪个地方去啦？”

女人和患病猪一般在露天的房子里哼哽的说话。

“快搬，快搬……告诉早搬，你不早搬；你不早搬，打碎你的盆！瞒——谁？”

大块的士敏土翻滚着沉落。那个人嚷一些什么，女人听不清了！女人坐在灰尘中，好像让她坐在着火的烟中，两眼快要流泪，喉头麻辣辣，好像她幼年时候夜里的恶梦，好像她幼年时候爬山滚落了。

“六啊！六啊！”

孩子在她身边站着：

“娘，俺在这。”

“六啊！六啊！”

“娘，俺在这。俺不是在这吗？”

那女人，孩子拉到她的手她才看见。若不触到她，她什么也看不到了。

那一些盆子桶子，罗列在门前。她家像是着了火；或是无缘的，想也想不到的闯进一些鬼魔去。

“把六挤掉地下去了。一条被你自己盖着。”

一家三人腰疼腿疼，然而不能吃饱穿暖。

妈妈出去做女仆，小六也去，她是妈妈的小仆人，妈为人家烧饭，小六提着壶去打水。柏油路上飞着雨丝，那是秋雨了。小六戴着爹爹的大毡帽，提着壶在雨中穿过横道。

那夜小六和娘一起哭着回来。爹说：

“哭死……死就痛快的死。”

房东又来赶他们搬家。说这间厨房已经租出去了。后院亭子间盖起楼房来了！前院厨房又租出去。蟋蟀夜夜吟鸣，小六全家在蟋蟀吟鸣里向着天外的白月坐着。尤其是娘，她呆人一样，朽木一样。她说：“往哪里搬？我本来打算一个月三元钱能租个板房！……你看……那家算掉我……”

夜夜那女人不睡觉。肩上披着一张单布坐着。搬到什么地方去！搬到海里去？

搬家把女人逼得疯子似的，眼睛每天红着。她家吵架，全院人都去看热闹。

“我不活……啦……你打死我……打死我……”

小六惶惑着，比妈妈的哭声更大，那孩子跑到同院人家去唤喊：“打俺娘……爹打俺娘……”有时候她竟向大街去喊。同院人来了！但是无法分开，他们像两条狗打仗似的。小六用拳头在爹的背脊上捶两下，但是又停下来哭，那孩子好像有火烧着她一般，暴跳起来。打仗停下了时候，那也正同狗一样，爹爹在墙根这面呼喘，妈妈在墙根那面呼喘。

“你打俺娘，你……你要打死她。俺娘……俺娘……”爹和娘静下来，小六还没有静下来，那孩子仍哭。

有时夜里打起来，床板翻倒，同院别人家的孩子渐渐害怕起来，说小六她娘疯了，有的说她着了妖魔。因为每次打仗都是哭得昏过去停止。

“小六跳海了……小六跳海了……”

院中人都出来看小六。那女人抱着孩子去跳湾（湾即路旁之臭泥沼），而不是去跳海。她向石墙疯狂地跌撞，湿得全身打颤的小六又是哭，女人号啕到半夜。同院人家的孩子更害怕起来，说是小六也疯了。娘停止号啕时，才听到蟋蟀在墙根鸣。娘就穿着湿裤子睡。

白月夜夜照在人间，安息了！人人都安息了！可是太阳一出来时，小六家又得搬家。搬向哪里去呢？说不定娘要跳海，又要把小六先推下海去。

过　夜

也许是快近天明了吧！我第一次醒来。街车稀疏的从远处响起，一直到那声音雷鸣一般地震撼着这房子，直到那声音又远远的消灭下去，我都听到的。但感到生疏和广大，我就像睡在马路上一样，孤独并且无所凭据。

睡在我旁边的是我所不认识的人，那鼾声对于我简直是厌恶和隔膜。我对她并不存着一点感激，也像憎恶我所憎恶的人一样憎恶她。虽然在深夜里她给我一个住处，虽然从马路上把我招引到她的家里。

那夜寒风逼着我非常严厉，眼泪差不多和哭着一般流下，用手套抹着，揩着，在我敲打姨母家的门的时候，手套几乎是结了冰，在门扇上起着小小的粘结。我一面敲打一面叫着：

"姨母！姨母……"

她家的人完全睡下了，狗在院子里面叫了几声。我只好背转来走去。脚在下面感到有针在刺着似的痛楚。我是怎样的去羡慕那些临街的我所经过的楼房，对着每个窗子我起着愤恨。那里面一定是温暖和快乐，并且那里面一定设置着很好的。一想到眠床，我就想到了我家乡那边的马房，挂在马房里面不也很安逸吗！甚至于我想到了狗睡觉的地方，那一定有茅草。坐在茅草上面可以使我的脚温暖。

积雪在脚下面呼叫："吱……吱……吱……"我的眼毛感到了纠绞，积雪随着风在我的腿部扫打。当我经过那些平日认为可怜的下等妓馆的门前时，我觉得她们也比我幸福。

我快走，慌张的走，我忘记了我背脊怎样的弓起，肩头怎样的耸高。

“小姐！坐车吧！”经过繁华一点的街道，洋车夫们向我说着。

都记不得了，那等在路旁的马车的车夫们也许和我开着玩笑。

“喂……喂……冻得活像个他妈的……小鸡样……”

但我只看见马的蹄子在石路上面踩打。

我走上了我熟人的扶梯，我摸索，我寻找电灯，往往一件事情越接近着终点越容易着急和不能忍耐。升到最高级了，几乎从顶上滑了下来。

感到自己的力量完全用尽了！再多走半里路也好像是不可能，并且这种寒冷我再不能忍耐，并且脚冻得麻木了，需要休息下来，无论如何它需要一点暖气，无论如何不应该再让它去接触着霜雪。

去按电铃，电铃不响了，但是门扇欠了一个缝，用手一触时，它自己开了。一点声音也没有，大概人们都睡了。我停在内间的玻璃门外，我招呼那熟人的名字，终没有回答！我还看到墙上那张没有框子的画片。分明房里在开着电灯。再招呼了几声，仍是什么也没有……

“喔……”门扇用铁丝绞了起来，街灯就闪耀在窗子的外面。我踏着过道里搬了家余留下来的碎纸的声音，同时在空屋里我听到了自己苍白的叹息。

“浆汁还热吗？”在一排长街转角的地方，那里还张着卖浆汁的白色的布棚。我坐在小凳上，在集合着铜板……

等我第一次醒来时，只感到我的呼吸里面充满着鱼的气味。

“街上吃东西，那是不行的。您吃吃这鱼看吧，这是黄花鱼，用油炸的……”她的颜面和干了的海藻一样打着波绉。

“小金铃子，你个小死鬼，你给我滚出来……快……”我跟着她的声音才发现墙角蹲着个孩子。

“喝浆汁，要喝热的，我也是爱喝浆汁……哼！不然，你就遇不到我了，那是老主顾，我差不多每夜要喝——偏偏金铃子昨晚上不在家，不然的话，每晚都是金铃子去买浆汁。”

“小死金铃子，你失了魂啦！还等我孝敬你吗？还不自己来装饭！”

那孩子好像猫一样来到桌子旁边。

“还见过吗？这丫头十三岁啦，你看这头发吧！活像个多毛兽！”她在那孩子的头上用筷子打了一下，于是又举起她的酒杯来。她的两只袖口都一起往外脱着棉花。

晚饭也是喝酒，一直喝到坐着就要睡去了的样子。

我整天没有吃东西，昏沉沉和软弱，我的知觉似乎一半存在着，一半失掉了。在夜里，我听到了女孩的尖叫。

“怎么，你叫什么？”我问。

“不，妈呀！”她惶惑的哭着。

从打开着的房门，老妇人捧着雪球回来了。

“不，妈呀！”她赤着身子站到角落里去。

她把雪块完全打在孩子的身上。

“睡吧！我让你知道我的厉害！”她一面说着，孩子的腿部就流着水的条纹。

我究竟不知道这是为了什么。

第二天，我要走的时候，她向我说：

“你有衣裳吗？留给我一件……”

“你说的是什么衣裳？”

“我要去进当铺，我实在没有好当的了！”于是她翻着炕上的旧毯片和流着棉花的被子：“金铃子这丫头还不中用……也无怪她，年纪还不到哩！五毛钱谁肯要她呢？要长样没有长样，要人才没有人才！花钱看样子吗？前些个年头可行，比方我年青的时候，我常跟着我的姨姐的班子里去逛逛，一逛就能落几个……多多少少总能落几个……现在不行了！正经的班子不许你进，土窑子是什么油水也没有，老庄那懂得看样子的，花钱让他看样子，他就干了吗？就是凤凰也不行啊！落毛鸡就是不花钱谁又想看呢？”她突然用手指在那孩子的头上点了一下。“摆设，总得像个摆设的样子，看这穿戴……呸呸！”她的嘴和眼睛一致的歪动了一下。“再过两年我就好了。管她长得猫样狗样，可是她到底是中用了！”

她的颜面和一片干了的海蜇一样。我明白一点她所说的“中用”或“不中用”——。

“套鞋可以吧？”我打量了我全身的衣裳，一件棉外衣，一件夹袍，一件单衫，一件短绒衣和绒裤，一双皮鞋，一双单袜。

“不用进当铺，把它卖掉，三块钱买的，五角钱总可以卖出。”

我弯下腰在地上寻找套鞋。

“哪里去了呢？”我开始划着一根火柴，屋子里黑暗下来，好像“夜”又要来临了。

“老鼠会把它拖走的吗？不会的吧？”我好像在反复着我的声音，可是她，一点也不来帮助我，无所感觉的一样。

我去扒着土炕，扒着碎毡片，碎棉花。但套鞋是不见了。

女孩坐在角落里面咳嗽着，那老妇人简直是喑哑了。

“我拿了你的鞋！你以为？那是金铃子干的事……”借着她抽烟时划着火柴的光亮，我看到她打着绉纹的鼻子的两旁挂下两条发亮的东西。

“昨天她把那套鞋就偷着卖了！她交给我钱的时候我才知道。半夜里我为什么打她？就是为着这桩事。我告诉她偷，是到外面去偷。看见过吗？回家来偷。我说我要用雪把她活埋……不中用的，男人不能看上她的，看那小毛辫子！活像个猪尾巴！”

她回转身去扯着孩子的头发，好像在扯着什么没有知觉的东西似的。

“老的老，小的小……你看我这年纪，不用说是不中用的啦！”

两天没有见到太阳，在这屋里，我觉得狭窄和阴暗，好像和老鼠住在一起了。假如走出去，外面又是“夜”。但一点也不怕惧，走出去了！

我把单衫从身上褪了下来。我说：

“去当，去卖，都是不值钱的。”

这次我是用夏季里穿的通孔的鞋子去接触着雪地。

一九三五，二，五。

破落之街

天明了，白白的阳光空空的染了全室。

我们快穿衣服，折好被子，平结他自己的鞋带，我结我的鞋带。他到外面去打脸水，等他回来的时候，我气愤的坐在床沿。他手中的水盆被他忘记了，有水泼到地板。他问我，我气愤着不语，把鞋子给他看。

鞋带是断成三段了，现在又断了一段。他重新解开他的鞋子，我不知他在做什么，我看他向桌间寻了寻，他是找剪刀，可是没买剪刀，他失望地用手把鞋带做成两段。

一条鞋带也要分成两段，两个人束着一条鞋带。

他拾起桌上的铜板说：

“就是这些吗？”

“不，我的衣袋还有哩！”

那仅是半角钱，他皱眉，他不愿意拿这票子。终于下楼了，他说：“我们吃什么呢？”

用我的耳朵听他的话，用我的眼睛看我的鞋，一只是白鞋带，另一只是黄鞋带。

秋风是紧了，秋风的凄凉特别在破落之街道上。

苍蝇满集在饭馆的墙壁，一切人忙着吃喝，不闻苍蝇。

“伙计，我来一分钱的辣椒白菜。”

“我来二分钱的豆芽菜。”

别人又喊了，伙计满头是汗。

“我再来一斤饼。”

苍蝇在那里好像是哑静了，我们同别的一些人一样，不讲卫生体面，我觉得女人必须不应该和一些下流人同桌吃饭，然而我是吃了。

走出饭馆门时，我很痛苦，好像快要哭出来，可是我什么人都不能抱怨。平他每次吃完饭都要问我：

“吃饱没有？”

我说：“饱了！”其实仍有些不饱。

今天他让我自己上楼：“你进屋去吧！我到外面有点事情。”

好像他不是我的爱人似的，转身下楼离我而去了。

在房间里，阳光不落在墙壁上，那是灰色的四面墙，好像匣子，好像笼子，墙壁在逼着我，使我的思想没有用，使我的力量不能与人接触，不能用于世。

我不愿意我的脑浆翻绞，又睡下，拉我的被子，在床上辗转，仿佛是个病人一样，我的肚子叫响，太阳西沉下去，平没有回来。我只吃过一碗玉米粥，那还是清早。

他回来，只是自己回来，不带馒头或别的充饥的东西回来。

肚子越响了，怕给他听着这肚子的呼唤，我把肚子翻向床，压住这呼唤。

“你肚疼吗？”

我说不是，他又问我：

“你有病吗？”

我仍说不是。

“天快黑了，那么我们去吃饭吧！”

他是借到钱了吗？

“五角钱哩！”

泥泞的街道，沿路的屋顶和蜂巢样密挤着，平房屋顶，又生出一层平屋来。那是用板钉成的，看起来像是楼房，也闭着窗子，歇着门。可是生在楼房里的不像人，是些猪猡，是污浊的一群。我们往来都看见这样的景致。现在街道是泥泞了，肚子是叫唤了！一心要奔到苍蝇堆里，要吃馒头。桌子的对边那个老头，他唠叨起来了，大概他是个油匠，胡子染着白色，不管衣襟或袖口，都有斑点花色的颜料，他用有颜料的手吃东西。并没能发现他是不讲卫生，因为我们是一道生活。

他嚷了起来，他看一看没有人理他，他升上木凳好像老旗杆样，人们举目看他。终归他不是造反的领袖，那是私事，他的粥碗里面睡着个苍蝇。

大家都笑了，笑他一定在发神经病。

“我是老头子了，你们拿苍蝇喂我！”他一面说，有点伤心。

一直到掌柜的呼唤伙计再给他换一碗粥来，他才从木凳降落下来。但他寂寞着，他的头摇曳着。

这破落之街我们一年没有到过了，我们的生活技术比他们高，和他们不同，我们是从水泥中向外爬。可是他们永远留在那里，那里淹没着他们的一生，也淹没着他们的子子孙孙，但是这要淹没到什么时代呢？

我们也是一条狗，和别的狗一样没有心肝。我们从水泥中自己向外爬，忘记别人，忘记别人。

一九三三，十二，二七

蹲在洋车上

看到了乡巴佬坐洋车，忽然想起一个童年的故事。

当我还是小孩的时候，祖母常常进街。我们并不住在城外，只是离市镇较偏的地方罢了！有一天，祖母又要进街，命令我：

“叫你妈妈把斗风给我拿来！”

那时因为我过于娇惯，把舌头故意缩短一些，叫斗篷作斗风，所以祖母学着我，把风字拖得很长。

她知道我最爱惜皮球，每次进街的时候，她问我：

“你要些什么呢？”

“我要皮球。”

“你要多大的呢？”

“我要这样大的。”

我赶快把手臂拱向两面，好像张着的鹰的翅膀。大家都笑了！祖父轻动着嘴唇，好像要骂我一些什么话，因我的小小的姿式感动了他。

祖母的斗篷消失在高烟囱的背后。

等她回来的时候，什么皮球也没带给我，可是我也不追问一声：

“我的皮球呢？”

因为每次她也不带给我；下次祖母再上街的时候，我仍说是要皮球，我是说惯了，我是熟练而惯于作那种姿式。

祖母上街尽是坐马车回来，今天却不是，她睡在仿佛是小槽子里，大概是槽子装置了两个大车轮。非常轻快，雁似的从大门口飞来，一直到房门。在前面挽着的那个人，把祖母停下，我站在玻璃窗里，小小的心灵上，有无限的奇秘冲击着。我以为祖母不会从那里头走出来，我想祖母为什么要被装进槽子里呢？我渐渐惊怕起来，我完全成个呆气的孩子，把头盖顶住玻璃，想尽方法理解我所不能理解的那个从来没有见过的槽子。

很快我领会了！见祖母从口袋里拿钱给那个人，并且祖母非常兴奋，她说叫着，斗篷几乎从她的肩上脱溜下去！

"呵！今天我坐的东洋驴子回来的，那是过于安稳呀！还是头一次呢，我坐过安稳的车子！"

祖父在街上也看见过人们所呼叫的东洋驴子，妈妈也没有奇怪。只是我，仍旧头皮顶撞在玻璃那儿，我眼看那个驴子从门口飘飘地不见了！我的心魂被引了去。

等我离开窗子，祖母的斗篷已是脱在炕的中央，她嘴里叨叨地讲着她街上所见的新闻。可是我没有留心听，就是给我吃什么糖果之类，我也不会留心吃，只是那样的车子太吸引我了！太捉住我小小的心灵了！

夜晚在灯光里，我们的邻居，刘三奶奶摇闪着走来，我知道又是找祖母来谈天的。所以我稳当当地占了一个位置在桌边。于是我咬起嘴唇来，仿佛大人样能了解一切话语，祖母又讲关于街上所见的新闻，我用心听，我十分费力！

"……那是可笑，真好笑呢！一切人站下瞧，可是那个乡下佬还是不知道笑自己，拉车的回头才知道乡巴佬是蹲在车子前放脚的地方，拉车的问：'你为什么蹲在这地方？'"

"他说怕拉车的过于吃力，蹲着不是比坐着强吗？比坐在那里不是轻吗？所以没敢坐下……"

邻居的三奶奶，笑得几个残齿完全摆在外面，我也笑了！祖母还说，她感到这个乡巴佬难以形容，她的态度，她用所有的一切字眼，都是引人发笑。

"后来那个乡巴佬，你说怎么样！他从车上跳下来，拉车的问他为什么跳？他说：‘若是蹲着吗？那还行。坐着，我实在没有那样的钱。’拉车的说：‘坐着，我不多要钱。’那个乡巴佬到底不信这话，从车上搬下他的零碎东西，走了。他走了！”

我听得懂，我觉得费力，我问祖母：

“你说的，那是什么驴子？”

她不懂我的半句话，拍了我的头一下，当时我真是不能记住那样繁复的名词。过了几天祖母又上街，又是坐驴子回来的，我的心里渐渐羡慕那驴子，也想要坐驴子。

过了两年，六岁了！我的聪明，也许是我的年岁吧！支持着我使我愈见讨厌我那个皮球，那真是太小，而又太旧了；我不能喜欢黑脸皮球，我爱上邻家孩子手里那个大的；买皮球，好像我的志愿，一天比一天坚决起来。

向祖母说，她答：“过几天买吧，你先玩这个吧！”

又向祖父请求，他答：“这个还不是很好吗？不是没有出气吗？”

我得知他们的意思是说旧皮球还没有破，不能买新的。于是把皮球在脚下用力捣毁它，任是怎样捣毁，皮球仍是很圆，很鼓，后来到祖父面前让他替我踏破！祖父变了脸色，像是要打我，我跑开了！

从此，我每天表示不满意的样子。

终于一天晴朗的夏日，戴起小草帽来，自己出街去买皮球了！朝向母亲曾领我到过的那家铺子走去，离家不远的时候，我的心志非常光明，能够分辨方向，我知道自己是向北走。过了一会，不然了！太阳我也找不着了！一些些的招牌，依我看来都是一个样，街上的行人好像每个要撞倒我似的，就连马车也好像是旋转着。我不晓得自己走了多远，只是我实在疲劳。不能再寻找那家商店；我急切地想回家，可是家也被寻觅不到。我是从哪一条路来的？究竟家是在什么方向？

我忘记一切危险，在街心停住，我没有哭，把头向天，愿看见太阳。因为平常爸爸不是拿指南针看看太阳就知道或南或北吗？我虽然看了，只见太阳在街路中央，别的什么都不能知道，我无心留意街道，跌倒了在阴沟板上面。

“小孩！小心点。”

身边的马车夫驱着车子过去，我想问他我的家在什么地方，他走过了！我昏沉极了！忙问一个路旁的人：

“你知道我的家吗？”

他好像知道我是被丢的孩子，或许那时候我的脸上有什么急慌的神色，那人跑向路的那边去，把车子拉过来，我知道他是洋车夫，他和我开玩笑一般：

“走吧！坐车回家吧！”

我坐上了车，他问我，总是玩笑一般地：

“小姑娘！家在哪里呀？”

我说：“我们离南河沿不远，我也不知道哪面是南，反正我们南边有河。”

走了一会，我的心渐渐平稳，好像被动荡的一盆水，渐渐静止下来，可是不多一会，我忽然忧愁了！抱怨自己皮球仍是没有买成！从皮球联想到祖母骗我给买皮球的故事，很快又联想到祖母讲的关于乡巴佬坐东洋车的故事。于是我想试一试，怎样可以像个乡巴佬。该怎样蹲法呢？轻轻地从座位滑下来，当我还没有蹲稳当的时候，拉车的回头来：

“你要做什么呀？”

我说：“我要蹲一蹲试试，你答应我蹲吗？”

他看我已经偎在车前放脚的那个地方，于是他向我深深地做了一个鬼脸，嘴里哼着：

“倒好哩！你这样孩子，很会淘气！”

车子跑得不很快，我忘记街上有没有人笑我。车跑到红色的大门楼，我知道家了！我应该起来呀！应该下车呀！不，目的想给祖母一个意外的发笑，等车拉到院心，我仍蹲在那里，像耍猴人的猴样，一动不动。祖母笑着跑出来了！祖父也是笑！我怕他们不晓得我的意义，我用尖音喊：

“看我！乡巴佬蹲东洋驴子！乡巴佬蹲东洋驴子呀！”

只有妈妈大声骂着我，忽然我怕要打我，我是偷着上街。

洋车忽然放停，从上面我倒滚下来，不记得被跌伤没有。祖父猛力打了拉车的，说他欺侮小孩，说他不让小孩坐车让蹲在那里。没有给他钱，从院子把他轰出去。

所以后来，无论祖父对我怎样疼爱，心里总是生着隔膜，我不同意他打洋车夫，我问：

“你为什么打他呢？那是我自己愿意蹲着。”

祖父把眼睛斜视一下：“有钱的孩子是不受什么气的。”

现在我是廿多岁了！我的祖父死去多年了！在这样的年代中，我没发现一个有钱的人蹲在洋车上；他有钱，他不怕车夫吃力，他自己没拉过车，自己所尝到的，只是被拉着舒服滋味。假若偶尔有钱家的小孩子要蹲在车厢中玩一玩，那么孩子的祖父出来，拉洋车的便要被打。

可是我呢？现在变成个没有钱的孩子了！

一九三四，三，十六

初　冬

初冬，我走在清凉的街道上遇见了我的弟弟。

“莹姐，你走到哪里去?”

“随便走走吧!”

“我们去吃一杯咖啡，好不好？莹姐。”

咖啡店的窗子在帘幕下挂着苍白的霜层。我把领口脱着毛的外衣搭在衣架上。

我们开始搅着杯子玲琅的响了。

“天冷了吧！并且也太孤寂了，你还是回家的好。”弟弟的眼睛是深黑色的。

我摇了头，我说：“你们学校的篮球队近来怎么样？还活跃吗?你还是很热心吗?”

“我掷筐掷得更进步，可惜你总也没到我们球场上来了。你这样不畅快是不行的。”

我仍搅着杯子，也许飘流久了的心情，就和离了岸的海水一般，若非遇到大风是不会翻起的，我开始弄着手帕。弟弟再向我说什么我已不去听清他，仿佛自己是沉坠在深远的幻想的井里。

我不记得咖啡怎样被我吃干了杯了。茶匙在搅着空的杯子时，弟弟说：“再来一杯吧!”

女侍者带着欢笑一般飞起的头发来到我们桌边。她又用很响亮的脚步摇摇的走了去。

也许因为清早或天寒，再没有人走进这咖啡店。在弟弟默默看着我的时候，在我的思想凝静得玻璃一般平的时候，壁间暖气管小小嘶鸣的声音都听得到了。

“天冷了，还是回家好，心情这样不畅快，长久了是无益的。”

“怎么!”

“太坏的心情与你有什么好处呢?”

“为什么要说我的心情不好呢?”

我们又都搅着杯子。有外国人走进来，那响着嗓子的，嘴不住在说的女人，就坐在我们的近边。她离得我越近，我越嗅到她满衣的香气，那使我感到她离得我更辽远，也感到全人类离得我更辽远。也许她那安闲而幸福的态度与我一点联系也没有。

我们搅着杯子，杯子不能像起初搅得发响了。街车好像渐渐多了起来，闪在窗子上的人影迅速而且繁多了。隔着窗子可以听到暗哑的声音和暗哑的踏在行人道上的鞋子的声音。

“莹姐，”弟弟的眼睛是深黑色的。“天冷了，再不能飘流下去，回家去吧!”等他说：“你的头发这样长了，怎么不到理发店去一次呢?”我不知道为什么被他这话所激动了。

也许要熄灭的灯火在我心中复燃起来，热力和光明鼓荡着我：

“那样的家我是不想回去的。”

“那么飘流着，就这样飘流着?”弟弟的眼睛是深黑色的。他的杯子留在左手里边，另一只手在桌面上，手心向上翻张了开来，要在空间摸索着什么似的。最后他是捉住自己的领巾。我看着他在抖动的嘴唇：“莹姐，我真耽心你这个女浪人!”他牙齿好像更白了些，更大些，而且有力了，而且充满热情了。为热情而波动，他的嘴唇是那样的退去了颜色。并且他的整个人有些近乎狂人，然而是安静的，完全被热情侵占着的。

出了咖啡店，我们在结着薄碎的冰雪上面踏着脚。

初冬，朝晨的红日扑着我们的头发，这样的红光使我感到欣快和寂寞。弟弟不住的在手下摇着帽子，肩头耸起了又落下了；心脏也是高了又低了。

渺小的同情者和被同情者离开了市街。

停在一个荒败的枣树园的前面时，他突然把很厚的手伸给了我，这是我们要告别了。

“我到学校去上课!”他脱开我的手向着和我相反的方向背转过去。可是走了几步又转回来：

“莹姐，我看你还是回家的好!”

“那样的家我是不能回去的，我不愿意受和我站在两极端的父亲的豢养……”

“那么你要钱用么?”

“不要的。”

“那么你就这个样子吗?你瘦了!你快要生病了!你的衣服也太薄啊!”弟弟的眼睛是深黑色的，充满着祈祷和愿望。我们又握过手，分别方向走去。

太阳在我的脸面上闪闪耀耀。仍和未遇见弟弟以前一样，我穿着街头，我无目的的走。寒风，刺着喉头，时时要发作小小的咳嗽。

弟弟留给我的是深黑色的眼睛，这在我散漫与孤独的流浪人的心板上，怎能不微温了一个时刻?

一九二三年，初冬

三个无聊人

一个大胖胖，戴着圆眼镜。另一个很高，肩头很狭。第三个弹着小四弦琴，同时读着李后主的词：

“四十年来家国，三千里地山河……”读到一句的末尾，琴弦没有节调的，重复的响了一下，这样就算他把词句配上了音乐。

“嘘！”胖子把被角撤了一下，接着唱道：“杨延辉，坐宫院……”他的嗓子像破了似的。

第三个也在作声：

“小品文和漫画哪里去了？”总是这人比其他两个好，他愿意读杂志和其他刊物。

“唉！无聊！”每次当他读完一本的时候，他就用力向桌面摔去。

晚间，狭肩头的人去读“世界语”了。临出门时，他的眼光很足，向着他的两个同伴说：

“你们这是干什么！没有纪律，一天哭哭叫叫的。”

“唉！无聊！”当他回来的时候，眼睛也无光了。

照例是这样，临出门时是兴奋的，回来时他就无聊了，和他的两个同伴同样没有纪律。从学“世界语”起，这狭肩头的差不多每天念起“爱丝迫乱多”，后来他渐渐骂起“爱丝迫乱多”来，这可不知因为什么？

他们住得很好，铁丝颤条床，淡蓝色的墙壁涂着金花，两只四十烛光灯泡，窗外有法国梧桐，楼下是外国菜馆，并且铁盒子里不断地放着饼干，还有罐头鱼。

“唉！真无聊！”高个狭肩头的说。

于是胖同伴提议去到法国公园，园中有流汗的园丁；园门口有流汗的洋车夫；巧得很，一个没有手脚的乞丐，滚叫在公园的道旁被他们遇见。

“老黑，你还没有起来吗？真够享福了。”狭着肩头的人从公园回来，要把他的第三个同伴拖下来；“真够受的，你还在梦中……”

“不要闹，不要闹，我还困呢！”

“起来吧！去看看那滚号在公园门前的人，你就不困啦！”

那睡在床上的，没有相信他的话，并没起来。

狭肩头的，愦愦懑懑的，整整一个早晨，他没说无聊，这是他看了一个无手无足的乞丐的结果。也许他看到这无手无足的东西就有聊了！

十二点钟要去午餐，这愦愦的人没有去。

“太浪费了，吃些面包不能过吗？”他又出去买沙丁鱼。

等晚上有朋友来，他就告诉他无钱的朋友：

“你们真是不会俭省，买面包吃多么好！”

他的朋友吃了两天面包，把胃口吃得很酸。

狭肩头人又无聊了，因为他好几天没有看到无手无足的人，或是什么特别惨状的人。

他常常街上去走，只要看到卖桃的小孩在街上被巡捕打翻了筐子，他也够有聊几个钟头。慢慢他这个无聊的病非到街头去治不可，后来这卖桃的小孩一类一事竟治不了他。那么就必须看报了，报纸上说：烟台煤矿又烧死多少，或是压死多少人。

“啊呀！真不得了，这真是惨目。”这样大事他能三两天反复着说，他的无聊，像一种病症似的，又被这大事治住个三两天。他不无聊很有聊的样子读小说，读杂志。

“四十年来家国，三千里地山河……”老黑无聊的时候就唱这调子，他不愿意看什么惨事，他也不愿意听什么伟大的话，他每天不用理智，就用感情来生活着，好像个真诗人似的。四弦琴在他的手下，不成调的嗒啦啦嗒啦啦……

“嗒啦，嗒啦，啦嗒嗒……”胖同伴的木鞋在地板上打拍，手臂在飞着……

“你们这是干什么？”读杂志的人说。

“我们这是在无聊！”三个无聊人听到这话都笑了。

胖同伴，有书也读书，有理论也读理论，有琴也弹琴，有人弹琴他就唱。但这在他都是无聊的事情，对于他实实在在有趣的，是“先施公司”：

“那些女人真可怜，有的连血色都没有了，可是还站在那里拉客……”他常常带着钱去可怜那些女人。

“最非人生活的就是这些女人，可是没有人知道更详细些。”他这态度是个学者的态度。说着他就搭电车，带着钱，热诚地去到那些女人身上去研究“社会科学”去了。

剩下两个无聊，一个在看报，一个去到公园，拿着琴。去到公园的不知怎样，最大限度也不过“四十年来家国，三千里地山河……”

但是在看报的却发足火来，无论怎样看，报上也不过载着煤矿啦，或者是什么大河大川暴涨淹死多少人，电车轧死小孩，受经济压迫投黄浦自杀一类。

无聊，无聊！

人间慢慢治不了他这个病了。

可惜没有比煤矿更惨的事。

一九三五，六，十二

家族以外的人

我蹲在树上，渐渐有点害怕，太阳也落下去了，树叶的声音也唰唰的了；墙外街道上走着的行人也都和影子似的黑丛丛的；院里房屋的门窗变成黑洞了，并且野猫在我旁边的墙头上跑着叫着。

我从树上溜下来，虽然后门是开着的，但我不敢进去，我要看看母亲睡了还是没有睡？还没经过她的窗口，我就听到了席子的声音：

“小死鬼……你还敢回来！”

我折回去，就顺着厢房的墙根又溜走了。

在院心空场上的草丛里边站了一些时候，连自己也没有注意到我是折碎了一些草叶咬在嘴里。白天那些所熟识的虫子，也都停止了鸣叫，在夜里叫的是另外一些虫子，他们的声音沉静，清脆而悠长。那埋着我的高草，和我的头顶一平，它们平滑，它们在我的耳边唱着那么微细的小歌，使我不能相信倒是听到还是没有听到。

“去吧……去……跳跳攒攒的……谁喜欢你……”

有二伯回来，那喊狗的声音一直继续到厢房的那面。

我听到有二伯那拍响着的失掉了后跟的鞋子的声音，又听到厢房门扇的响声。

“妈睡了没睡呢？”我推着草叶，走出了草丛。

有二伯住着的厢房，纸窗好像闪着火光似的明亮。我推开门，就站在门口。

“还没睡？”

我说：“没睡。”

他在灶口烧着火，火叉的尖端插着玉米。

“你还没有吃饭?”我问他。

“吃什……么……饭?谁给留饭!”

我说：“我也没吃呢!”

“不吃，怎么不吃?你是家里人哪……”他的脖子比平日喝过酒之后更红，并且那脉管和那正在烧着的小树枝差不多。

“去吧……睡睡……觉去吧!”好像不是对我说似的。

“我也没吃饭呢!”我看着已经开始发黄的玉米。

“不吃饭，干什么来的……”

“我妈打我……”

“打你!为什么打你?”

孩子的心上所感到的温暖是和大人不同的，我要哭了，我看着他嘴角上流下来的笑痕。只有他才是偏着我这方面的人，他比妈妈还好。立刻我后悔起来，我觉得我的手在他身旁抓起一些柴草来，抓得很紧，并且许多时候没有把手松开，我的眼睛不敢再看到他的脸上去，只看到他腰带的地方和那脚边的火堆。我想说：

“二伯……再下雨时我不说你‘下雨冒泡，王八戴草帽’啦……”

“你妈打你……我看该打……”

“怎么……”我说：“你看……她不让我吃饭!”

“不让你吃饭……你这孩子也太好去啦……”

“你看，我在树上蹲着，她拿火叉子往下叉我……你看……把胳臂都给叉破皮啦……”我把手里的柴草放下，一只手卷着袖子给他看。

“叉破皮……为啥叉的呢……还有个缘由没有呢?”

“因为拿了馒头。”

“还说呢……有出息!我没见过七八岁的姑娘还偷东西……还从家里偷东西往外边送!”他把玉米从叉子上拔下来了。

火堆仍没有灭，他的胡子在玉米上，我看得很清楚是扫来扫去的。

“就拿三个……没多拿……”

“嗯!”把眼睛斜着看我一下，想要说什么但又没有说。只是胡子在玉米上像小刷子似的来往着。

“我也没吃饭呢!”我咬着指甲。

“不吃……你愿意不吃……你是家里人!”好像抛给狗吃的东西一样，他把半段玉米打在我的脚上。

有一天，我看到母亲的头发在枕头上已经蓬乱起来，我知道她是睡熟了，我就从木格子下面提着鸡蛋筐子跑了。

那些邻居家的孩子就等在后院的空磨房里边。我顺着墙根走了回来的时候，安全，毫没有意外，我轻轻的招呼他们一声，他们就从窗口把篮子提了进去，其中有一个比我们大一些的，叫他小哥哥的，他一看见鸡蛋就抬一抬肩膀，伸一下舌头。小哑巴姑娘，她还为了特殊的得意啊啊了两声。

“嗳，小点声……花姐她妈剥她的皮呀……”

把窗子关了，就在碾盘上开始烧起火来，树枝和干草的烟围蒸腾了起来；老鼠在碾盘底下跑来跑去，风车站在墙角的地方，那大轮子上边盖着蛛网，罗柜旁边余留下来的谷类的粉末，那上面挂着许多种类虫子的皮壳。

“咱们来分分吧……一人几个，自家烧自家的。”

火苗旺盛起来了，伙伴们的脸孔，完全照红了。

“烧吧！放上去吧……一人三个……”

“可是多一个给谁呢?”

“给哑巴吧!”

她接过去，啊啊的。

“小点声，别吵！别把到肚的东西吵靡啦。”

“多吃一个鸡蛋……下回别用手指画着骂人啦！啊！哑巴?”

蛋皮开始发黄的时候，我们为着这心上的满足，几乎要冒险叫喊了。

“唉呀！要吃啦！”

“预备着吧，说熟就快的……”

“我的鸡蛋比你们的全大……像个大鸭蛋……”

“别叫……别叫。花姐她妈这半天一定睡醒啦……”

窗外有哽哽的声音，我们知道是大白狗在扒着墙皮的泥土。但同时似乎听到了母亲的声音。

母亲终于在叫我了！鸡蛋开始爆裂的时候，母亲的喊声也在尖利的刺着纸窗了。

等她停止了喊声，我才慢慢从窗子跳出去，我走得很慢，好像没有睡醒的样子，等我站到她面前的那一刻，无论如何再也压制不住那种心跳。

“妈！叫我干什么？”我一定惨白了脸。

“等一会……”她回身去找什么东西的样子。

我想她一定去拿什么东西来打我，我想要逃，但我又强制着忍耐了一刻。

“去把这孩子也带去玩……”把小妹妹放在我的怀中。

我几乎要抱不动她了，我流了汗。

“去吧！还站在这干什么……”其实磨房的声音，一点也传不到母亲这里来，她到镜子前面去梳她的头发。

我绕了一个圈子，在磨房的前面，那锁着的门边告诉了他们：

“没有事……不要紧……妈什么也不知道。”

我离开那门前，走了几步，就有一种异样的香味扑了来，并且飘满了院子。等我把小妹妹放在炕上，这种气味就满屋都是了。

“这是谁家炒鸡蛋，炒得这样香……”母亲很高的鼻子在镜子里使我有点害怕。

“不是炒鸡蛋……明明是烧的，哈！这蛋皮味，谁家……呆老婆烧鸡蛋……五里香。”

“许是吴大婶她们家？”我说这话的时候，隔着菜园子看到磨房的窗口冒着烟。

等我跑回了磨房，火完全灭了。我站在他们当中，他们几乎是摸着我的头发。

“我妈说谁家烧鸡蛋呢？谁家烧鸡蛋呢？我就告诉她，许是吴大婶她们家。哈！这是吴大婶？这是一群小鬼……”

我们就开朗的笑着。站在碾盘上往下跳着，甚至于多事起来，他们就在磨房里捉耗子。因为我告诉他们，我妈抱着小妹妹出去串门去了。

“什么人啊！”我们知道是有二伯在敲着窗棂。

“要进来，你就爬上来！还招呼什么？”我们之中有人回答他。

起初，他什么也没有看到，他站在窗口，摆着手。后来他说：

“看吧！”他把鼻子用力抽了两下：“一定有点故事……那来的这种气味？”

他开始爬到窗台上面来，他那短小健康的身子从窗台跳进来时，好像一张磨盘滚了下来似的，土地发着响。他围着磨盘走了两圈。他上唇的红色的小胡为着鼻子时时抽动的缘故，像是一条秋天里的毛虫在他的唇上不住的滚动。

“你们烧火吗？看这碾盘上的灰……花子……这又是你领头！我要不告诉你妈的……整天家领一群野孩子来作祸……”他要爬上窗口去了，可是他看到了那只筐子：“这是什么人提出来的呢？这不是咱家装鸡蛋的吗？花子……你不定又偷了什么东西……你妈没看见！”

他提着筐子走的时候，我们还嘲笑着他的草帽。“像个小瓦盆……像个小水桶……”

但夜里，我是挨打了。我伏在窗台上用舌尖舐着自己的眼泪。

“有二伯……有老虎……什么东西……坏老头子……”我一边哭着一边咒诅着他。

但过不多久，我又把他忘记了，我和许多孩子们一道去抽开了他的腰带，或是用杆子从后面掀掉了他的没有边沿的草帽。我们嘲笑他和嘲笑院心的大白狗一样。

秋末：我们寂寞了一个长久的时间。

那些空房子里充满了冷风和黑暗；长在空场上的高草，干败了而倒了下来；房后菜园上的各种秧棵完全挂满了白霜；老榆树在墙根边仍旧随风摇摆它那还没有落完的叶子；天空是发灰色的，云彩也失去了形状，有时带来了雨点，有时又带来了细雪。

我为着一种疲倦，也为着一点新的发现，我登着箱子和柜子，爬上了装旧东西的屋子的棚顶。

那上面，黑暗，有一种完全不可知的感觉，我摸到了一个小木箱，捧着它，来到棚顶洞口的地方，借着洞口的光亮，看到木箱是锁着一个发光的小铁锁，我把它在耳边摇了摇，又用手掌拍一拍……那里面冬郎冬郎的响着。

我很失望，因为我打不开这箱子，我又把它送了回去。于是我又往更深和更黑的角落处去探爬。因为我不能站起来走，这黑洞洞的地方一点也不规则，走在上面时时有跌倒的可能。所以在爬着的当儿，手指所触到的东西，可以随时把它们摸一摸。当我摸到了一个小琉璃罐，我又回到了亮光的地方……我该多么高兴，那里面完全是黑枣，我一点也没有再迟疑，就抱着这宝物下来了，脚尖刚接触到那箱子的盖顶，我又和小蛇一样把自己落下去的身子缩了回来，我又在棚顶蹲了好些时候。

我看着有二伯打开了就是我上来的时候登着的那个箱子。我看着他开了很多时候，他用牙齿咬着他手里的那块小东西……他歪着头，咬得咯啦啦的发响，咬了之后又放在手里扭着它，而后又把它触到箱子上去试一试。最后一次那箱子上的铜锁发着弹响的时候，我才知道他扭着的是一断铁丝。他把帽子脱下来，把那块盘卷的小东西就压在帽顶里面。

他把箱子翻了好几次：红色的椅垫子，蓝色粗布的绣花围裙……女人的绣花鞋子……还有一团滚乱的花色的线，在箱子底上还躺着一只湛黄的铜酒壶。

后来他伸出那布满了筋络的两臂，摇撼着那箱子。

我想他可不是把这箱子搬开！搬开我可怎么下去？

他抱起好几次，又放下好几次，我几乎要招呼住他。

等一会，他从身上解下腰带来了，他弯下腰去，把腰带横在地上，一张一张的把椅垫子堆起来，压到腰带上去，而后打着结，椅垫子被束起来了。他喘着呼喘，试着去提一提。

他怎么还不快点出去呢？我想到了哑巴，也想到了别人，好像他们就在我的眼前吃着这东西似的使我得意。

“啊哈……这些……这些都是油乌乌的黑枣……”

我要向他们说的话都已想好了。

同时这些枣在我的眼睛里闪光，并且很滑，又好像已经在我的喉咙里上下的跳着。

他并没有把箱子搬开，他是开始锁着它。他把铜酒壶立在箱子的盖上，而后他出去了。

我把身子用力去拖长，使两个脚掌完全牢牢实实的踏到了箱子，因为过于用力抱着那琉璃罐，胸脯感到了发疼。

有二伯又走来了，他先提起门旁的椅垫子，而后又来拿箱盖上的铜酒壶，等他把铜酒壶压在肚子上面，他才看到墙角站着的是我。

他立刻就笑了，我还从来没有看到过他笑得这样过分，把牙齿完全露在外面，嘴唇像是缺少了一个边。

“你不说么？”他的头顶站着无数很大的汗珠。

“说什么……”

“不说，好孩子……”他拍着我的头顶。

“那么，你让我把这个琉璃罐拿出去？”

“拿吧！”

他一点也没有看到我，我另外又在门旁的筐子里抓了五个馒头跑，等母亲说丢了东西的那天我也站到她的旁边去。

我说：“那我也不知道。”

“这可怪啦……明明是锁着……可那儿来的钥匙呢？”母亲的尖尖的下颚是向着家里的别的人说的。后来那歪脖的年青的厨夫也说：

“哼！这是谁呢？”

我又说：“那我也不知道。”

可是我脑子上走着的，是有二伯怎样用腰带捆了那些椅垫子，怎样把铜酒壶压在肚子上，并且那酒壶就贴着肉的。并且有二伯好像在我的身体里边咬着那铁丝咖郎郎的响着似的。我的耳朵一阵阵的发烧，我把眼睛闭了一会。可是一睁开眼睛，我就向着那敞开的箱子又说：

“那我也不知道。”

后来我竟说出了：“那我可没看见。”

等母亲找来一条铁丝，试着怎样可以做成钥匙，她扭了一些时候，那铁丝并没有扭弯。

“不对的……要用牙咬，就这样……一咬……再一扭……再一咬……”很危险，舌头若一滑转的时候，就要说了出来。我看见我的手已经在作着式子。

我开始把嘴唇咬得很紧，把手臂放在背后在看着他们。

“这可怪啦……这东西，又不是小东西……怎么能从院子走得出？除非是晚上……可是晚上就是来贼也偷不出去的……”母亲很尖的下颚使我害怕，她说的时候，用手推了推旁边的那张窗子：

“是啊！这东西是从前门走的，你们看……这窗子一夏就没有打开过……你们看……这还是去年秋天糊的窗缝子。”

“别绊脚！过去……”她用手推着我。

她又把这屋子的四边都看了看。

“不信……这东西去路也没有几条……我也能摸到一点边……不信……看着吧……这也不行啦。春天丢了一个铜火锅……说是放忘了地方啦……说是慢慢找，又是……也许借出去啦！那有那么一回事……早还了输赢账啦……当他家里人看待……还说不拿他当家里人看待，好哇……慢慢把房梁也拆走啦……”

“啊……啊！”那厨夫抓住了自己的围裙，擦着嘴角。那歪了的脖子和一根蜡签似的，好像就要折断下来。

母亲和别人完全走完了时，他还站在那个地方。

晚饭的桌上，厨夫问着有二伯：

“都说你不吃羊肉，那么羊肠你吃不吃呢?”

“羊肠也是不能吃。”他看着他自己的饭碗说。

“我说，有二爷，这炒辣椒里边，可就有一段羊肠，我可告诉你!”

“怎么早不说，这……这……这……”他把筷子放下来，他运动着又要红起来的脖颈，把头掉换过去，转得很慢，看起来就和用手去转动一只瓦盆那样迟滞。

“有二是个粗人，一辈子……什么都吃……就……是……不吃……这……羊……身上……的……不戴……羊……皮帽……子……不穿……羊……皮……衣裳……”他一个字一个字平板的说下去：

“下回……”他说，“……杨安……你炒什么……不管菜汤里头……若有那羊身上的呀……先告诉我一声……有二不是那嘴馋的人！吃不吃不要紧……就是吃口咸菜……我也不吃那……羊……身……上……的……”

“可是有二爷，我问你一件事……你喝酒用什么酒壶喝呢？非用铜酒壶不可?”杨厨子的下巴举得很高。

“什么酒壶……还不一样……”他又放下了筷子，把旁边的锡酒壶格格的蹲了两下：“这不是吗?……锡酒壶……喝的是酒……酒好……就不在壶上……哼！也不……年青的时候，就总爱……这个……锡酒壶……把它擦得闪光湛亮……”

“我说有二爷……铜酒壶好不好呢?”

“怎么不好……一擦比什么都亮堂……”

“对了，还是铜酒壶好喔……哈……哈哈……”厨子笑了起来。他笑得在给我装饭的时候，几乎是抢掉了我的饭碗。

母亲把下唇拉长着，她的舌头往外边吹一点风，有几颗饭粒落在我的手上。

"哼！杨安……你笑我……不吃……羊肉，那真是吃不得：比方，我三个月就……没有了娘……羊奶喂我长大的……若不是……还活了六十多岁……"

杨安拍着膝盖："你真算是个有良心的人，为人没作过昧良心的事？是不是？我说，有二爷……"

"你们年青人，不信这话……这都不好……人要知道自家的来路……不好反回头去倒咬一口……人要知恩报恩……说书讲古上都说……比方羊……就是我的娘……不是……不是……我可活六十多岁？"他挺直了背脊，把那盘羊肠炒辣椒用筷子推开了一点。

吃完了饭，他退了出去，手里拿着那没有边沿的草帽。沿着砖路，他走下去了，那泥污的，好像两块朽木头似的……他的脚后跟随着那挂在脚尖上的鞋片在砖路上拖着，而那头顶就完全像个小锅似的冒着气。

母亲跟那厨夫在起着高笑。

"铜酒壶……啊哈……还有椅垫子呢……问问他……他知道不知道？"杨厨夫，他的脖子上的那块疤痕，我看也大了一些。

我有点害怕母亲，她的完全露着骨节的手指，把一条很肥的鸡腿，送到嘴上去，撕着，并且还露着牙齿。

又是一回母亲打我，我又跑到树上去，因为树枝完全没有了叶子，母亲向我飞来的小石子差不多每颗都像小钻子似的刺痛着我的全身。

"你再往上爬……再往上爬……拿杆子把你绞下来。"

母亲说着的时候，我觉得抱在胸前的那树干有些颤了，因为我已经爬到了顶梢，差不多就要爬到枝子上去了。

"你这小贴树皮，你这小妖精……我可真就算治不了你……"她就在树下徘徊着……许多工夫没有向我打着石子。

许多天，我没有上树，这感觉很新奇，我向四面望着，觉得只有我才比一切高了一点，街道上走着的人，车，附近的房子都在我的下面，就连后街上卖豆芽菜的那家的幌杆，我也和它一般高了。

“小死鬼……你滚下来不滚下来呀……”母亲说着“小死鬼”的时候，就好像叫着我的名字那般平常。

“啊！怎样的?”只要她没有牢牢实实的抓到我，我总不十分怕她。

她一没有留心，我就从树干跑到墙头上去：“啊哈……看我站在什么地方?”

“好孩子啊……要站到老爷庙的旗杆上去啦……”回答着我的，不是母亲，是站在墙外的一个人。

“快下来……墙头不都是踏坏了吗？我去叫你妈来打你。”是有二伯。

“我下不来啦，你看，这不是吗？我妈在树根下等着我……”

“等你干什么?”他从墙下的板门走了进来。

“等着打我!”

“为啥打你?”

“尿了裤子。”

“还说呢……还有脸？七八岁的姑娘……尿裤子……滚下来?墙头踏坏啦!”他好像一只猪在叫唤着。

“把她抓下来……今天我让她认识认识我!”

母亲说着的时候，有二伯就开始卷着裤脚。

我想这是做什么呢?

“好！小花子，你看着……这还无法无天啦呢……你可等着……”

等我看见他真的爬上了那最低级的树叉，我开始要流出眼泪来，喉管感到特别发涨。

“我要……我要说……我要说……”

母亲好像没有听懂我的话，可是有二伯没有再进一步，他就蹲在那很粗的树叉上：

“下来……好孩子……不碍事的，你妈打不着你，快下来，明天吃完早饭二伯领你上公园……省得在家里她们打你……”

他抱着我，从墙头上把我抱到树上，又从树上把我抱下来。

我一边抹着眼泪一边听着他说：

“好孩子……明天咱们上公园。”

第二天早晨，我就等在大门洞里边，可是等到他走过我的时候，他也并不向我说一声：“走吧！”我从身后赶了上去，我拉住他的腰带：

“你不说今天领我上公园吗？”

“上什么公园……去玩去吧！去吧……”只看着前面的道路，他并不看着我。昨天说的话好像不是他。

后来我就挂在他的腰带上，他摇着身子，他好像摆着贴在他身上的虫子似的摆脱着我。

“那我要说，我说铜酒壶……”

他向四边看了看，好像是叹着气：

“走吧？绊脚星……”

一路上他也不看我，不管我怎样看中了那商店窗子里摆着的小橡皮人，我也不能多看一会，因为一转眼……他就走远了。等走在公园门外的板桥上，我就跑在他的前面。

“到了！到了啊……”我张开了两只胳臂，几乎自己要飞起来那么轻快。

没有叶子的树，公园里面的凉亭，都在我的前面招呼着我。一走进公园去，那跑马戏的锣鼓的声音，就震着我的耳朵，几乎把耳朵震聋了的样子，我有点不辨方向了。我拉着有二伯烟荷包上的小圆葫芦向前走。经过白色布棚的时候，我听到里面喊着：

“怕不怕？”

“不怕。”

“敢不敢？”

“敢哪……”

不知道有二伯要走到什么地方去？

棚棚戏，西洋景……耍猴的……耍熊瞎子的……唱木偶戏的。这一些我们都走过来了，再往那边去，就什么也看不见了。并且地上的落叶也厚了起来，树叶子完全盖着我们在走着的路径。

“二伯！我们不看跑马戏的？”

我把烟荷包上的小圆葫芦放开，我和他距离开一点，我看着他的脸色：

“那里头有老虎……老虎我看过。我还没有看过大象。人家说这伙马戏班子是有三匹象：一匹大的两匹小的，大的……大的……人家说，那鼻子，就只一根鼻子比咱家烧火的叉子还长……”

他的脸色完全没有变动。我从他的左边跑到他的右边，又从右边跑到左边：

“是不是呢？有二伯，你说是不是……你也没看见过？”

因为我是倒退着走，被一条露在地面上的树根绊倒了。

“好好走！”他也并没有拉我。

我自己起来了。

公园的末角上，有一座茶亭，我想他到这个地方来，他是渴了！但他没有走进茶亭去，在茶亭后边，有和屋子差不多，是席子搭起来的小房。

他把我领进去了，那里边黑洞洞的，最里边站着一个人，比画着，还打着什么竹板。有二伯一进门，就靠边坐在长板凳上，我就站在他的膝盖前，我的腿站得麻木了的时候，我也不能懂得那人是在干什么？他还和姑娘似的带着一条辫子，他把腿伸开了一只，像打拳的样子，又缩了回来，又把一只手往外推着……就这样走了一圈，接着又“叭”打了一下竹板。唱戏不像唱戏，耍猴不像耍猴，好像卖膏药的，可是我也看不见有人买膏药。

后来我就不向前边看，而向四面看，一个小孩也没有。前面的板凳一空下来，有二伯就带着我升到前面去，我也坐下来，但我坐不住，我总想看那大象。

“二伯，咱们看大象去吧，不看这个。”

他说："别闹，别闹，好好听……"

"听什么，那是什么？"

"他说的是关公斩蔡阳……"

"什么关公哇？"

"关老爷，你没去过关老爷庙吗？"

我想起来了，关老爷庙里，关老爷骑着红色的马。

"对吧！关老爷骑着红色……"

"你听着……"他把我的话截断了。

我听了一会还是不懂，于是我转过身来，面向后坐着，还有一个瞎子，他的每一个眼球上盖着一个白泡。还有一个一条腿的人，手里还拿着木杖。坐在我旁边的人，那人的手包了起来，用一条布带挂到脖子上去。

等我听到"叭叭叭"的响了一阵竹板之后，有二伯还流了几颗眼泪。

我是一定要看大象的，回来的时候再经过白布棚我就站着不动了。

"要看，吃完晌饭再来看……"有二伯离开我慢慢的走着："回去，回去吃完晌饭再来看。"

"不吗！饭我不吃，我不饿，看了再回去。"我拉住他的烟荷包。

"人家不让进，要买'票'的，你没看见……那不是把门的人吗？"

"那咱们不好也买'票'！"

"哪来的钱……买'票'两个人要好几拾吊钱。"

"我看见啦，你有钱，刚才在那棚子里你不是还给那个人钱来吗？"我贴到他的身上去。

"那才给几个铜钱！多啦没有，你二伯多啦没有。"

"我不信，我看有一大堆！"我跷着脚尖，掀开了他的衣襟，把手探进他的衣兜里去。

"是吧！多啦没有吧！你二伯多啦没有，没有进财的道……也就是个月七成的看个小牌，赢两吊……可是输的时候也不少。哼哼。"他看着拿在我手里的五六个铜元。

"信了吧！孩子，你二伯多啦没有……不能有……"一边走下了木桥，他一边说着。

那马戏班子的喊声还是那么热烈的在我们的背后反复着。

有二伯在木桥下那围着一群孩子，抽签子的地方也替我抛上两个铜元去。

我一伸手就在铁丝上拉下一张纸条来，纸条在水碗里面立刻变出一个通红的"五"字。

"是个几?"

"那不明明是个五吗?"我用肘部击撞着他。

"我那认得呀！你二伯一个字也不识，一天书也没念过。"回来的路上，我就不断的吃着这五个糖球。

第二次，我看到有二伯偷东西，好像是第二年的夏天，因为那马蛇菜的花，开得过于鲜红，院心空场上的高草，长得比我的年龄还快，它超过我了，那草场上的蜂子，蜻蜓，还更来了一些不知名的小虫，也来了一些特殊的草种，它们还会开着花，淡紫色的，一串一串的，站在草场中，它们还特别的高，所以那花穗和小旗子一样动荡在草场上。

吃完了午饭，我是什么也不做，专等着小朋友们来，可是他们一个也不来。于是我就跑到粮食房子去，因为母亲在清早端了一个方盘走进去过。我想那方盘中……哼……一定是有点什么东西?

母亲把方盘藏得很巧妙，也不把它放在米柜上，也不放在粮食仓子上，她把它用绳子吊在房梁上了。我正在看着那奇怪的方盘的时候，我听到板仓里好像有耗子，也或者墙里面有耗子……总之，我是听到了一点响动……过了一会竟有了喘气的声音，我想不会是黄鼠狼子？我有点害怕，就故意用手拍着板仓，拍了两下，听听就什么也没有了……可是很快又有什么东西在喘气……咝咝的……好像肺管里面起着泡沫。

这次我有点暴躁：

“去！什么东西……”

有二伯的胸部和他红色的脖子从板仓伸出来一段……当时，我疑心我也许是在看着木偶戏！但那顶窗透进来的太阳证明给我，被那金红色液体的东西染着的正是有二伯尖长的突出的鼻子……他的胸膛在白色的单衫下面不能够再压制得住，好像小波浪似的在雨点里面任意的跳着。

他一点声音也没有作，只是站着，站着……他完全和一只受惊的公羊那般愚傻！

我和小朋友们，捉着甲虫，捕着蜻蜓，我们做这种事情，永不会厌倦。野草，野花，野的虫子，它们完全经营在我们的手里，从早晨到黄昏。

假若是个晴好的夜，我就单独留在草丛里边，那里有闪光的甲虫，有虫子低微的吟鸣，有高草摇着的夜影。

有时我竟压倒了高草，躺在上面，我爱那天空，我爱那星子……听人说过的海洋，我想也就和这天空差不多了。

晚饭的时候，我抱着一些装满了虫子的盒子，从草丛回来，经过粮食房子的旁边，使我惊奇的是有二伯还站在那里，破了的窗洞口露着他发青的嘴角和灰白的眼圈。

“院子里没有人吗？”好像是生病的人喑哑的喉咙。

“有！我妈在台阶上抽烟。”

“去吧！”

他完全没有笑容，他苍白，那头发好像墙头上跑着的野猫的毛皮。

饭桌上，有二伯的位置，那木凳上蹲着一匹小花狗。它戏耍着的时候，那卷尾巴和那铜铃完全引人可爱。

母亲投了一块肉给它。歪脖的厨子从汤锅里取出一块很大的骨头来……花狗跳到地上去，追了那骨头发了狂，那铜铃暴躁起来……

小妹妹笑得用筷子打着碗边，厨夫拉起围裙来擦着眼睛，母亲却把汤碗倒翻在桌子上了。

“快拿……快拿抹布来，快……流下来啦……”她用手按着嘴，可是总有些饭粒喷出来。

厨夫收拾桌子的时候，就点起煤油灯来，我面向着菜园坐在门槛上，从门道流出来的黄色的灯光当中，砌着我圆圆的头部和肩膀，我时时举动着手，揩着额头的汗水，每揩了一下，那影子也学着我揩了一下。透过我单衫的晚风，像是青蓝色的河水似的清凉……后街，粮米店的胡琴的声音也响了起来，幽远的回音，东边也在叫着，西边也在叫着……日里黄色的花变成白色的了，红色的花，变成黑色的了。

火一样红的马蛇菜的花也变成黑色的了。同时，那盘结着墙根的野马蛇菜的小花，就完全看不见了。

有二伯也许就踏着那些小花走去的，因为他太接近了墙根，我看着他……看着他……他走出了菜园的板门。

他一点也不知道，我从后面跟了上去。因为我觉得奇怪；他偷这东西做什么呢？也不好吃，也不好玩。

我追到了板门，他已经过了桥，奔向着东边的高冈。高冈上的去路，宽宏而明亮。两边排着的门楼在月亮下面，我把它们当成庙堂一般想象。

有二伯的背上那圆圆的小袋子我还看得见的时候，远处，在他的前方，就起着狗叫了。

第三次我看见他偷东西，也许是第四次……但这也就是最后的一次。

他掮了大澡盆从菜园的边上横穿了过去，一些龙头花被他撞掉下来。这次好像他一点也不害怕，那白洋铁的澡盆刚郎刚郎的埋没着他的头部在呻叫。

并且好像大块的白银似的，那闪光照耀得我很害怕，我靠到墙根上去，我几乎是发呆的站着。

我想：母亲抓到了他，是不是会打他呢？同时我又起了一种佩服他的心情："我将来也敢和他这样偷东西吗？"

但我又想：我是不偷这东西的，偷这东西干什么呢？这样大，放到那里母亲也会捉到的。

但有二伯却顶着它像是故事里银色的大蛇似的走去了。

以后，我就没有看到他再偷过。但我又看到了别样的事情，那更危险，而且又常常发生，比方我在高草中正捏住了蜻蜓的尾巴……鼓冬……板墙上有一块大石头似的抛了过来，蜻蜓无疑的是飞了。比方夜里我就不敢再沿着那道板墙去捉蟋蟀，因为不知什么时候有二伯会从墙顶落下来。

丢了澡盆之后，母亲把三道门都上了锁。

所以小朋友们之中，我的蟋蟀捉得最少。因此我就怨恨有二伯：

"你总是跳墙，跳墙……人家蟋蟀都不能捉了！"

"不跳墙……说得好，有谁给开门呢？"他的脖子挺得很直。

"杨厨子开吧……"

"杨……厨子……哼……你们是家里人……支使得动他……你二伯……"

"你不会喊！叫他……叫他听不着，你就不会打门……"我的两只手，向两边摆着。

"哼……打门……"他的眼睛用力往低处看去。

"打门再听不着，你不会用脚踢……"

"踢……锁上啦……踢他干什么！"

"那你就非跳墙不可，是不是？跳也不轻轻跳，跳得那样吓人？"

"怎么轻轻的？"

"像我跳墙的时候，谁也听不着，落下来的时候，是蹲着……

两只膀子张开……”我平地就跳了一下给他看。

“小的时候是行啊……老了，不行啦！骨头都硬啦！你二伯比你大六十岁，那儿还比得了？”

他嘴角上流下来一点点的笑来。右手拿抓着烟荷包，左手摸着站在旁边的大白狗的耳朵……狗的舌头舐着他。

可是我总也不相信，怎么骨头还会硬与不硬？骨头不就是骨头吗？猪骨头我也咬不动，羊骨头我也咬不动，怎么我的骨头就和有二伯的骨头不一样？

所以，以后我拾到了骨头，就常常彼此把它们磕一磕。遇到同伴比我大几岁的，或是小一岁的，我都要和他们试试，怎样试呢？撞一撞拳头的骨节，倒是软多少硬多少？但总也觉不出来。若用力些就撞得很痛。第一次来撞的是哑巴——管事的女儿。起先她不肯，我就告诉她：

“你比我小一岁，来试试，人小骨头是软的，看看你软不软？”

当时，她的骨节就红了，我想：她的一定比我软。可是，看看自己的也红了。

有一次，有二伯从板墙上掉下来，他摔破了鼻子。

“哼！没加小心……一只腿下来……一只腿挂在墙上……哼！闹个大头朝下……”

他好像在嘲笑着他自己，并不用衣襟或是什么揩去那血，看起来，在流血的似乎不是他自己的鼻子，他挺着很直的背脊走向厢房去，血条一面走着一面更多的画着他的前襟。已经染了血的手是垂着，而不去按住鼻子。

厨夫歪着脖子站在院心，他说：

“有二爷，你这血真新鲜……我看你多摔两个也不要紧……”

“哼，小伙子，谁也从年青过过！就不用挖苦……慢慢就有啦……”他的嘴还在血条里面笑着。

过一会，有二伯裸着胸脯和肩头，站在厢房门口，鼻子孔塞着两块小东西，他喊着：

“老杨……杨安……有单褂子借给穿穿……明天这件干啦，就把你的脱下来……我那件掉啦膀子。夹的送去做，还没倒出工夫去拿……”他手里抖着那件洗过的衣裳。

“你说什么?”杨安几乎是喊着：“你送去做的夹衣裳还没倒出工夫去拿？有二爷真是忙人！衣服做都做好啦……拿一趟就没有工夫去拿……有二爷真是二爷，将来要用个跟班的啦……”

我爬着梯子，上了厢房的房顶，听着街上是有打架的，上去看一看。房顶上的风很大，我打着颤子下来了。有二伯还赤着臂膀站在檐下。那件湿的衣裳在绳子上拍拍的被风吹着。

点灯的时候，我进屋去加了件衣裳，很例外我看到有二伯单独的坐在饭桌的屋子里喝酒，并且更奇怪的是杨厨子给他盛着汤。

“我各自盛吧！你去歇歇吧……”有二伯和杨安争夺着汤盆里的勺子。

我走去看看，酒壶旁边的小碟子里还有两片肉。

有二伯穿着杨安的小黑马褂，腰带几乎是束到胸脯上去。他从来不穿这样小的衣裳，我看他不像个有二伯，像谁呢？也说不出来，他嘴在嚼着东西，鼻子上的小塞还会动着。

本来只有父亲晚上回来的时候，才单独的坐在洋灯下吃饭。在有二伯，就很新奇，所以我站着看了一会。

杨安像个弯腰的瘦甲虫，他跑到客室的门口去……

“快看看……”他歪着脖子：“都说他不吃羊肉……不吃羊肉……肚子太小，怕是胀破了……三大碗羊汤喝完啦……完啦……哈哈哈……”他小声的笑着，做着手势，放下了门帘。

又一次，完全不是羊肉汤……而是牛肉汤……可是当有二伯拿起了勺子，杨安就说：

“羊肉汤……”

他就把勺子放下了，用筷子夹着盘子里的炒茄子，杨安又告诉他：

“羊肝炒茄子。”

他把筷子去洗了洗，他自己到碗厨去拿出了一碟酱咸菜，他还没有拿到桌子上，杨安又说：

“羊……”他说不下去了。

“羊什么呢……”有二伯看着他。

“羊……羊……唔……是咸菜呀……嗯！咸菜里边说干净也不干净……”

“怎么不干净？”

“用切羊肉的刀切的咸菜。”

“我说杨安，你可不能这样……”有二伯离着桌子很远，就把碟子摔了上去，桌面过于光滑，小碟在上面呱呱的跑着，撞在另一个盘子上才停住。

“你杨安……可不用欺生……姓姜的家里没有你……你和我也是一样，是个外棵秧！年青人好好学……怪模怪样的……将来还要有个后成……”

“喨呀呀！后成！就算绝后一辈子吧……不吃羊肠……麻花铺子炸面鱼，假腥气……不吃羊肠，可吃羊肉……别装扮着啦……”杨安的脖子因为生气直了一点。

“兔羔子……你他妈……阳气什么？”有二伯站起来向前走去。

“有二爷，不要动那样大的气……气大伤身不养家……我说，咱爷俩都是跑腿子……说个笑话……开个心……”厨子嘞嘞的笑着，“那里有羊肠呢……说着玩……你看你就不得了啦……”

好像站在公园里的石人似的，有二伯站在地心。

“……别的我不生气……闹笑话，也不怕闹……可是我就忌讳这手……这不是好闹笑话的……前年我不知道吃过一回……后来知道啦，病啦半个多月……后来这脖上生了一块疮算是好啦……吃一回羊肉倒不算什么……就是心里头放不下，就好像背了自己的良心……背良心的事不做……做了那后悔是受不住的，有二不吃羊肉也就是为的这个……”喝了一口冷水之后他还是抽烟。

别人一个一个的开始离开了桌子……

从此有二伯的鼻子常常塞着小塞，后来又说腰痛，后来又说腿痛。他走过院心不像从前那么挺直，有时身子向一边歪着，有时用手拉住自己的腰带……大白狗跟着他前后的跳着的时候，他躲闪着它：

“去吧……去吧！”他把手梢缩在袖子里面，用袖口向后扫摆着。

但，他开始咒骂更小的东西，比方一块砖头打在他的脚上，他就坐下来，用手按住那砖头，好像他疑心那砖头会自己走到他脚上来的一样。若当鸟雀们飞着时，有什么脏污的东西落在他的袖子或是什么地方，他就一面抖掉它，一面对着那已经飞过去的小东西讲着话：

“这东西……啊哈！会找地方，往袖子上掉……你也是个瞎眼睛，掉，就往那个穿绸穿缎的身上掉！往我这掉也是白……穷跑腿子……”

他擦净了袖子，又向他头顶上那块天空看了一会，才从新走路。

板墙下的蟋蟀没有了，有二伯也好像不再跳板墙了。早晨厨子挑水的时候，他就跟着水桶通过板门去，而后向着井沿走，就坐在井沿旁的空着的碾盘上。差不多每天我拿了钥匙放小朋友们进来时，他总是在碾盘上招呼着：

“花子……等一等你二伯……”我看他像鸭子在走路似的。“你二伯真是不行了……眼看着……眼看着孩子们往这面来，可是你二伯就追不上……”

他一进了板门，又坐在门边的木樽上。他的一只脚穿着袜子，另一只的脚趾捆了一段麻绳，他把麻绳抖开，在小布片下面，那肿胀的脚趾上还腐了一小块。好像茄子似的脚趾，他又把它包扎起来。

“今年的运气十分不好……小毛病紧着添……”他取下来咬在嘴上的麻绳。

以后当我放小朋友进来的时候，不是有二伯招呼着我，而是我招呼着他。因为关了门，他再走到门口，给他开门的人也还是我。

在碾盘上不但坐着，他后来就常常睡觉，他睡得就像完全没有了感觉似的，有一个花鸭子伸着脖颈啄着他的脚心，可是他没有醒，他还是把脚伸在原来的地方。碾盘在太阳下闪着光，他像是睡在圆镜子上边。

我们这些孩子们抛着石子和飞着沙土，我们从板门冲出来，跑到井沿上去，因为井沿上有更多的石子，我把我的衣袋装满了它们，我就蹲在碾盘后和他们作战，石子在碾盘上"叭"，"叭"，好像还冒着一道烟。

有二伯闭着眼睛忽然抓了他的烟袋：

"王八蛋，干什么……还敢来……还敢上……

他打着他的左边和右边，等我们都集拢来看他的时候，他才坐起来。

"……妈的……做了一个梦……那条道上的狗真多……连小狗崽也上来啦……让我几烟袋锅子就全数打了回去……"他揉一揉手骨节，嘴角上流下笑来："妈的……真是那么个滋味……做梦狗咬啦呢……醒啦还有点疼……"

明明是我们打来的石子，他说是小狗崽，我们都为这事吃惊而得意。跑开了，好像散开的鸡群，吵叫着，展着翅膀。

他打着呵欠："呵……呵呵……"在我们背后像小驴子似的叫着。

我们回头看他，他和要吞食什么一样，向着太阳张着嘴。

那下着毛毛雨的早晨，有二伯就坐到碾盘上去了。杨安担着水桶从板门来来往往的走了好几回……杨安锁着板门的时候，他就说：

"有二爷子这几天可真变样……那神气，我看几天就得进庙啦……"

我从板缝往西边看看，看不清是有二伯，好像小草堆似的，在雨里边浇着。

“有二伯……吃饭啦!”我试着喊了一声。

回答我的，只是我自己的回响，“呜呜”的在我的背后传来。

“有二伯，吃饭啦!”这次把嘴唇对准了板缝。

可是回答我的又是“呜呜”。

下雨的天气永远和夜晚一样，到处好像空瓶子似的，随时被吹着随时发着响。

“不用理他……”母亲在开窗子：“他是找死……你爸爸这几天就想收拾他呢……”

我知道这“收拾”是什么意思：打孩子们叫“打”，打大人就叫“收拾”。

我看到一次，因为看纸牌的事情，有二伯被管事的“收拾”了一回。可是父亲，我还没有看见过，母亲向杨厨子说：

“这几年来，他爸爸不屑理他……总也没在他身上动过手……可是他的骄毛越长越长……贱骨头，非得收拾不可……若不然……他就不自在。”

母亲越说“收拾”我就越有点害怕，在什么地方“收拾”呢?在院心，管事的那回可不是在院心，是在厢房的炕上。那么这回也要在厢房里！是不是要拿着烧火的叉子?那回管事的可是拿着。我又想起来小哑巴，小哑巴让他们踏了一脚，手指差一点没有踏断。到现在那小手指还不是弯着吗?

有二伯一面敲着门一面说着：

“大白……大白……你是没心肝的……你早晚……”等大白狗从板墙跳出去，他又说：“去……去……”

“开门！没有人吗?”

我要跑去的时候，母亲按住了我的头顶：“不用你显勤快！让他站一会吧，不是吃他饭长的……”

那声音越来越大了，真是好像用脚踢着。

“没有人吗?”每个字的声音完全喊得一平。

“人倒是有，倒不是侍候你的……你这份老爷子不中用……”

母亲的说话，不知有二伯听到没有听到？

但那板门暴乱起来：

“死绝了吗？人都死绝啦……”

“你可不用假装疯魔……有二，你骂谁呀……对不住你吗？”母亲在厨房里叫着：“你的后半辈吃谁的饭来的……你想想，睡不着觉思量思量……有骨头，别吃人家的饭？讨饭吃，还嫌酸……”

并没有回答的声音，板墙隆隆的响着，等我们看到他，他已经是站在墙这边了。

“我……我说……四妹子……你二哥说的是杨安，家里人……我是不说的……你二哥，没能耐不是假的，可是吃这碗饭，你可也不用委曲……”我奇怪要打架的时候，他还笑着：“有四兄弟在……算账咱们和四兄弟算……”

“四兄弟……四兄弟屑得跟你算……”母亲向后推着我。

“不屑得跟你二哥算……哼！那天咱们就算算看……那天四兄弟不上学堂……咱们就算算看……”他哼哼的，好像水洗过的小瓦盆似的没有边沿的草帽切着他的前额。

他走过的院心上，一个一个的留下了泥窝。

“这死鬼……也不死……脚烂啦！还一样会跳墙……”母亲像是故意让他听到。

“我说四妹子……你们说的是你二哥……哼哼……你们能说出口来？我死……人不好那样，谁都是爹娘养的，吃饭长的……”他拉开了厢房的门窗，就和拉着一片石头似的那样用力，但他并不走进去。“你二哥，在你家住了三十多年……那一点对不住你们，拍拍良心……一根草棍也没给你们糟踏过……唉……四妹子……这年头……没处说去……没处说去……人心看不见……”

我拿着满手的柿子，在院心滑着跳着跑到厢房去，有二伯在烤着一个温暖的火堆，他坐得那么刚直，和门旁那只空着的大坛子一样。

“滚……鬼头鬼脑的……干什么事？你们家里头尽是些秏子。”

我站在门口还没有进去，他就这样的骂着我。

我想，可真是，不怪杨厨子说，有二伯真有点变了。他骂人也骂得那么奇怪，尽是些我不懂的话，“耗子”，“耗子”与我有什么关系！说它干什么？

我还是站在门边，他又说：

“王八羔子……兔羔子……穷命……狗命……不是人……在人里头缺点什么……”他说的是一套一套的，我一点也记不住。

我也学着他，把鞋脱下来，两个鞋底相对起来，坐在下面。

“你这孩子……人家什么样，你也什么样！看着葫芦就画瓢……那好的……新新的鞋子就坐……”他的眼睛就像坛子上没有烧好的小坑似的向着我。

“那你怎么坐呢！”我把手伸到火上去。

“你二伯坐……你看看你二伯这鞋……坐不坐都是一样，不能要啦！穿啦它二年整。”把鞋从身下抽出来，向着火看了许多工夫。他忽然又生起气来……

“你们……这都是天堂的呀……你二伯像你那大……靡穿过鞋……哪来的鞋呢？放猪去，拿着个小鞭子就走……一天跟着太阳出去……又跟着太阳回来……带着两个饭团就算是晌饭……你看看你们……馒头干粮，满院子滚！我若一扫院子就准能捡着几个……你二伯小时候连馒头边都……都摸不着哇！如今……连大白狗都不去吃啦……”

他的这些话若不去打断他，他就会永久说下去；从幼小说到长大，再说到锅台上的瓦盆……再从瓦盆回到他幼年吃过的那个饭团上去。我知道他又是这一套，很使我起反感，我讨厌他，我就把红柿子放在火上去烧着，看一看烧熟是个什么样？

“去去……那有你这样的孩子呢？人家烘点火暖暖……你也必得弄灭它……去，上一边去烧去……”他看着火堆喊着。

我穿上鞋就跑了，房门是开着，所以那骂的声音很大：

“鬼头鬼脑的，干些什么事？你们家里……尽是些耗子……”

有二伯和后园里的老茄子一样，是灰白了，然而老茄子一天比一天静默下去，好像完全任凭了命运。可是有二伯从东墙骂到西墙，从扫地的扫帚骂到水桶……而后他骂着他自己的草帽……

“……王八蛋……这是什么东西……去你的吧……没有人心！夏不遮凉，冬不抗寒……”

后来他还是把草帽戴上，跟着杨厨子的水桶走到井沿上去，他并不坐到石碾上，跟着水桶又回来了。

“王八蛋……你还算个牲口……你黑心啦……”他看看墙根的猪说。

他一转身又看到了一群鸭子：

“那天都杀了你们……一天到晚呱呱的……他妈的若是个人，也是个闲人，都杀了你们……别享福……吃得溜溜胖……溜溜肥……”

后园里的葵花子，完全成熟了，那过重的头柄几乎折断了它自己的身子。玉米有的只带了叶子站在那里，有的还挂着稀少的玉米棒。黄瓜老在架上了，赭黄色的，麻裂了皮，有的束上了红色的带子，母亲规定了它们：来年做为种子。葵花子也是一样，在它们的颈间也有的是挂了红布条。只有已经发了灰白的老茄子还都自由的吊在枝棵上，因为它们的内面，完全是黑色的子粒，孩子们既然不吃它，厨子也总不采它。

只有红柿子，红得更快，一个跟着一个，一堆跟着一堆。好像捣衣裳的声音，从四面八方传来了一样。

有二伯在一个清凉的早晨，和那捣衣裳的声音一道倒在院心了。

我们这些孩子们围绕着他，邻人们也围绕着他。但当他爬起来的时候，邻人们又都向他让开了路。

他跑过去。又倒下来了。父亲好像什么也没做，只在有二伯的头上拍了一下。

照这样做了好几次，有二伯只是和一条卷虫似的滚着。

父亲却和一部机器似的那么灵巧。他读书看报时的眼镜也还戴着，他叉着腿，有二伯来了的时候，我看见他的白绸衫的襟角很和谐的抖了一下。

“有二……你这小子混蛋……一天到晚，你骂什么……有吃有喝，你还要挣命……你个祖宗的!”

有二伯什么声音也没有。倒了的时候，他想法子爬起来，爬起来他就向前走着，走到父亲的地方他又倒了下来。

等他再倒了下来的时候，邻人们也不去围绕着他，母亲始终是站在台阶上。杨安在柴堆旁边，胸前立着竹帚……邻家的老祖母在板门外被风吹着她头上的蓝色的花。还有管事的……还有小哑巴……还有我不认识的人，他们都靠到墙根上去。

到后来有二伯枕着他自己的血，不再起来了，脚趾上扎着的那块麻绳脱落在旁边，烟荷包上的小圆葫芦，只留了一些片沫在他的左近。鸡叫着，但是跑得那么远……只有鸭子来啄食那地上的血液。

我看到一个绿头顶的鸭子和一个花脖子的。

冬天一来了的时候，那榆树的叶子，连一根也不能够存在，因为是一棵孤树，所有从四面来的风，都摇得到它。所以每夜听着火炉盖上茶壶嗞嗞的声音的时候，我就从后窗看着那棵大树，白的，穿起了鹅毛似的……连那顶小的枝子也胖了一些。太阳来了的时候，榆树也会闪光，和闪光的房顶，闪光的地面一样。

起初，我们是玩着堆雪人，后来就厌倦了，改为拖狗爬犁了，大白狗的脖子上每天束着绳子，杨安给我们做起来的爬犁。起初，大白狗完全不走正路，它往狗窝里面跑，往厨房里面跑。我们打着它，终于使它习惯下来，但也常常兜着圈子，把我们全数扣在雪地上。它每这样做了一次，我们就一天不许它吃东西，嘴上给它挂了笼头。

但这它又受不惯，总是闹着，叫着……用腿抓着雪地，所以我们把它束到马桩子上。

不知为什么，有二伯把它解了下来，他的手又颤颤得那么厉害。

而后他把狗牵到厢房里去，好像牵着一匹小马一样……

过了一会出来了，白狗的背上压着不少东西：草帽顶，铜水壶，豆油灯碗，方枕头，团蒲扇……小圆筐……好像一辆搬家的小车。

有二伯则挟着他的棉被。

“二伯！你要回家吗?”

他总常说“走走”。我想“走”就是回家的意思。

“你二伯……嗯……”那被子流下来的棉花一块一块的沾污了雪地，黑灰似的在雪地上滚着。

还没走到板门，白狗就停下了，并且打着，他有些牵不住它了。

“你不走吗？你……大白……”

我取来钥匙给他开了门。

在井沿的地方，狗背上的东西，就全都弄翻了。在石碾上摆着小圆筐和铜茶壶这一切。

“有二伯……你回家吗?”若是不回家为什么带着这些东西呢！

“嗯……你二伯……”

白狗跑得很远的了。

“这儿不是你二伯的家，你二伯别处也没有家。”

“来……”他招呼着大白狗，“不让你背东西……就来吧。”

他好像要去抱那狗似的张开了两臂。

“我要等到开春……就不行……”他拿起了铜水壶和别的一切。

我想他是一定要走了。

我看着远处白雪里边的大门。

但他转回身去，又向着板门走了回来，他走动的时候，好像肩上担着水桶的人一样，东边摇着，西边摇着。

“二伯，你是忘下了什么东西?”

但回答着我的只有水壶盖上的铜环……咯铃铃咯铃铃……

他是去牵大白狗吧？对这件事我很感到趣味，所以我抛弃了小朋友们，跟在有二伯的背后。

走到厢房门口，他就进去了，戴着笼头的白狗，他像没有看见它。

他是忘下了什么东西？

但他什么也不去拿，坐在炕沿上，那所有的全套的零碎完全照样在背上和胸上压着他。

他开始说话的时候，连自己也不能知道我是已经向着他的旁边走去。

"花子！你关上门……来……"他按着从身上退下来的东西……"你来看看！"

我看到的是些什么呢？

掀起席子来，他抓了一把：

"就是这个……"而后他把谷粒抛到地上："这不明明是往外撵我吗……腰疼……腿疼没有人看见……这炕暖倒记住啦！说是没有米吃，这谷子又潮湿……垫在这炕下炀几天……十几天啦……一寸多厚……烧点火还能热上来……嗳！……想是等到开春……这衣裳不抗风……"

他拿起扫帚来，扫着窗棂上的霜雪，又扫着墙壁：

"这是些什么？吃糖可就不用花钱？"

随后他烧起火来，柴草就着在灶口外边，他的胡子上小白冰溜变成了水，而我的眼睛流着泪……那烟遮没了他和我。

他说他七岁上被狼咬了一口，八岁上被驴子踢掉一个脚趾……我问他：

"老虎，真的，山上的你看见过吗？"

他说："那倒没有。"

我又问他：

"大象你看见过吗？"

而他就不说到这上面来。他说他放牛放了几年，放猪放了几年……

“你二伯三个月没有娘……六个月没有爹……在叔叔家里住到整整七岁，就像你这么大……”

“像我这么大怎么的呢?”他不说到狼和虎我就不愿意听。

“像你那么大就给人家放猪去啦吧……”

“狼咬你就是像我那大咬的？咬完啦，你还敢再上山不敢啦……”

“不敢，哼……在自家里是孩子……在别人就当大人看……不敢……不敢……回家去……你二伯也是怕呀……为此哭过一些……好打也挨过一些……”

我再问他：“狼就咬过一回?”

他就不说狼，而说一些别的：又是那年他给人家当过喂马的……又是我爷爷怎么把他领到家里来的……又是什么五月里樱桃开花啦……又是：“你二伯前些年也想给你娶个二大娘……”

我知道他又是从前那一套，我冲开了门站在院心去了。被烟所伤痛的眼睛什么也不能看了，只是流着泪……

但有二伯摊在火堆旁边，幽幽的起着哭声

我走向上房去了，太阳晒着我，还有别的白色的闪光，它们都来包围了我，或是在前面迎接着，或是从后面追赶着我站在台阶上，向四面看看，那么多纯白而闪光的房顶！那么多闪光的树枝！它们好像白石雕成的珊瑚树似的站在一些房子中间。

有二伯的哭声更高了的时候，我就对着这眼前的一切更爱：它们多么接近，比方雪地是踏在我的脚下，那些房顶和树枝就是我的邻家，太阳虽然远一点，然而也来照在我的头上。

春天，我进了附近的小学校。

有二伯从此也就不见了。

九月四日，一九三六年，东京

孤独的生活

蓝色的电灯，好像通夜也没有关，所以我醒来一次看看墙壁是发蓝的，再醒来一次，也是发蓝的，天明之前，我听到蚊虫在帐子外面嗡嗡嗡嗡的叫着，我想，我该起来了，蚊虫都吵得这样热闹了。

收拾了房间之后，想要作点什么事情，这点日本与我们中国不同，街上虽然已经响着木屐的声音，但家屋仍和睡着一般的安静。我拿起笔来，想要写点什么，在未写之前必得要先想，可是这一想，就把所想的忘了！

为什么这样静呢？我反倒对着这安静不安起来。

于是出去，在街上走走，这街也不和我们中国的一样，也是太静了，也好像正在睡觉似的。

于是又回到了房间，我仍要想我所想的：在席子上面走着，吃一根香烟，喝一杯冷水，觉得已经差不多了，坐下来吧！写吧！

刚刚坐下来，太阳又照满了我的桌子。又把桌子换了位置，放在墙角去，墙角又没有风，所以满头流汗了。

再站起来走走，觉得所要写的，越想越不应该写，好，再另计划别的。

好像疲乏了似的，就在席子上面躺下来，偏偏帘子上有一个蜂子飞来，怕它刺着我，起来把它打跑了。刚一躺下，树上又有一个蝉开头叫起。蝉叫倒也不算奇怪，但只一个，听来那声音就特别大，我把头从窗子伸出去，想看看，到底是在那一棵树上？可是邻人拍手的声音，比蝉声更大，他们在笑了。我是在看蝉，他们一定以为我是在看他们。

于是穿起衣裳来，去吃中饭。经过华的门前，她们不在家，两双拖鞋摆在木箱上面。她们的女房东，向我说了一些什么，我一个字也不懂，大概也就是说她们不在家的意思。日本食堂之类，自己不敢去，怕人看成个阿墨林①。所以去的是中国饭馆，一进门那个戴白帽子的就说：

"伊拉瞎伊麻丝……"

这我倒懂得，就是"来啦"的意思。既然坐下之后，他仍说的是日本话，于是我跑到厨房去，对厨子说了：要吃什么，要吃什么。

回来又到华的门前看看，还没有回来，两双拖鞋仍摆在木箱上。她们的房东又不知向我说了些什么！

晚饭时候，我没有去寻她们，出去买了东西回到家里来吃，照例买的面包和火腿。

吃了这些东西之后，着实是寂寞了。外面打着雷，天阴得混混沉沉的了。想要出去走走，又怕下雨，不然，又是比日里还要长的夜，又把我留在房间里了。终于拿了雨衣，走出去了，想要逛逛夜市，也怕下雨，还是去看华吧！一边带着失望一边向前走着，结果，她们仍是没有回来，仍是看到了两双拖鞋，仍是听到了那房东说了些我所不懂的话语。

假若，再有别的朋友或熟人，就是冒着雨，我也要去找他们，但实际是没有的。只好照着原路又走回来了。

现在是下着雨，桌子上面的书，除掉《水浒》之外，还有一本胡风译的《山灵》。《水浒》我连翻也不想翻，至于《山灵》，就是抱着我这一种心情来读，有意义的书也读坏了。

雨一停下来，穿着街灯的树叶好像萤火似的发光，过了一些时候，我再看树叶时那就完全漆黑了。

---

① 阿墨林：上海方言，意为"冤大头"。

雨又开始了，但我的周围仍是静的，关起了窗子，只听到屋瓦滴滴的响着。

我放下了帐子，打开蓝色的电灯，并不是准备睡觉，是准备看书了。

读完了《山灵》上《声》的那篇，雨不知道已经停了多久了？那已经哑了的权龙八，他对他自己的不幸，并不正面去惋惜，他正为着铲除这种不幸才来干这样的事情的。

已经哑了的丈夫，他的妻来接见他的时候，他只把手放在嘴唇前面摆来摆去，接着他的脸就红了，当他红脸的时候，我不晓得那是什么心情激动了他？还有，他在监房里读着速成国语读本的时候，他的伙伴都想要说："你话都不会说，还学日文干什么！"

在他读的时候，他只是听到像是蒸气从喉咙漏出来的一样。恐怖立刻浸着了他，他慌忙的按了监房里的报知机，等他把人喊了来，他又不说什么，只是在嘴的前面摇着手。所以看守骂他："为什么什么也不说呢？混蛋！"

医生说他是"声带破裂"，他才晓得自己一生也不会说话了。

我感到了蓝色灯光的不足，于是开了那只白灯泡，准备再把《山灵》读下去。我的四面虽然更静了，等到我把自己也忘掉了时，好像我的周围也动荡了起来。

天还未明，我又读了三篇。

一九三六，八，九，东京

放 火 者

从五月一号那天起，重庆就动了，在这个月份里，我们要纪念好几个日子，所以街上有多少人在游行，他们还准备着在夜里火炬游行。街上的人带着民族的信心，排成大队行列沉静地走着。

五三的中午日本飞机二十六架飞到重庆的上空，在人口最稠密的街道上投下燃烧弹和炸弹，那一天就有三条街起了带着硫磺气的火焰。

五四的那天，日本飞机又带了多量的炸弹，投到他们上次没有完全毁掉的街上和上次没可能毁掉的街道上。

大火的十天以后，那些断墙之下，瓦砾堆中仍冒着烟。人们走在街上用手帕掩着鼻子或者挂着口罩，因为有一种奇怪的气味满街散布着。那怪味并不十分浓厚，但随时都觉得吸得到。似乎每人都用过于细微的嗅觉存心嗅到那说不出的气味似的，就在十天以后发掘的人们，还在深厚的灰烬里寻出尸体来。断墙笔直的站着，在一群瓦砾当中，只有它那么高而又那么完整。设法拆掉它，拉倒它，但它站得非常坚强。段牌坊就站着这断墙，很远就可以听到几十人在喊着，好像拉着帆船的纤绳，又像抬着重物。

“唉呀……喔呵……唉呀……喔呵……”

走近了看到那里站着一队兵士，穿着绿色的衣裳，腰间挂着他们喝水的瓷杯，他们像出发到前线上去差不多。但他们手里挽着绳子的另一端系在离他们很远的单独的五六丈高站着一动也不动的那断墙上。他们喊着口号一起拉它不倒，连歪斜也不歪斜，它坚强地站着。步行的人停下了，车子走慢了，走过去的人回头了，用一种坚强的眼光，人们看住了它。

被那声音招引着，我也回过头去看它，可是它不倒，连动也不动。我就看到了这大瓦场的近边，那高坡上仍旧站着被烤干了的小树。有谁能够认得出那是什么树，完全脱掉了叶子，并且变了颜色，好像是用赭色的石头雕成的。靠着小树那一排房子窗上的玻璃掉了，只有三五块碎片，在夕阳中闪着金光。走廊的门开着，一切可以看得到，门帘扯掉了，墙上的镜框在斜垂着。显然在不久之前，他们是在这儿好好地生活着，那墙壁日历上还露着四号的“四”字。

街道是哑默的，一切店铺关了门，在黑大的门扇上贴着白帖或红帖，上面坐着一个苍白着脸色的恐吓的人，用水盆子在洗刷着弄脏了的胶皮鞋、汗背心……毛巾之类，这东西是从火中抢救出来的。

被炸过了的街道，飞尘卷着白沫扫着稀少的行人，行人挂着口罩，或用帕子掩着鼻子。街是哑然的，许多人生存的街毁掉了，生活秩序被破坏了，饭馆关起了门。

大瓦砾场一个接着一个，前边是一群人在拉着断墙，这使人一看上去就要低了头。无论你心胸怎样宽大，但你的心不能不跳，因为那摆在你面前的是荒凉的，是横遭不测的，千百个母亲和小孩子是吼叫着的，哭号着的，他们嫩弱的生命在火里边挣扎着，生命和火在斗争。但最后生命给谋杀了。那曾经狂喊过的母亲的嘴，曾经乱舞过的父亲的胳膊，曾经发疯对着火的祖母的眼睛，曾经依然偎在妈妈怀里吃乳的婴儿，这些最后都被火给杀死了。孩子和母亲，祖父和孙儿，猫和狗，都同他们凉台上的花盆一道倒在火里了。这倒下来的全家，他们没有一个是战斗员。

白洋铁壶成串地仍在那烧了一半的房子里挂着，显然是一家洋铁制器店被毁了。洋铁店的后边，单独一座三楼三底的房子站着，它两边都倒下去了，只有它还歪歪趔趔的支持着，楼梯分做好几段自己躺下去了，横睡在楼脚上。窗子整张的没有了，门扇也看不见了，墙壁穿着大洞，像被打破了腹部的人那样可怕的奇怪的站着。但那摆在二楼的木床，仍旧摆着，白色的床单还随着风飘着那只巾角，就在这二十个方丈大的火场上同时也有绳子在拉着一道断墙。

就在这火场的气味还没有停息，瓦砾还会烫手的时候，坐着飞机放火的日本人又要来了，这一天是五月十二号。

警报的笛子到处叫起，不论大街或深巷，不论听得到的听不到的，不论加以防备的或是没有知觉的都卷在这声浪里了。

那拉不倒的断墙也放手了，前一刻在街上走着的那一些行人，现在狂乱了，发疯了，开始跑了，开始喘着，还有拉着孩子的，还有拉着女人的，还有脸色变白的。街上像来了狂风一样，尘土都被这惊慌的人群带着声响卷起来了，沿街响着关窗和锁门的声音，街上什么也看不到，只看到跑。我想疯狂的日本法西斯刽子手们若看见这一刻的时候，他们一定会满足的吧，他们是何等可以骄傲呵，他们可以看见……

十几分钟之后，都安定下来了，该进防空洞的进去了，躲在墙根下的躲稳了。第二次警报（紧急警报）发了。

听得到一点声音，而越听越大。我就坐在公园石阶铁狮子附近，这铁狮子旁边坐着好几个老头，大概他们没有气力挤进防空洞去，而又跑也跑不远的缘故。

飞机的响声大起来，就有一个老头招呼着我：

“这边……到铁狮子下边来……”这话他并没有说，我想他是这个意思，因为他向我招手。

为了呼应他的亲切我去了，蹲在他的旁边。后边高坡上的树，那树叶遮着头顶的天空，致使想看飞机不大方便，但在树叶的空间看到飞机了，六架，六架。飞来飞去的总是六架，不知道为什么高射炮也未发，也不投弹。

穿蓝布衣裳的老头问我：“看见了吗？几架？”

我说：“六架。”

“向我们这边飞……”

“不，离我们很远。”

我说瞎话，我知道他很害怕，因为他刚说过了：“我们坐在这儿的都是善人，看面色没有做过恶事，我们良心都是正的……死不了的。”

大批的飞机在头上飞过了，那里三架三架的集着小堆，这些小堆在空中横排着，飞得不算顶高，一共四十几架。高射炮一串一串的发着，红色和黄色的火球像一条长绳似的扯在公园的上空。

那老头向着另外的人而又向我说：

“看面色，我们都是没有做过恶的人，不带恶象，我们不会死……”

说着他就伏在地上了，他看不见飞机，他说他老了。大概他只能看见高射炮的连串的火球。

飞机像是低飞了似的，那声音沉重了，压下来了。守卫的宪兵喊了一声口令：“卧倒。”他自己也就挂着枪伏在水池子旁边了。四边的火光蹿起来，有沉重的爆击声，人们看见半天是红光。

公园在这一天并没有落弹。在两个钟头之后，我们离开公园的铁狮子，那个老头悲惨的向我点头，而且和我说了很多话。

下一次，五月二十五号那天，中央公园便炸了。水池子旁边连铁狮子都被炸碎了。在弹花飞溅时，那是混合着人的肢体，人的血，人的脑浆。这小小的公园，死了多少人？我不愿说出它的数目来，但我必须说出它的数目来：死伤×××人，而重庆在这一天，有多少人从此不会听见解除警报的声音了……

长 安 寺

接引殿里的佛前灯一排一排的，每个顶着一颗小灯花燃在案子上。敲钟的声音一到接近黄昏的时候就稀少下来，并且渐渐地简直一声不响了。因为烧香拜佛的人都回家去吃着晚饭。

大雄宝殿里，也同样哑默默地，每个塑像都站在自己的地盘上忧郁起来，因为黑暗开始挂在他们的脸上。长眉大仙，伏虎大仙，赤脚大仙，达摩，他们分不出哪个是牵着虎的，哪个是赤着脚的。他们通通安安静静地同叫着别的名字的许多塑像分站在大雄宝殿的两壁。

只有大肚弥勒佛还在笑眯眯的看着打扫殿堂的人，因为打扫殿堂的人把小灯放在弥勒佛脚前的缘故。

厚沉沉的圆圆的蒲团，被打扫殿堂的人一个一个地拾起来，高高地把它们靠着墙堆了起来。香火着在释迦摩尼的脚前①，就要熄灭的样子，昏昏暗暗的，若不去寻找，简直看不见了似的，只不过香火的气息缭绕在灰暗的微光里。

接引殿前，石桥下边池里的小龟，不再像日里那样把头探在水面上。用胡芝麻磨着香油的小石磨也停止了转动。磨香油的人也在收拾着家具。庙前喝茶的都戴起了帽子，打算回家去。冲茶的红脸的那个老头，在小桌上自己吃着一碗素面，大概那就是他的晚餐了。

过年的时候，这庙就更温暖而热气腾腾的了，烧香拜佛的人东

---

① 释迦摩尼：今通作释迦牟尼。

看看，西望望。用着他们特有的幽闲，摸一摸石桥的栏杆的花纹，而后研究着想多发现几个桥下的乌龟。有一个老太婆背着一个黄口袋，在右边的胯骨上，那口袋上写着“进香”两个黑字，她已经跨出了当门的殿堂的后门，她又急急忙忙地从那后门转回去。我很奇怪地看着她，以为她掉了东西。大家想想看吧！她一翻身就跪下，迎着殿堂的后门向前磕了一个头。看她的年岁，有六十多岁，但那磕头的动作，来得非常灵活，我看她走在石桥上也照样的精神而庄严。为着过年才做起来的新缎子帽，闪亮的向着接引殿去朝拜了。佛前钟在一个老和尚手里拿着的钟锤下当当地响了三声，那老太婆就跪在蒲团上安详地磕了三个头。这次磕头却并不像方才在前面殿堂的后门磕得那样热情而慌张。我想了半天才明白，方才，就是前一刻，一定是她觉得自己太疏忽了，怕是那尊面向着后门口的佛见她怪，而急急忙忙地请他恕罪的意思。

卖花生糖的肩上挂着一个小箱子，里边装了三四样糖，花生糖，炒米糖，还有胡桃糖。卖瓜子的提着一个长条的小竹篮，篮子的一头是白瓜籽，一头是盐花生。而这里不大流行难民卖的一包一包的“瓜籽大王”。青茶，素面，不加装饰的，一个铜板随手抓过一撮来就放在嘴上磕的白瓜籽，就已经十足了。所以这庙里吃茶的人，都觉得别有风味。

耳朵听的是梵钟和诵经的声音；眼睛看的是些悠闲而且自得的游庙或烧香的人；鼻子所闻到的，不用说是檀香和别的香料的气息。所以这种吃茶的地方确实使人喜欢，又可以吃茶，又可以观风景看游人。比起重庆的所有的吃茶店来都好。尤其是那冲茶的红脸的老头，他总是高高兴兴的，走路时喜欢把身子向两边摆着，好像他故意把重心一会放在左腿上，一会放在右腿上。每当他掀起茶盅的盖子时，他的话就来了，一串一串的，他说：我们这四川没有啥好的，若不是打日本，先生们请也请不到这地方。他再说下去，就不懂了，他谈的和诗句一样。这时候他要冲在茶盅，开水从壶嘴如同一条水落进茶盅来。他拿起盖子来把茶盅扣住了，那里边上下游着的小鱼似的茶叶也被盖子扣住了。反正这地方是安静得可喜的，一切都是太平无事。

××坊的水龙就在石桥的旁边和佛堂斜对着面。里边放置着什么，我没有机会去看，但有一次重庆的防空演习我是看过的，用人推着哇哇的山响的水龙，一个水龙大概可装两桶水的样子，可是非常沉重，四五个人连推带挽。若着起火来，我看那水龙到不了火已经落了。那仿佛就写着什么××坊一类的字样。惟有这些东西，在庙里算是一个不调和的设备，而且也破坏了安静和统一。庙的墙壁上，不是大大的写着“观世音菩萨”吗？庄严静妙，这是一块没有受到外面侵扰的重庆的惟一的地方。他说，一花一世界，这是一个小世界，应作如是观。

但我突然神经过敏起来——可能有一天这上面会落下了敌人的一颗炸弹。而可能的那两条水龙也救不了这场大火。那时，那些喝茶的将没有着落了，假如他们不愿意茶摊埋在瓦砾场上。

我顿然地感到悲哀。

一九三九年，四月，歌乐山

滑　竿

黄河边上的驴子，垂着头的，细腿的，穿着自己的破烂的毛皮的，它们划着无边苍老的旷野，如同枯树根又在人间活动了起来。

它们的眼睛永远为了遮天的沙土而垂着泪，鼻子的响声永远搅在黄色的大风里，那沙沙的足音，只有在黄昏以后，一切都停息了的时候才能听到。

而四川的轿夫，同样会发出那沙沙的足音。下坡路，他们的腿，轻捷得连他们自己也不能够止住，蹒跚的他们控制了这狭小的山路。他们的血液骄傲的跳动着，好像他们停止了呼吸，只听到草鞋触着石级的声音。在山涧中，在流泉中，在烟雾中，在凄惨的飞着细雨的斜坡上，他们喊着：左手！

迎面走来的，担着草鞋的担子，背着青菜的孩子，牵着一条黄牛的老头，赶着三个小猪的女人，他们也都为着这下山的轿子让开路。因为他们走得快，就像流泉一样的，一刻也不能够止息。

一到拔坡的时候，他们的脚步声便不响了。迎面遇到来人的时候，他们喊着左手或右手的声音只有粗嘎，而一点也不强烈。因为他们开始喘息，他们的肺叶开始扩张，发出来好像风扇在他们的胸膛里煽起来的声音，那破片做的衣裳在吱吱响的轿子下面，有秩序的向左或向右的摆动。汗珠在头发梢上静静的站着，他们走得当心而出奇的慢，而轿子仍旧像要破碎了似的叫。像是迎着大风向前走，像是海船临靠岸时遇到了潮头一样困难。

他们并不是巨象，却发出来巨象呼喘似的声音。

早晨他们吃了一碗四个大铜板一碗的面，晚上再吃一碗，一天八个大铜板。甚或有一天不吃什么的，只要抽一点鸦片就可以。所以瘦弱苍白，有的像化石人似的，还有点透明。若让他们自己支持着自己都有点奇怪，他们随时要倒下来的样子。

可是来往上下山的人，却担在他们的肩上。

有一次我偶尔和他们谈起做爆竹的方法来，其中的一个轿夫，不但晓得做爆竹的方法，还晓得做枪药的方法。他说用破军衣，破棉花，破军帽，加上火硝，琉璜，就可以做枪药。他还怕我不明白枪药。他又说：

“那就是做子弹。”

我就问他：

“你怎么晓得做子弹？”

他说他打过贺龙，在湖南。

“你那时候是当官吗？当兵吗？”

他说他当兵，还当过班长。打了两年。后来他问我：

“你晓得共党吗？打贺龙就是打共党。”

“我听说。”接着我问他：“你知道现在的共党已经编了八路军吗？”

“呵！这我还不知道。”

“也是打日本。”

“对呀！国家到了危难的时候，还自己打什么呢？一齐枪口对外。”他想了一下的样子：“也是归蒋委员长领导吗？”

“是的。”

这时候，前边的那个轿夫一声不响。轿杆在肩上，一会儿换换左手，一会儿又换换右手。

后边的就接连着发了议论：

“小日本不可怕，就怕心不齐。中国人心齐，他就治不了。前几天飞机来炸，炸在朝天门。那好做啥子呀！飞机炸就占了中国？我们可不能讲和，讲和就白亡了国。日本人坏呀！日本人狠哪！报纸上去年没少画他们杀中国人的图。我们中国人抓住他们的俘虏，一律优待。可是说日本人也不都坏，说是不当兵不行，抓上船就载到中国来……”

“是的……老百姓也和中国老百姓一样好。就是日本军阀坏……”我回答他。

就快走上高坡了，一过了前边的石板桥，隔着这一个山头又看到另外的一个山头。云烟从那个山慢慢的沉落下来，沉落到山腰了，仍旧往下沉落，一道深灰色的，一道浅灰色的，大团的游丝似的缚着山腰，我的轿子要绕过那个有云烟的尖顶的山。两个轿夫都开始吃力了。我能够听得见的，是后边的这一个，喘息的声音又开始了。我一听到他的声音，就想起海上在呼喘着的活着的蛤蟆。因为他的声音就带着起伏，扩张，呼煽的感觉。他们脚下刷刷的声音，这时候没有了。伴着呼喘的是轿杆的竹子的鸣叫。坐在轿子上的人，随着他们沉重的脚步的起伏在一升一落的。在那么多的石级上，若有一个石级不留心踏滑了，连人带轿子要一齐滚下山涧去。

因为山上的路只有二尺多宽，遇到迎面而来的轿子，往往是彼此摩擦着走过。假若摩擦得厉害一点，谁若靠着山涧的一面，谁就要滚下山涧去。山峰在前边那么高，高得插进云霄似的。山壁有的地方挂着一条小小的流泉，这流泉从山顶上一直挂到深涧中。再从涧底流到另一面天地去，就是说，从山的这面又流到山的那面去了。同时流泉们发着唧铃铃的声音。山风阴森的浸着人的皮肤。这时候，真有点害怕，可是转头一看，在山涧的边上都挂着人，在乱草中，耙子的声音刷刷地响着。原来是女人和小孩子在集着野柴。

后边的轿夫说：

“共党编成了八路军，这我还不知道。整天忙生活……连报纸也不常看（他说过他在军队常看报纸）……整天忙生活对于国家就疏忽了……”

正是拔坡的时候，他的话和轿杆的声响搅在了一起。

对于滑竿，我想他俩的肩膀，本来是肩不起的，但也肩起了。本来不应该担在他们的肩上的，但他们也担起了。而在担不起时，他们就抽起大烟来担。所以我总以为抬着我的不是两个人，而像轻飘飘的两盏烟灯。在重庆的交通运转却是掌握在他们的肩膀上的，就如黄河北的驴子，垂着头的，细腿的，使马看不起的驴子，也转运着国家的军粮。

一九三九年春，歌乐山

林小二

在一个有太阳的日子，我的窗前有一个小孩在弯着腰大声的喘着气。

我是在房后站着，随便看着地上的野草在晒太阳。山上的晴天是难得的，为着使屋子也得到干燥的空气，所以门是开着。接着就听到或者是草把，或者是刷子，或者是一只有弹性的尾巴，沙沙的在地上拍着，越听那拍的声音越真切，就像已经在我的房间的地板上拍着一样。我从后窗子再经过开着的门隔着屋子看过去，看到了一个小孩子手里拿着扫帚在弯着腰大声的喘着气。

而他正用扫帚尖扫在我的门前土坪上，那不像是扫，而是用扫帚尖在拍打。

我心里想，这是什么事情呢？保育院的小朋友们从来不到这边做这样的事情。我想去问一问，我心里起着一种亲切的情感对那孩子。刚要开口又感到特别生疏了，因为我们住的根本并不挨近，而且仿佛很远，他们很少时候走来的。我和他们的生疏是一向生疏下来的，虽然每天听着他们升旗降旗的歌声，或是看着他们放在空中的风筝。

那孩子在小房的长廊上扫了很久很久。我站在离他远一点的地方看着他。他比那扫地的扫帚高不了多少，所以是用两只手把着扫帚，他的扫帚尖所触过的地方，想要有一个黑点留下也不可能。他是一边扫一边玩，我看他把一小块粘在水门汀走廊上的泥土，用鞋底擦着，没有擦起来，又用手指甲掀着，等掀掉了那块泥土，又抡起扫帚来好像抡着鞭子一样的把那块掉的泥土抽了一顿，同时嘴里边还念叨了些什么。走廊上靠着一张竹床，他把竹床的后边扫了。完了又去移动那只水桶，把小脸孔都累红了。

这时，院里的一位先生到这边来，当她一走下那高坡，她就用一种响而愉快的声音呼唤着他：

“林小二！……林小二在这里做什么？……”

这孩子的名字叫林小二。

“啊！就是那个……林小二吗?”

那位衣襟上挂着圆牌子的先生说：

“是的……他是我们院里的小名人，外宾来访也访问他。他是流浪儿，在汉口流浪了几年的。是退却之前才从汉口带出来的。他从前是个小叫化，到院里来就都改了，比别的小朋友更好。”

接着她就问他：“谁叫你来扫的呀？哪个叫你扫地?”

那孩子没有回答，摇摇头。我也随着走到他旁边去。

“你几岁，小朋友?”

他也不回答我，他笑了，一排小牙齿露了出来。那位先生代他说是十一岁了。

关于林小二，是在不久前我才听说的。他是汉口街头的小叫化，已经两三年就是小叫化了。他不知道父亲母亲是谁，他不知道他姓什么，他不知道自己的名字是从哪里来的。他没有名，没有姓，没有父亲母亲。林小二，就是林小二。人家问：“你姓什么?”他摇摇头。人家问：“你就是林小二吗?”他点点头。

从汉口刚来到重庆时，这些小朋友们住在重庆，林小二在夜里把所有的自来水龙头都放开了，楼上楼下都湿了……又有一次，自来水龙头不知谁偷着打开的，林小二走到楼上，看见了，便安安静静地，一个一个关起来，而后，到先生那儿去报告，说这次不是他开的了。

现在林小二在房头上站着，高高的土丘在他的旁边，他弯下腰去，一颗一颗地拾着地上的黄土块。那些土块是院里的别的一些小朋友玩着抛下来的，而他一块一块的从房子的临近拾开。一边拾着，他的嘴里一边念叨什么似的自己说着话，他带着非常安闲而寂寞的样子。

我站在很远的地方看着他，他拾完了之后就停在我的后窗子的外边，像一个大人似的在看风景。那山上隔着很远很远的偶尔长着一棵树，那山上的房屋，要努力去寻找才能够看见一个，因为绿色的菜田过于不整齐的缘故，大块小块割据着山坡，所以山坡上的人家像大块的石头似的，不容易被人注意而混扰在石头之间了。山下则是一片水田，水田明亮得和镜子似的，假若有人掉在田里，就像不会游泳的人沉在游泳池一样，在感觉上那水田简直和小湖一样了。田上看不见收拾苗草的农人，落雨的黄昏和起雾的早晨，水田通通是自己睡在山边上，一切是寂静的，晴天和阴天都是一样的寂静。只有山下那条发白的公路，每隔几分钟，就要有汽车从那上面跑过。车子从看得见的地方跑来，就带着轰轰的响声，有时竟以为是飞机从头上飞过。山中和平原不同，震动的响声特别大，车子就跑在山的夹缝中。若遇着成串的运着军用品的大汽车，就把左近的所有的山都震鸣了，而保育院里的小朋友们常常听着他们的欢呼，他们叫着，而数着车子的数目，十辆二十辆常经过，都是黄昏以后的时候。林小二仿佛也可以完全辨认出这些感觉似的在那儿努力地辨认着。林小二若伸出两手来，他的左手将指出这条公路重庆的终点；而右手就要指出到成都去的方向罢。但是林小二只把眼睛看到墙根上，或是小土坡上，他很寂寞的自己在玩着，嘴里仍旧念叨着什么似的在说话。他的小天地，就他周围一丈远，仿佛他向来不想走上那公路的样子。

他发现了有人在远处看着他，他就跑了，很害羞的样子跑掉的。

我又见他，就是第二次看见他，是一个雨天。一个比他高的小朋友，从石阶上一磴磴的把他抱下来。这小叫化子有了朋友了，接受了爱护了。他是怎样一定会长得健壮而明朗的呀……他一定的，我想起那班台来耶夫的《表》①。

---

① 班台来耶夫（1908—1987），今译班台莱耶夫，苏联儿童文学作家，著有长篇小说《辽恩卡流浪记》等。鲁迅从德译本、日译本转译过他的小说《表》。

中 秋 节

记得青野送来一大瓶酒，董醉倒在地下，剩我自己也没得吃月饼。小屋寂寞的，我读着诗篇，自己过个中秋节。

我想到这里，我不愿再想，望着四面清冷的壁，望着窗外的天。云侧倒在床上，看一本书，一页，两页，许多页，不愿看。那么我听着桌子上的表，看着瓶里不知名的野花，我睡了。

那不是青野吗？带着枫叶进城来，在床沿大家默坐着。枫叶插在瓶里，放在桌上，后来枫叶干了。坐在院心，常常有东西落在头上，啊，小圆枣滚在墙根外。枣树的命运渐渐完结着。晨间学校打钟了，正是上学的时候，梗妈穿起棉袄打着嚏喷在扫偎在墙根哭泣的落叶。我也打着嚏喷。梗妈捏了我的衣裳说："九月时节穿单衣服，怕是害凉。"

董从他房里跑出，叫我多穿件衣服。

我不肯，经过阴凉的街道走进校门。在课室里可望到窗外黄叶的芭蕉。同学们一个跟着一个向我问：

"你真耐冷，还穿单衣。"

"你的脸为什么紫色呢？"

"倒是关外人……"

她们说着，拿女人专有的眼神闪视。

到晚间，嚏喷打得越多，头痛，两天不到校？上了几天课，又是两天不到校。

森森的天气紧逼着我，好像秋风逼着黄叶样，新历一月一日降雪了，我打起寒颤。开了门望一望雪天，呀！我的衣裳薄得透明了，结了冰般的。跑回床上，床也结了冰般的。我在床上等着董哥，等得太阳偏西，董哥偏不回来。向梗妈借十个大铜板，于是吃烧饼和油条。

青野踏着白雪进城来，坐在椅间，他问："绿叶怎么不起呢?"

梗妈说："一天没起，没上学，可是董先生也出去一天了。"

青野穿的学生服，他摇摇头，又看了自己有洞的鞋底，走过来他站在床边又问："头痛不?"把手放在我头上试热。

说完话他去了，可是太阳快落时，他又回转来。董和我都在猜想。他把两元钱放在梗妈手里，一会就是门外送煤的小车子哗铃的响，又一会小煤炉在地心红着。同时，青野的被子进了当铺，从那夜起，他的被子没有了，盖着褥子睡。

这已往的事，在梦里关不住了。

门响，我知道是三郎回来了，我望了望他，我又回到梦中。可是他在叫我："起来吧，悄悄，我们到朋友家去吃月饼。"

他的声音使我心酸，我知道今晚连买米的钱都没有，所以起来了，去到朋友家吃月饼。人嚣着，经过菜市，也经过睡在路侧的僵尸，酒醉得晕晕的，走回家来，两人就睡在清凉的夜里。

三年过去了，现在我认识的是新人，可是他也和我一样穷困，使我记起三年前的中秋节来。

祖父死了的时候

祖父总是有点变样子，他喜欢流起眼泪来，同时过去很重要的事情他也忘掉。比方过去那一些他常讲的故事，现在讲起来，讲了一半下一半他就说："我记不得了。"

某夜，他又病了一次，经过这一次病，他竟说："给你三姑写信，叫她来一趟，我不是四五年没看过她吗？"他叫我写信给我已经死去五年的姑母。

那次离家是很痛苦的。学校来了开学通知信，祖父又一天一天的变样起来。

祖父睡着的时候，我就躺在他的旁边哭，好像祖父已经离开我死去似的，一面哭着一面抬头看他凹陷的嘴唇。我若死掉祖父，就死掉我一生最重要的一个人，好像他死了就把人间一切"爱"和"温暖"带得空空虚虚。我的心被丝线扎住或铁丝绞住了。

我联想到母亲死的时候。母亲死以后，父亲怎样打我，又娶一个新母亲来。这个母亲很客气，不打我，就是骂，也是指着桌子或椅子来骂我。客气是越客气了，但是冷淡了，疏远了，生人一样。

"到院子去玩玩吧！"祖父说了这话之后，在我的头上撞了一下，"喂！你看这是什么？"一个黄金色的桔子落到我的手中。

夜间不敢到茅厕去，我说："妈妈同我到茅厕去趟吧。"

"我不去！"

"那我害怕呀！"

"怕什么？"

"怕什么？怕鬼怕神？"父亲也说话了，把眼睛从眼镜上面看着我。

冬天，祖父已经睡下，赤着脚，开着纽扣跟我到外面茅厕去。

学校开学，我迟到了四天。三月里，我又回家一次，正在外面叫门，里面小弟弟嚷着："姐姐回来了！姐姐回来了！"大门开时，我就远远注意着祖父住着的那间房子。果然祖父的面孔和胡子闪现在玻璃窗里。我跳着笑着跑进屋去。但不是高兴，只是心酸，祖父的脸色更惨淡更白了。等屋子里一个人没有时，他流着泪，他慌慌忙忙的一边用袖口擦着眼泪，一边抖动着嘴唇说："爷爷不行了，不知早晚……前些日子好险没跌……跌死。"

"怎么跌的？"

"就是在后屋，我想去解手，招呼人，也听不见，按电铃也没有人来，就得爬啦。还没到后门口，腿颤，心跳，眼前发花了一阵就倒下去。没跌断了腰……人老了，有什么用处！爷爷是八十一岁呢。"

"爷爷是八十一岁。"

"没用了，活了八十一岁还是在地上爬呢！我想你看不着爷爷了，谁知没有跌死，我又慢慢爬到炕上。"

我走的那天也是和我回来那天一样，白色的脸的轮廓闪现在玻璃窗里。

在院心我回头看着祖父的面孔，走到大门口，在大门口我仍可看见，出了大门，就被门扇遮断。

从这一次祖父就与我永远隔绝了。虽然那次和祖父告别，并没说出一个永别的字。我回来看祖父，这回门前吹着喇叭，幡杆挑得比房头更高，马车离家很远的时候，我已看到高高的白色幡杆了，吹鼓手们的喇叭怆凉的在悲号。马车停在喇叭声中，大门前的白幡、白对联，院心的灵棚，闹嚷嚷许多人，吹鼓手们响起乌乌的哀号。

这回祖父不坐在玻璃窗里，是睡在堂屋的板床上，没有灵魂的躺在那里。我要看一看他白色的胡子，可是怎样看呢！拿开他脸上蒙着的纸吧，胡子、眼睛和嘴，都不会动了，他真的一点感觉也没有了？我从祖父的袖管里去摸他的手，手也没有感觉了。祖父这回真死去了啊！

祖父装进棺材去的那天早晨，正是后园里玫瑰花开放满树的时候。我扯着祖父的一张被角，抬向灵前去。吹鼓手在灵前吹着大喇叭。

我怕起来，我号叫起来。

“咣咣！”黑色的，半尺厚的灵柩盖子压上去。

吃饭的时候，我饮了酒，用祖父的酒杯饮的。饭后我跑到后园玫瑰树下去卧倒，园中飞着蜂子和蝴蝶，绿草的清凉的气味，这都和十年前一样。可是十年前死了妈妈。妈妈死后我仍是在园中扑蝴蝶；这回祖父死去，我却饮了酒。

过去的十年我是和父亲打斗着生活。在这期间我觉得人是残酷的东西。父亲对我是没有好面孔的，对于仆人也是没有好面孔的，他对于祖父也是没有好面孔的。因为仆人是穷人，祖父是老人，我是个小孩子，所以我们这些完全没有保障的人就落到他的手里。后来我看到新娶来的母亲也落到他的手里，他喜欢她的时候，便同她说笑，他恼怒时便骂她，母亲渐渐也怕起父亲来。

母亲也不是穷人，也不是老人，也不是孩子，怎么也怕起父亲来呢？我到邻家去看看，邻家的女人也是怕男人。我到舅家去，舅母也是怕舅父。

我懂得的尽是些偏僻的人生，我想世间死了祖父，就没有再同情我的人了，世间死了祖父，剩下的尽是些凶残的人了。

我饮了酒，回想，幻想……

以后我必须不要家，到广大的人群中去，但我在玫瑰树下颤怵了，人群中没有我的祖父。

所以我哭着，整个祖父死的时候我哭着。

永远的憧憬和追求

一九一一年，在一个小县城里边，我生在一个小地主的家里。那县城差不多就是中国的最东最北部——黑龙江省——所以一年之中，倒有四个月飘着白雪。

父亲常常为着贪婪而失掉了人性。他对待仆人，对待自己的儿女，以及对待我的祖父都是同样的吝啬而疏远，甚至于无情。

有一次，为着房屋租金的事情，父亲把房客的全套的马车赶了过来。房客的家属们哭着诉说着，向我的祖父跪了下来，于是祖父把两匹棕色的马从车上解下来还了回去。

为着这匹马，父亲向祖父起着终夜的争吵。“两匹马，咱们是算不了什么的，穷人，这匹马就是命根。”祖父这样说着，而父亲还是争吵。九岁时，母亲死去。父亲也就更变了样，偶然打碎了一只杯子，他就要骂到使人发抖的程度。后来就连父亲的眼睛也转了弯，每从他的身边经过，我就像自己的身上生了针刺一样；他斜视着你，他那高傲的眼光从鼻梁经过嘴角而后往下流着。

所以每每在大雪中的黄昏里，围着暖炉，围着祖父，听着祖父读着诗篇，看着祖父读着诗篇时微红的嘴唇。

父亲打了我的时候，我就在祖父的房里，一直面向着窗子，从黄昏到深夜——窗外的白雪，好像白棉花一样飘着；暖炉上水壶的盖子，则像伴奏的乐器似的振动着。

祖父时时把多纹的两手放在我的肩上，而后又放在我头上，我的耳边便响着这样的声音：

“快快长吧！长大就好了。”

二十岁那年，我就逃出了父亲的家庭。直到现在还是过流浪的生活。

“长大”是“长大”了，而没有“好”。

可是从祖父那里，知道了人生除掉了冰冷和憎恶而外，还有温暖和爱。

所以我就向这“温暖”和“爱”的方面，怀着永久的憧憬和追求。

感情的碎片

近来觉得眼泪常常充满着眼睛，热的，它们常常会使我的眼圈发烧。然而它们一次也没有滚落下来。有时候它们站到了眼毛的尖端，闪耀着玻璃似的液体，每每在镜子里面看到。

一看到这样的眼睛，又好像回到了母亲死的时候。母亲并不十分爱我，但也总算是母亲。她病了三天了，是七月的末梢，许多医生来过了，他们骑着白马，坐着三轮车，但那最高的一个，他用银针在母亲的腿上刺了一下，他说：

“血流则生，不流则亡。”

我确确实实看到那针孔是没有流血，只是母亲的腿上凭空多了一个黑点。医生和别人都退了出去，他们在堂屋里议论着。我背向了母亲，我不再看她腿上的黑点。我站着。

“母亲就要没有了吗？”我想。

大概就是她极短的清醒的时候：

“……你哭了吗？不怕，妈死不了！”

我垂下头去，扯住了衣襟，母亲也哭了。

而后我站到房后摆着花盆的木架旁边去。我从衣袋取出来母亲买给我的小洋刀。

“小洋刀丢了就从此没有了吧？”于是眼泪又来了。

花盆里的金百合映着我的眼睛，小洋刀的闪光映着我的眼睛。眼泪就再没有流落下来，然而那是热的，是发炎的。但那是孩子的时候。

而今则不应该了。

天空的点缀

用了我有点苍白的手，卷起纱窗来，在那灰色的云的后面，我看不到我所要看的东西（这东西是常常见的，但它们真的载着炮弹飞起来的时候，这在我还是生疏的事情，也还是理想着的事情）。正在我踌躇的时候，我看见了，那飞机的翅子好像不是和平常的飞机的翅子一样——它们有大的也有小的——好像还带着轮子，飞得很慢，只在云彩的缝际出现了一下，云彩又赶上来把它遮没了。不，那不是一只，那是两只，以后又来了几只。它们都是银白色的，并且又都叫着呜呜的声音。它们每个都在叫着吗？这个，我分不清楚。或者它们每个在叫着的节拍像唱歌似的是有一定的调子，也或者那在云幕当中撒下来的声音就是一片。好像在夜里听着海涛的声音似的，那就是一片了。

过去了！都过去了！心也有点平静下来。午饭时用过的家具，我要去洗一洗。刚一经过走廊，又被我看见了，又是两只。这次是在南边，前面一个，后面一个，银白色的，远看有点发黑，于是我听到了我的邻家在说：

“这是去轰炸虹桥飞机场。”

我只知道这是下午两点钟，从昨夜就开始的这战争。至于飞机我就不能够分别了，日本的呢？还是中国的呢？大概是日本的吧！因为是从北边来的，到南边去的，战地是在北边中国，虹桥飞机场是在南边。

我想日本去轰炸虹桥飞机场是真的，于是我又起了很多想头：是日本打胜了吧！所以安闲地去炸中国的后方，是……一定是，那么这是很坏的事情，他们没止境的屠杀，一定要像大风里的火焰似的那么没有止境……

很快我批驳了我自己的这念头，很快我就被我这没有把握的不正确的热望压倒了，是中国一定是中国占着一点胜利，日本受了些挫伤。假若是日本占着优势，他一定冲过了中国的阵地而追上去，哪里有工夫用飞机来这边扩大战线呢？

风很大，在游廊上，我拿在手里的家具，感到了点沉重而动摇，一个小白铝锅的盖子，拍啦拍啦的掉下来了，并且在游廊上拍啦拍啦的跑着，我追住了它，就带着它到厨房去。

至于飞机上的炸弹，落了还是没落呢？我看不见，而且我也听不见，因为东北方面和西北方面炮弹都在开裂着。甚至于那炮弹真正从哪方面出发，因着回音的关系，我也说不定了。

但那飞机的奇怪的翅子，我是看见了的；我是含着眼泪而看着它们，不，我若真的含着眼泪而看着它们，那就相同遇到了魔鬼而想教导魔鬼那般没有道理。

但在我的窗外，飞着，飞着，飞去又飞来了的，飞得那么高，好像有一分钟那飞机也没离开我的窗口。因为灰色的云层的掠过，真切了，朦胧了，消失了，又出现了，一个来了，一个又来了。看着这些东西，实在的，我的胸口有些疼痛。

一个钟头看着这样我从来没有看过的天空，看得疲乏了，于是，我看着桌上的台灯，台灯的绿色的伞罩上还画着菊花；又看到了箱子上散乱的衣裳，平日弹着的六条弦的大琴，依旧是站在墙角上。一样，什么都是和平常一样，只有窗外的云，和平日有点不一样。还有桌上的短刀和平日有点不一样，紫檀色的刀柄上镶着两块黄铜，而且不装在红牛皮色的套子里。对于它，我看了又看，我相信我自己决不是拿着这短刀而赴前线。

一九三七年八月十四日

失眠之夜

为什么要这样失眠呢！烦燥，恶心，心跳，胆小，并且想要哭泣。我想想，也许就是故乡的思虑罢。

窗子外面的天空高远了，和白棉一样绵软的云彩低近了，吹来的风好像带点草原的气味，这就是说已经是秋天了。

在家乡那边，秋天最可爱。

蓝天，蓝得有点发黑，白云就像银子做成一样，就像白色的大花朵似的点缀在天上，就又像沉重得快要脱离开天空而坠了下来似的，而那天空就越显得高了，高得再没有那么高的。

昨天，我到朋友们的地方走了一遭，听来了好多的心愿——那许多心愿综合起来，又都是一个心愿——这回若真的打回满洲去，有的说，煮一锅高粱米粥喝；有的说，咱家那地豆多么大！说着就用手比量着，这么大，碗大，珍珠米，老的一煮就开了花的，一尺来长的；还有的说，高粱米粥，咸盐豆。还有的说，若真的打回满洲去，三天二夜不吃饭，打着大旗往家跑。跑到家去自然也免不了先吃高粱米粥或咸盐豆。

比方，高粱米那东西，平常我就不愿意吃，很硬，有点发涩（也许因为我有胃病的关系），可是经他们这一说，也觉得非吃不可了。

但是什么时候吃呢？那我就不知道了。何况我到底是不怎样热烈的，所以关于这一方面，我终究不怎样亲切。

但我想我们那门前的蒿草，我想我们那后园里开着的茄子的紫色的小花，黄瓜爬上了架。而那清早，朝阳带着露珠一齐来了！

我一说到蒿草或黄瓜，三郎就向我摆手或摇头："不，我们家，门前是两棵柳树，树荫交织着做成门形。再前面是菜园，过了菜园就是山，那金字塔形的山峰，正向着我们家的门口，而两边像蝙蝠的翅膀似的向着村子的东方和西方伸展开去。而后园：黄瓜，茄子也种着，最好看的是牵牛花在石头墙的缝际爬遍了，早晨带着露水，牵牛花开了……"

"我们家就不这样，没有高山，也没有柳树……只有……"我常常这样打断他。

有时候，他也不等我说完，他就接下去。我们讲的故事彼此都好像是讲给自己听，而不是为着对方。

只有那么一天，买来了一张《东北富源图》挂在墙上了，染着黄色的平原上站着小马，小羊，还有骆驼，还有牵着骆驼的小人；海上就是些小鱼，大鱼，黄色的鱼，红色的好像小瓶似的大肚的鱼，还有黑色的大鲸鱼；而兴安岭和辽宁一带画着许多和海涛似的绿色的山脉。

他的家就在离着渤海边不远的山脉中，他的指甲在山脉上爬着："这是大凌河……这是小凌河……哼……没有，这个地图是个不完全的，是个略图……"

"好哇！天天说凌河，哪有凌河呢！"我不知为什么一提到家乡，常常愿意给他扫兴一点。

"你不相信！我给你看。"他去翻他的书橱去了："这不是么！大凌河……小凌河……小孩的时候在凌河沿上捉小鱼，拿到山上去，在石头上用火烤着吃……这边就是沈家台，离我们家二里路……"因为是把地图摊在地板上看的缘故，一面说着，他一面用手扫着他已经垂在前额的发梢。

《东北富源图》就挂在床头，所以第二天早晨，我一张开了眼睛，他就抓住了我的手：

"我想将来我回家的时候，先买两匹驴，一匹你骑着，一匹我骑着……先到我姑姑家，再到我姐姐家……顺便也许看看我的舅舅去……我姐姐很爱我……她出嫁以后，每回来一次就哭一次，姐姐也哭，我也哭……这有七八年不见了！也都老了！”

那地图上的小鱼，红的，黑的，都能够看清，我一边看着，一边听着，这一次我没有打断他，或给他扫一点兴。

“买黑色的驴，挂着铃子，走起来……啁啷啷啁啷啷……”他形容着声音的时候就像他的嘴里边含着铃子似的在响。

“我带你到沈家台去赶集。那赶集的日子，热闹！驴身上挂着烧酒瓶……我们那边，羊肉非常便宜……羊肉炖片粉……真有味道！唉呀！这有多少年没吃那羊肉啦！”他的眉毛和额头上起着很多皱纹。

我在大镜子里边看到了他，他的手从我的手上抽回去，放在他自己的胸上，而后又反背着放在枕头下面去，但很快地又抽出来。只理一理他自己的发梢又放在枕头上去。

而我呢？我想：“你们家对于外来的所谓‘媳妇’也一样吗？”我想着就这样说了。

这失眠大概也许不是因为这个。但买驴子的买驴子，吃咸盐豆的吃咸盐豆；而我呢？坐在驴子上，所去的仍是生疏的地方；我停留着的仍然是别人的家乡。

家乡这个观念，在我本不甚切的，但当别人说起来的时候，我也就心慌了！虽然那块土地在没有成为日本的之前，“家”在我就等于没有了。

这失眠一直继续到黎明，在黎明之前，在高射炮的声中，我也听到了一声声和家乡一样的震抖在原野上的鸡鸣。

（一九三七年）八月二十二日

（原刊 1937 年 10 月 16 日《七月》第 1 期）

火线外（二章）

窗　边

M站在窗口，他的白色的裤带上的环子发着一点小亮，而他前额上的头发和脸就压在窗框上，就这样，很久很久的。同时那机关枪的声音似乎紧急了，一排一排地爆发，一阵一阵地裂散着，好像听到了在大火中坍下来的家屋。

“这是哪方面的机关枪呢?”

“这枪一开……在电影上我看见过，人就一排一排地倒下去……”

“这不是吗……炮也响了……”

我在地上走着，就这样散散杂杂地问着M，而他回答我的却很少。

“这大概是日本方面的机关枪，因为今夜他们的援军必要上岸，也许这是在抢岸……也许……”

他说第二个“也许”的时候，我明白了这“也许”一定是他又复现了他曾作过军人的经验。

于是那在街上我所看到的伤兵，又完全遮没了我的视线；他们在搬运货物的汽车上，汽车的四周插着绿草，车在跑着的时候，那红十字旗在车箱上火苗似地跳动着。那车沿着金神父路向南去了。远处有一个白色的救急车箱上画着一个很大的红十字，就在那地方，那飘蓬着的伤兵车停下，行路的人是跟着拥了去。那车子只停了一下，又倒退着回来了。退到最接近的路口，向着一个与金神父路交叉着的街开去，这条街就是莫利哀路。这时候我也正来到了莫利哀路，在行人道上走着，那插着草的载重车，就停在我的前面，那是一个医院，门前挂着红十字的牌匾。

两个穿着黑色云纱大衫的女子跳下车来。她们一定是临时救护员，臂上包着红十字。这时候，我就走近了。

跟着那女救护员，就有一个手按着胸口的士兵站起来了，大概他是受的轻伤，全身没有血痕，只是脸色特别白。还有一个，他的腿部扎着白色的绷带，还有一个很直地躺在车板上，而他的手就和虫子的脚爪般攀住了树木那样紧抓着车箱的板条。

这部车子载着七八个伤兵，其中有一个，他绿色的军衣在肩头染着血的部分好像被水浸着那么湿，但他也站起来了，他用另一只健康的手去扶着别的一只受伤的手。

女救护员又爬上车来了，我想一定是这医院已经人满，不能再收的缘故。所以这载重车又动摇着，响着，倒退着，冲开着围观的人，又向金神父路退去。就是那肩头受伤的人，他也从原来的地方坐下去。

他们的脸色有的是黑的，有的是白的，有的是黄色的，除掉这个，从他们什么也得不到，呼叫，哼声，一点也没有，好像正在受着创痛的不是人类，不是动物……静静地；静得好像是一棵树木。

人们拥挤着招呼着，抱着孩子，拖着拖鞋，使我感到了人们就像在看“出大差”那种热闹的感觉。

停在我们脚尖前面的这飘蓬的人类，是应该受着无限深沉的致敬的呀！

于是第二部插着绿草的汽车也来到了，就在人们拥挤围观的当中，两部车子一起退去了。

M 的腰间仍旧是闪着那带子上的一点小亮，那困恼的头发仍旧是切在窗子的边上。宁静，这深夜的宁静，微风也不来摆动这桌子上的书篇……只在那北方枪炮的世界中，高冲起来的火光中，把 M

的头部烘托出来一个圆大沉重而安宁的黑影在窗子上。

我想他也和我一样，战争是要战争的，而枪声是并不爱的。

八月十七日

小生命和战士

“你看那兵士腰间的刀子，总有点凶残的意味，可是他也爱那么小的孩子。”我这样小声地把嘴唇接近着 L 的耳边。

其实渡轮正在进行中的声音，也绝对使那兵士不会听到我的话语的。

其中第一个被我注意的，不是那个抱着孩子的，而是另外的一个，他一走上来，就停在船栏的旁边，他那么小，使我立刻想到了小老鼠。两颊从颧骨以下是完全陷下来的，因此嘴唇有点突出。耳朵在帽子的边下，显得贫薄和孤独，和那过大的帽遮一样，对于他都起着一种不配称的感觉。从帽遮我一直望到他黑色的胶底鞋，左手上受了伤，被一条挂在颈间的白布带吊在胸前；他穿着特为伤兵们赶制的过大的棉背心，而这件棉背心就把他装饰成一只小甲虫似的站在那里。等另外两个兵士走近前来的时候，他就让开了。

这两个之中的一个，在我看来是个军官，他并不怎样瘦，有点高大，他受伤的也是左手，同样被一只带子吊在胸前，在他慢慢地踱着的时候，那黑色皮鞋的后半部不时地被那黄呢裤的边口埋没着，当他同另外的一个讲话的时候，那空着的，垂在左肩的军中黄泥上衣的袖子，显得过于多余地在摆荡——因为他隔一会就要抬一抬左肩的缘故。

我所说的挂着刀的兵士，始终没有给我看到他的正面，因为那受伤的军官和他谈话总是对立着，我所能看到的是他脚上的刺刀针，腰间的短刀，他的腰和肩都很宽而且圆。那在怀中的孩子时时想要哭，于是他很小心地摇着他，把那件包着孩子的军外套隔一会儿拉一拉，或是包紧一点。

不知为什么，我看他好像无论怎样也不能完全忘掉他腰边的短刀，孩子一安静下来，他的左手总是反背过来压在刀柄上。

渡轮走近一个停在江心的货船旁边的时候，因为那船完全熄了灯火，所以好像一座小城似的黑黑地睡在江心上，起重机上还有一个大皮囊似的东西在高悬着。

我是背着锅炉站着的，背后的温暖已经增加到不能忍耐的程度，所以我稍稍离开一点，可是我的背后仍接近着温暖，而我的胸前却向着寒凉的江水。

那军官的烟火照红了他过高的鼻子，而后轻轻地好像从指尖上把它一弹，那烟火就掠过了船栏而向着月下的江水奔去了。

我一转身就看到了那第一个被我注意的伤兵就站在我的旁边，似乎在这船上并没有他的同伴，他带着衰弱或疲乏的样子在望着江水，他好像在寻找什么，也好像他要细听一听什么，或者不是，或者他的心思完全系在那只吊在胸前的左手上。

前边就是黄鹤楼，在停船之前，人们有的从座位上站起来，有的在移动着，船身和码头所激起来的水声，很响的在击撞着。即使那兵士的短刀的环子碰击得再响亮一点，我也不能听到，只有想象着；那紧贴在兵士胸前的孩子的心跳和那兵士的心跳，是不是他们彼此能够听到？

十月二十二日

（原刊 1937 年 11 月 1 日《七月》第 2 期）

无　题

早晨一起来我就晓得我是住在湖边上了。

我对于这在雨天里的湖的感觉，虽然生疏，但并不像南方的朋友们到了北方，对于北方的风沙的迷漫，空气的干燥，大地的旷荡所起的那么不可动摇的厌恶和恐惧。由之于厌恶和恐惧，他们对于北方反而讴歌起来了。

沙土迷了他们的眼睛的时候，他们说："伟大的风沙啊！"黄河地带的土层遮漫了他们的视野的时候，他们说那是无边的使他们不能相信那也是大地。迎着风走去，大风塞住他们的呼吸的时候，他们说："这……这……这……"他们说不出来了，北方对于他们的讴歌也伟大到不能够容许了。

但，风一停住，他们的眼睛能够睁开的时候，他们仍旧是看，而嘴也就仍旧是说。

有一次我忽然感到是被侮辱着了，那位一路上对大风讴歌的朋友，一边擦着被风沙伤痛了的眼睛一边问着我：

"你们家乡那边就终年这样？"

"那里！那里！我们那边冬天是白雪，夏天是云、雨、蓝天和绿树……只是春天有几次大风，因为大风是季节的症候，所以人们也爱它。"是往山西去的路上，我就指着火车外边所有的黄土层："在我们家乡那边都是平原，夏天是青的，冬天是白的，春天大地被太阳蒸发着，好像冒烟一样从冬天活过来了，而秋天收割。"

而我看他似乎不很注意听的样子。

"东北还有不被采伐的煤矿，还有大森林……所以日本人……"

“唔！唔！”他完全没有注意听，他的拜佩完全是对着风沙和黄土。

我想这对于北方的讴歌就像对于原始的大兽的讴歌一样。

在西安和八路军残废兵是同院住着，所以朝夕所看到的都是他们。有一天我看到一个残废的女兵，我就向别人问：“也是战斗员吗？”

那回答我的人也非常含混，他说也许是战斗员，也许是女救护员，也说不定。

等我再看那腋下支着两根木棍，同时摆荡着一只空裤管的女人的时候，但是看不见了，她被一堵墙遮没住，留给我的只是那两根使她每走一步，那两肩不得安宁的新从木匠手里制作出来的白白木棍。

我面向着日本帝国主义，我要讴歌了！就像南方的朋友们去到了北方，对于那终年走在风沙里的瘦驴子，由于同情而要讴歌她了。

但这只是一刻的心情，对于蛮的东西所遗留下来的痕迹，憎恶在我是会破坏了我的艺术的心意的。

那女兵将来也要作母亲的，孩子若问她：“妈妈为什么你少了一条腿呢？”

妈妈回答是日本帝国主义给切断的。

成为一个母亲，当孩子指问到她的残缺点的时候，无管这残缺是光荣过，还是耻辱过，对于作母亲的都一齐会成为灼伤的。

被合理所影响的事物，人们认为是没有力量的——弱的——或者也就被说成生命力已经被损害了的——所谓生命力不强的——比方屠介涅夫在作家里面[①]，人们一提到他：好是好的，但，但……但怎么样呢？我就看到过很多对屠介涅夫摇头的人，这摇头是为什么呢？不能无所因。久了，同时也因为我对摇头的人过于琢磨的缘

① 屠介涅夫：今通译屠格涅夫。

故，默默之中感到了，并且在我的灵感达到最高潮的时候，也就无恐惧起来，我就替摇头者们嚷着说："他的生命力不强！"

屠介涅夫是合理的，幽美的，宁静的，正路的，他是从灵魂而后走到本能的作家。和他走同一道路的，还有法国的罗曼罗兰。

别的作家们他们则不同，他们暴乱、邪狂、破碎，他们是先从本能出发——或者一切从本能出发——而后走到灵魂。有慢慢走到灵魂的，也有永久走不到灵魂的，那永久走不到灵魂的，他就永久站在他的本能上喊着："我的生命力强啊！我的生命力强啊！"

但不要听错了，这可并不是他自己对自己的惋惜，一方面是在骄傲着生命力弱的，另一面是在招呼那些尚在向灵魂出发的在半途上感到吃力，正停在树下冒汗的朋友们。

听他这一招呼，可见生命力强的也是孤独的。于是我这佩服之感也就不完整了。

偏偏给我看到的生命力顶强的是日本帝国主义。人家都说日本帝国主义野蛮，是兽类，是爬虫类，是没有血液的东西。完全荒毛的呀！

所以这南方上的风景，看起来是比北方的风沙愉快的。

同时那位南方的朋友对于北方的讴歌，我也并不是讽刺他。去把捉完全隔离的东西，不管谁，大概都被吓住的。我对于南方的鉴赏，因为我已经住了几年的缘故，初来到南方也是不可能。

一九三八年五月十五日。

花　狗

在一个深奥的，很小的院心上，集聚几个邻人。这院子种着两棵大芭蕉，人们就在芭蕉叶子下边谈论着李寡妇的大花狗。

有的说：

"看吧，这大狗又倒霉了。"

有的说：

"不见得，上回还不是闹到终归儿子没有回来，花狗也饿病了，因此李寡妇哭了好几回……"

"唉，你就别说啦，这两天还不是么，那大花狗都站不住了，若是人一定要扶着墙走路……"

人们正说着，李寡妇的大花狗就来了。它是一条虎狗，头是大的，嘴是方的，走起路来很威严，全身是黄毛带着白花。它从芭蕉叶里露出来了，站在许多人的面前，还勉强的摇一摇尾巴。

但那原来的姿态完全不对了，眼睛没有一点光亮，全身的毛好像要脱落似的在它的身上飘浮着。而最可笑的是它的脚掌很稳的抬起来，端得平平的再放下去，正好像希特勒的在操演的军队的脚掌似的。

人们正想要说些什么，看到李寡妇戴着大帽子从屋里出来，大家就停止了，都把眼睛落到李寡妇的身上。她手里拿着一把黄香，身上背着一个黄布口袋。

"听说少爷来信了，倒是吗？"

"是的，是的，没有多少日子，就要换防回来的……是的……亲手写的信来……我是到佛堂去烧香，是我应许下的，只要老佛保佑我那孩子有了信，从那天起，我就从那天三遍香烧着，一直到他回来……”那大花狗仍照着它平常的习惯，一看到主人出街，它就跟上去，李寡妇一边骂着就走远了。

那班谈论的人，也都谈论一会各自回家了。

留下了大花狗自己在芭蕉叶下蹲着。

大花狗，李寡妇养了它十几年，李老头子活着的时候，和她吵架，她一生气坐在椅子上哭半天会一动不动的，大花狗就陪着她蹲在她的脚尖旁。她生病的时候，大花狗也不出屋，就在她旁边转着。她和邻居骂架时，大花狗就上去撕人家衣服。她夜里失眠时，大花狗摇着尾巴一直陪她到天明。

所以她爱这狗胜过于一切了，冬天给这狗做一张小棉被，夏天给它铺一张小凉席。

李寡妇的儿子随军出发了以后，她对这狗更是一时也不能离开的，她把这狗看成个什么都能了解的能懂人性的了。

有几次她听了前线上恶劣的消息，她竟拍着那大花狗哭了好几次，有的时候像枕头似的枕着那大花狗哭。

大花狗也实在惹人怜爱，卷着尾巴，虎头虎脑的，虽然它忧愁了，寂寞了，眼睛无光了，但这更显得它柔顺，显得它温和。所以每当晚饭以后，它挨着家是凡里院外院的人家，它都用嘴推开门进去拜访一次，有剩饭的给它，它就吃了，无有剩饭，它就在人家屋里绕了一个圈就静静的出来了。这狗流浪了半个月了，它到主人旁边，主人也不打它，也不骂它，只是什么也不表示，冷静的接得了它，而并不是按着一定的时候给东西吃，想起来就给它，忘记了也就算了。

大花狗落雨也在外边，刮风也在外边，李寡妇整天锁着门到东城门外的佛堂去。

有一天她的邻居告诉她：

“你的大花狗，昨夜在街上被别的狗咬了腿流了血……”

“是的，是的，给它包扎包扎。”

“那狗实在可怜呢，满院子寻食……”邻人又说。

“唉，你没听在前线上呢，那真可怜……咱家里这一只狗算什么呢？”她忙着话也没说完，又背着黄布口袋上佛堂烧香去了。

等邻人第二次告诉她说：

“你去看看你那狗吧！”

那时候大花狗已经躺在外院的大门口了，躺着动也不动，那只被咬伤了的前腿，晒在太阳下。

本来李寡妇一看了也多少引起些悲哀来，也就想喊人来花两角钱埋了它。但因为刚刚又收到儿子一封信，是广州退却时写的，看信上说儿子就该到家了，于是她逢人便讲，竟把花狗又忘记了。

这花狗一直在外院的门口，躺了三两天。

是凡经过的人都说这狗老死了，或者是被咬死了，其实不是，它是被冷落死了。

鲁迅先生记（一）

鲁迅先生家里的花瓶，好像画上所见的西洋女子用以取水的瓶子，灰蓝色，有点从瓷釉而自然堆起的纹痕，瓶口的两边，还有两个瓶耳，瓶里种的是几棵万年青。

我第一次看到这花的时候，我就问过：

“这叫什么名字？屋中既不生火炉，也不冻死？”

第一次，走进鲁迅家里去，那是快近黄昏的时节，而且是个冬天，所以那楼下室稍微有一点暗，同时鲁迅先生的纸烟，当它离开嘴边而停在桌角的地方，那烟纹的卷痕一直升腾到他有一些白丝的发梢那么高。而且再升腾就看不见了。

“这花，叫‘万年青’，永久这样！”他在花瓶旁边的烟灰盒中，抖掉了纸烟上的灰烬，那红的烟火，就越红了，好像一朵小花似的，和他的袖口相距离着。

“这花不怕冻？”以后，我又问过，记不得是在什么时候了。

许先生说：“不怕的，最耐久！”而且她还拿着瓶口给我摇着。

我还看到了那花瓶的底边是一些圆石子，以后，因为熟识了的缘故，我就自己动手看过一两次，又加上这花瓶是常常摆在客厅的黑色长桌上；又加上自己是来在寒带的北方，对于这在四季里都不凋零的植物，总带着一点惊奇。

而现在这“万年青”依旧活着，每次到许先生家去，看到那花，有时仍站在那黑色的长桌上，有时站在鲁迅先生照像的前面。

花瓶是换了，用一个玻璃瓶装着，看得到淡黄色的须根，站在瓶底。

有时候许先生一面和我们谈论着，一面检查着房中所有的花草。看一看叶子是不是黄了？该剪掉的剪掉，该洒水的洒水，因为不停地动作是她的习惯。有时候就检查着这“万年青”，有时候就谈着鲁迅先生，就在他的照像前面谈着，但那感觉，却像谈着古人那么悠远了。

至于那花瓶呢？站在墓地的青草上面去了，而且瓶底已经丢失，虽然丢失了也就让它空空地站在墓边。我所看到的是从春天一直站在秋天；它一直站到邻旁墓头的石榴树开了花而后结成了石榴。

从开炮以后，只有许先生绕道去过一次，别人就没有去过。当然那墓草是长得很高了，而且荒了，还说什么花瓶，恐怕鲁迅先生的瓷半身像也要被荒了的草埋没到他的胸口。

我们在这边，只能写纪念鲁迅先生的文章，而谁去努力剪齐墓上的荒草？我们是越去越远了，但无论多么远，那荒草是总要记在心上的。

一九三八

（收入重庆大时代书局1940年6月版《萧红散文》）

鲁迅先生记（二）

在我住所的北边，有一带小高坡，那上面种的或是松树，或是柏树。它们在雨天里，就相同在夜雾里一样，是那么朦胧而且又那么寂静！好像飞在枝间的鸟雀的羽翼的音响我都能够听到。

但我真的听得到的，却还是我自己脚步的声音，间或从人家墙头的树叶落到雨伞上的大水点特别地响着。

那天，我走在道边，我看着伞翅上不住的滴水。

“鲁迅是死了吗?”

于是心跳了起来，不能把“死”和鲁迅先生这样的字样相连接，所以左右反复着的是那饭馆里下女的金牙齿，那些吃早餐的人的眼镜，雨伞，他们的好像小型木凳似的雨鞋，最后我还想起了那张贴在厨房边的大画，一个女人，抱着一个举着小旗的很胖的孩子，小旗上面就写着“富国强兵”。所以以后，一想到鲁迅的死，就想到那个很胖的孩子。

我已经拉开了房东的格子门，可是我无论如何也走不进来，我气恼着；我怎么忽然变大了?

女房东正在瓦斯炉旁边斩断着一根萝卜，她抓住了她白色的围裙开始好像鸽子似的在笑：“伞……伞……”

原来我好像要撑着伞走上楼去。

她的肥厚的脚掌和男人的一样，并且那金牙齿也和那饭馆里下女的金牙齿一样。日本女人多半镶了金牙齿。

我看到有一张报纸上的标题是鲁迅的“偲”。这个偲字，我翻了字典，在我们中国的字典上并没有这个字。而文章上的句子里，

“逝世，逝世”这字样有过好几个，到底是谁逝世了呢？因为是日文报纸看不懂之故。

第二天早晨，我又在那饭馆里在什么报的文艺篇幅上看到了“逝世，逝世”，再看下去，就看到“损失”或“殒星”之类。这回，我难过了，我的饭吃了一半，我就回家了。一走上楼，那空虚的心脏相同铃子似的闹着，而前房里的老太婆在打扫着窗棂和席子的噼拍声，好像在拍打着我的衣裳那么使我感到沉重。在我看来，虽是早晨，窗外的太阳好像正午一样大了。

我赶快乘了电车，去看××。我在东京的时候，朋友和熟人，只有她。车子向着东中野市郊开去，车上本不拥挤，但我是站着，“逝世；逝世”，逝世的就是鲁迅？路上看了不少的山、树和人家，它们却是那么平安，温暖和愉快！我的脸几乎是贴在玻璃上，为的是躲避车上的烦扰，但又谁知道，那从玻璃吸收来的车轮声和机械声，会疑心这车子是从山崖上滚下来了。

××在走廊边上，刷着一双鞋子，她的扁桃腺炎还没有全好，看见了我，颈子有些不会转弯地向我说；

“啊？你来得这样早！”

我把我来的事情告诉她，她说她不相信。因为这事情我也不愿意它是真的，于是找了一张报纸来读。

“这些日子病得连报也不订，也不看了。”她一边翻着那在长桌上的报纸，一边用手在摸抚着她颈间的药布。

而后，她查了查日文字典，她说那个“偲”字是印象的意思，是面影的意思。她说一定有人到上海访问了鲁迅回来写的。

我问她：“那么为什么有逝世在文章中呢？”我又想起来了，好像那文章上又说，鲁迅的房子有枪弹穿进来，而安静的鲁迅，竟坐在摇椅上摇着。或者鲁迅是被枪打死的？日本水兵被杀事件，在电影上都看到了，北四川路又是戒严，又是搬家。鲁迅先生又正是住在北四川路。

但她给我的解释，在阿Q心理上非常圆满，她说：“逝世”是从鲁迅的口中谈到别人的“逝世”，“枪弹”是鲁迅谈到“一二八”时的枪弹，至于“坐在摇椅上”，她说谈过去的事情，自然不用惊慌，安静的摇在摇椅上又有什么稀奇。

出来送我走的时候，她还说：

“你这个人啊！不要神经质啦！最近在《作家》上、《中流》上他都写了文章，他的身体可见是在复元期中……”

她说我好像慌张得有点傻，但是我愿意听。于是在阿Q心理上我回来了。

我知道鲁迅先生是死了，那是二十二日，正是靖国神社开庙会的时节。我还未起来的时候，那天空开裂的炮竹，发着白烟，一个跟着一个在升起来。隔壁的老太婆呼喊了我几次，她阿拉阿拉的向着那炮竹升起来的天空呼喊，她的头发上开始束了一条红绳。楼下，房东的孩子上楼来送给我一块撒着米粒的糕点，我说谢谢他们，但我不知道在那孩子的脸上接受了我怎样的眼睛。因为才到五岁的孩子，他带小碟下楼时，那碟沿还不时的在楼梯上磕碰着。他大概是很害怕我。

靖国神社的庙会一直闹了三天，教员们讲些下女在庙会时节的故事，神的故事，和日本人拜神的故事，而学生们在满堂大笑，好像世界上并不知道鲁迅死了这回事。

有一天一个眼睛好像金鱼眼睛的人，在黑板上写着：鲁迅大骂徐懋庸，引起了文坛一场风波……茅盾起来讲和……

这字样一直没有擦掉。那卷发的，小小的，和中国人差不多的教员，他下课以后常常被人围聚着，谈些个两国不同的习惯或风俗。他的北京话说得很好，中国的旧文章和诗也读过一些。他讲话常常把眼睛从下往上看看：

“鲁迅这人，你觉得怎么样？”我很奇怪，又像很害怕，为什么他向我说？结果晓得不是向我说。在我旁边那个位置上的人站起来了，有的教员点名的时候问过他：“你多大岁数？”他说他三十多岁，教员说：“我看你好像五十岁的样子……”因为他的头发白了一半。

他作旧诗作得很多，秋天，中秋游日光，游浅草，而且还加上谱调读着。有一天他还让我看看，我说我不懂，别的同学有的借他的诗本去抄录。我听过了几次：有人问他“你没再作诗吗？”他答：“没有喝酒呢。”

他听到有人问他，他就站起来了：

“我说……先生……鲁迅，这个人没有什么，没有什么了不起的，他的文章就是一个骂，而且人格上也不好，尖酸刻薄。”

他的黄色的小鼻子歪了一下。我想去用手替他扭正过来。

一个大个子，戴着四角帽子，他是“满洲国”的留学生，听说话的口音，还是我的同乡。

“听说鲁迅不是反对‘满洲国’的吗？”那个日本教员，抬一抬肩膀，笑了一下：“嗯！”

过了几天，日华学会开鲁迅追悼会了。我们这一班中四十几个人，去追悼鲁迅先生的只有一位小姐，她回来的时候，全班的人嘲笑着她，她的脸红了，打开门，用脚尖向前走着，走得越轻越慢，而那鞋跟就越响。她穿的衣裳颜色一点也不调配，有时是一件红裙子绿上衣，有时是一件黄裙子红上衣。

这就是我在东京所看到的这些个不调配的人，以及鲁迅的死对他们激起怎样不调配的反应。

一九三八年。

（收入重庆大时代书局1940年6月版《萧红散文》）

回忆鲁迅先生

鲁迅先生的笑声是明朗的，是从心里的欢喜。若有人说了什么可笑的话，鲁迅先生笑得连烟卷都拿不住了，常常是笑得咳嗽起来。

鲁迅先生走路很轻捷，尤其使人记得清楚的，是他刚抓起帽子来往头上一扣，同时左腿就伸出去了，仿佛不顾一切的走去。

鲁迅先生不大注意人的衣裳，他说："谁穿什么衣裳我看不见的……"

鲁迅先生生病，刚好了一点，窗子开着，他坐在躺椅上，抽着烟，那天我穿着新奇的火红的上衣，很宽的袖子。

鲁迅先生说："这天气闷热起来，这就是梅雨天。"他把他装在象牙烟嘴上的香烟，又用手装得紧一点，往下又说了别的。

许先生忙着家务跑来跑去，也没有对我的衣裳加以鉴赏。

于是我说："周先生，我的衣裳漂亮不漂亮？"

鲁迅先生从上往下看了一眼："不大漂亮。"

过了一会又加着说："你的裙子配得颜色不对，并不是红上衣不好看，各种颜色都是好看的，红上衣要配红裙子，不然就是黑裙子，咖啡色的就不行了，这两种颜色放在一起很混浊……你没看到外国人在街上走的吗？绝没有下边穿一件绿裙子，上边穿一件紫上衣，也没有穿一件红裙子而后穿一件白上衣的……"

鲁迅先生就在躺椅上看着我："你这裙子是咖啡色的，还带格子，颜色混浊得很，所以把红衣裳也弄得不漂亮了。”

“……人瘦不要穿黑衣裳，人胖不要穿白衣裳；脚长的女人一定要穿黑鞋子，脚短就一定要穿白鞋子，方格子的衣裳胖人不能穿，但比横格子的还好；横格子的，胖人穿上，就把胖子更往两边裂着，更横宽了，胖子要穿竖条子的，竖的把人显得长，横的把人显得宽……”

那天鲁迅先生很有兴致，把我一双短统靴子也略略批评一下，说我的短靴是军人穿的，因为靴子的前后都有一条线织的拉手，这拉手据鲁迅先生说是放在裤子下边的……

我说：“周先生，为什么那靴子我穿了多久了而不告诉我，怎么现在才想起来呢？现在我不是不穿了吗？我穿的这不是另外的鞋吗？”

“你不穿我才说的，你穿的时候，一说你该不穿了。”

那天下午要赴一个宴会去，我要许先生给我找一点布条或绸条束一束头发。许先生拿了来米色的绿色的还有桃红色的。经我和许先生共同选定的是米色的。为着取笑，把那桃红色的，许先生举起来放在我的头发上，并且许先生很开心的说着：

“好看吧！多漂亮！”

我也非常得意，很规矩又顽皮的在等着鲁迅先生往这边看我们。

鲁迅先生这一看，脸是严肃的，他的眼皮往下一放向我们这边看着：

“不要那样装她……”

许先生有点窘了。

我也安静下来。

鲁迅先生在北平教书时，从不发脾气，但常常好用这种眼光看人，许先生常跟我讲。她在女师大读书时，周先生在课堂上，一生气就用眼睛往下一掠，看着他们，这种眼光鲁迅先生在记范爱农先生的文字曾自己述说过，而谁曾接触过这种眼光的人就会感到一个时代的全智者的催逼。

我开始问“周先生怎么也晓得女人穿衣裳的这些事情呢?”

“看过书的，关于美学的。”

“什么时候看的……”

“大概是在日本读书的时候……”

“买的书吗?”

“不一定是买的，也许是从什么地方抓到就看的……”

“看了有趣味吗?”

“随便看看……”

“周先生看这书做什么?”

“……”没有回答。好像很难以答。

许先生在旁说;“周先生什么书都看的。”

在鲁迅先生家里做客人，刚开始是从法租界来到虹口，搭电车也要差不多一个钟头的工夫，所以那时候来的次数比较少，还记得有一次谈到半夜了，一过十二点电车就没有的，但那天不知讲了些什么，讲到一个段落就看看旁边小长桌上的圆钟，十一点半了，十一点四十五分了，电车没有了。

“反正已十二点，电车已没有，那么再坐一会。”许先生如此劝着。

鲁迅先生好像听了所讲的什么引起了幻想，安顿的举着象牙烟嘴在沉思着。

一点钟以后，送我（还有别的朋友）出来的是许先生，外边下着蒙蒙的小雨，弄堂里灯光全然灭掉了，鲁迅先生嘱许先生一定让坐小汽车回去，并且一定嘱咐许先生付钱。

以后也住到北四川路来，就每夜饭后必到大陆新村来了，刮风的天，下雨的天，几乎没有间断的时候。

鲁迅先生很喜欢北方饭。还喜欢吃油炸的东西，喜欢吃硬的东西，就是后来生病的时候，也不大吃牛奶。鸡汤端到旁边用调羹舀了一二下就算了事。

有一天约好我去包饺子吃，那还是住在法租界，所以带了外国酸菜和用绞肉机绞成的牛肉。就和许先生站在客厅后边的方桌边包起，海婴公子围着闹得起劲，一会把按成圆饼的面拿去了，他说做了一只船来，送在我们的眼前，我们不看它，转身他又做了一只小鸡，许先生和我都不去看它，对他竭力避免加以赞美，若一赞美起来，怕他更做得起劲。

客厅后没到黄昏就先黑了，背上感到些微的寒凉，知道衣裳不够了，但为着忙，没有加衣裳去。等把饺子包完了看看那数目并不多，这才知道许先生我们谈话谈得太多，误了工作。许先生怎样离开家的，怎样到天津读书的，在女师大读书时怎样做了家庭教师，她去考家庭教师的那一段描写，非常有趣，只取一名，可是考了好几十名，她之能够当选算是难的了。指望对于学费有一点补足，冬天来了，北平又冷，那家离学校又远，每月除了车子钱之外若伤风感冒还得自己拿出买阿司匹林的钱来，每月薪金十元要从西城跑到东城……

饺子煮好，一上楼梯，就听到楼上明朗的鲁迅先生的笑声冲下楼梯来，原来有几个朋友在楼上也正谈得热闹。那一天吃得是很好的。

以后我们又做过韭菜合子，又做过荷叶饼，我一提议鲁迅先生必然赞成，而我做得又不好，可是鲁迅先生还是在饭桌上举着筷子问许先生；“我再吃几个吗？”

因为鲁迅先生的胃不大好，每饭后必吃“脾自美”药丸一二粒。

有一天下午鲁迅先生正在校对着瞿秋白的《海上述林》。我一走进卧室去，从那圆转椅上鲁迅先生转过来了，向着我，还微微站起了一点。

“好久不见，好久不见。”一边说着一边向我点头。

刚刚我不是来过了吗？怎么会好久不见？就是上午我来的那次周先生忘记了，可是我也每天来呀……怎么都忘记了吗？

周先生转身坐在躺椅上才自己笑起来，他是在开着玩笑。

梅雨季，很少有晴天，一天的上午刚一放晴，我高兴极了，就到鲁迅先生家去了，跑得上楼还喘着，鲁迅先生说："来啦！"我说："来啦！"

我喘着连茶也喝不下。

鲁迅先生就问我：

"有什么事吗？"

我说："天晴啦，太阳出来啦。"

许先生和鲁迅先生都笑着，一种对于冲破忧郁心境的粲然的会心的笑。

海婴一看到我非拉我到院子里和他一道玩不可，拉我的头发或拉我的衣裳。

为什么他不拉别人呢？据周先生说："他看你梳着辫子，和他差不多，别人在他眼里都是大人，就看你小。"

许先生问着海婴："你为什么喜欢她呢？不喜欢别人？"

"他有小辫子。"说着就来拉我的头发。

鲁迅先生家里生客人很少，几乎没有，尤其是住在他家里的人更没有。一个礼拜六的晚上，在二楼上鲁迅先生的卧室里摆好了晚饭，围着桌子坐满了人。每逢礼拜六晚上都是这样的，周建人先生带着全家来拜访的。在桌子边坐着一个很瘦的很高的穿着中国小背心的人，鲁迅先生介绍说："这是一位同乡，是商人。"

初看似乎对的，穿着中国裤子，头发剃得很短。当吃饭时，他还让别人酒，也给我倒一盅，态度很活泼，不大像个商人，等吃完了饭，又谈到《伪自由书》及《二心集》。这个商人，开明得很，在中国不常见。没有见过的，就总不大放心。

下一次是在楼下客厅后的方桌上吃晚饭，那天很晴，一阵阵的刮着热风，虽然黄昏了，客厅后还不昏黑。鲁迅先生是新剪的头发，还能记得桌上有一碗黄花鱼，大概是顺着鲁迅先生的口味，是用油煎的。鲁迅先生前面摆着一碗酒，酒碗是扁扁的，好像用做吃饭的饭碗，那位商人先生也能喝酒，酒瓶子就站在他的旁边。他说蒙古人什么样，苗人什么样，从西藏经过时，那西藏女人见了男人追她，她就如何如何。

这商人可真怪，怎么专门走地方，而不做买卖？并且鲁迅先生的书他也全读过，一开口这个，一开口那个。并且海婴叫他×先生，我一听那×字就明白他是谁了。×先生常常回来得很迟，从鲁迅先生家里出来，在弄堂里遇到了几次。

有一天晚上×先生从三楼下来，手里提着小箱子，身上穿着长袍子，站在鲁迅先生的面前，他说他要搬了。他告了辞，许先生送他下楼去了。这时候周先生在地板上绕了两个圈子，问我说：

"你看他到底是商人吗?"

"是的。"我说。

鲁迅先生很有意思的在地板上走几步，而后向我说："他是贩卖私货的商人，是贩卖精神上的……"

×先生走过二万五千里回来的。

青年人写信，写得太草率，鲁迅先生是深恶痛绝之的。

"字不一定要写得好，但必须得使人一看了就认识，年青人现在都太忙了……他自己赶快胡乱写完了事，别人看了三遍五遍看不明白，这费了多少工夫，他不管。反正这费的工夫不是他的。这存心是不太好的。"

但他还是展读着每封由不同角落里投来的青年的信，眼睛不济时，便戴起眼镜来看，常常看到夜里很深的时光。

鲁迅先生坐在××电影院楼上的第一排，那片名忘记了，新闻片是苏联纪念五一节的红场。

"这个我怕看不到的……你们将来可以看得到。"鲁迅先生向我们周围的人说。

珂勒惠支的画[①]，鲁迅先生最佩服，同时也很佩服她的做人，珂勒惠支受希特拉的压迫[②]，不准她做教授，不准她画画，鲁迅先生常讲到她。

史沫特烈[③]，鲁迅先生也讲到，她是美国女子，帮助印度独立运动，现在又在援助中国。

鲁迅先生介绍给人去看的电影：《夏伯阳》，《复仇艳遇》……其余的如《人猿泰山》……或者《非洲的怪兽》这一类的影片，也常介绍给人的。鲁迅先生说："电影没有什么好看的，看看鸟兽之类倒可以增加些对于动物的知识。"

鲁迅先生不游公园，住在上海十年，兆丰公园没有进过。虹口公园这么近也没有进过，春天一到了，我常告诉周先生，我说公园里的土松软了，公园里的风多么柔和，周先生答应选个晴好的天气，选个礼拜日，海婴休假日，好一道去，坐一乘小汽车一直开到兆丰公园，也算是短途旅行，但这只是想着而未有做到，并且把公园给下了定义，鲁迅先生说："公园的样子我知道的……一进门分做两条路，一条通左边，一条通右边，沿着路种着点柳树什么树的，树下摆着几张长椅子，再远一点有个水池子。"

我是去过兆丰公园，也去过虹口公园或是法国公园的，仿佛这个定义适用在任何国度的公园设计者。

---

① 珂勒惠支（1867—1945）：德国版画家、雕塑家。鲁迅是最早把珂勒惠支的版画介绍到中国的人。

② 希特拉：即希特勒。

③ 史沫特烈：今通译史沫特莱。

鲁迅先生不戴手套，不围围巾，冬天穿着黑石蓝的棉布袍子，头上戴着灰色毡帽，脚穿黑帆布胶皮底鞋。

胶皮底鞋夏天特别热，冬天又凉又湿，鲁迅先生的身体不算好，大家都提议把这鞋子换掉。鲁迅先生不肯，他说胶皮底鞋子走路方便。

“周先生一天走多少路呢？也不就一转弯到××书店走一趟吗？”

鲁迅先生笑而不答。

“周先生不是很好伤风吗？不围巾子，风一吹不就伤风了吗？”

鲁迅先生这些个都不习惯，他说：

“从小就没戴过手套围巾，戴不惯。”

鲁迅先生一推开门从家里出来时，两只手露在外边；很宽的袖口冲着风就向前走，腋下挟着个黑绸子印花的包袱，里边包着书或者是信，到老靶子路书店去了。

那包袱每天出去必带出去，回来必带回来，出去时带着回给青年们的信，回来又从书店带来新的信和青年请鲁迅先生看的稿子。

鲁迅先生抱着印花包袱从外边回来，还提着一把伞，一进门客厅里早坐着客人，把伞挂在衣架上就陪客人谈起话来。谈了很久了，伞上的水滴顺着伞杆在地板上已经聚了一堆水。

鲁迅先生上楼去拿香烟，抱着印花包袱，而那把伞也没有忘记，顺手也带到楼上去。

鲁迅先生的记忆力非常之强，他的东西从不随便散置在任何地方。

鲁迅先生很喜欢北方口味。许先生想请一个北方厨子，鲁迅先生以为开销太大，请不得的，男佣人，至少要十五元钱的工钱。

所以买米买炭都是许先生下手，我问许先生为什么用两个女佣人都是年老的，都是六七十岁的？许先生说她们做惯了，海婴的保姆，海婴几个月时就在这里。

正说着那矮胖胖的保姆走下楼梯来了，和我们打了个迎面。

“先生，没吃茶吗?”她赶快拿了杯子去倒茶，那刚刚下楼时气喘的声音还在喉管里咕噜咕噜的，她确是年老了。

来了客人，许先生没有不下厨房的，菜食很丰富，鱼，肉……都是用大碗装着，起码四五碗，多则七八碗。可是平常就只三碗菜：一碗素炒豌豆苗，一碗笋炒咸菜，再一碗黄花鱼。

这菜简单到极点。

鲁迅先生的原稿，在拉都路一家炸油条的那里用着包油条，我得到了一张。是译《死魂灵》的原稿，写信告诉了鲁迅先生，鲁迅先生不以为稀奇。许先生倒很生气。

鲁迅先生出书的校样，都用来揩着桌，或做什么的。请客人在家里吃饭，吃到半道，鲁迅先生回身去拿来校样给大家分着，客人接到手里一看，这怎么可以？鲁迅先生说：

“擦一擦，拿着鸡吃，手是腻的。”

到洗澡间去，那边也摆着校样纸。

许先生从早晨忙到晚上，在楼下陪客人，一边还手里打着毛线。不然就是一边谈着话一边站起来用手摘掉花盆里花上已干枯了的叶子。许先生每送一个客人，都要送到楼下的门口，替客人把门开开，客人走出去而后轻轻的关了门再上楼来。

来了客人还要到街上去买鱼或鸡，买回来还要到厨房里去工作。

鲁迅先生临时要寄一封信，就得许先生换起皮鞋子来，到邮局或者大陆新村旁边的信筒那里去。落着雨天，许先生就打起伞来。

许先生是忙的，许先生的笑是愉快的，但是头发有一些是白了的。

夜里去看电影，施高塔路的汽车房只有一辆车，鲁迅先生一定不坐，一定让我们坐。许先生，周建人夫人……海婴，周建人先生的三位女公子。我们上车了。

鲁迅先生和周建人先生，还有别的一二位朋友在后边。

看完了电影出来，又只叫到一部汽车，鲁迅先生又一定不肯坐，让周建人先生的全家坐着先走了。

鲁迅先生旁边走着海婴，过了苏州河的大桥去等电车去了。等了二三十分钟电车还没有来，鲁迅先生依着沿苏州河的铁栏杆坐在桥边的石围上了，并且拿出香烟来，装上烟嘴，悠然的吸着烟。

海婴不安的来回的乱跑，鲁迅先生还招呼他和自己并排的坐下。

鲁迅先生坐在那儿和一个乡下的安静老人一样。

鲁迅先生吃的是清茶，其余不吃别的饮料。咖啡、可可、牛奶、汽水之类，家里都不预备。

鲁迅先生陪客人到夜深，必同客人一道吃些点心，那饼干就是从铺子里买来的，装在饼干盒子里，到夜深许先生拿着碟子取出来，摆在鲁迅先生的书桌上，吃完了，许先生打开立柜再取一碟。还有向日葵子差不多每来客人必不可少。鲁迅先生一边抽着烟，一边剥着瓜子吃，吃完了一碟鲁迅先生必请许先生再拿一碟来。

鲁迅先生备有两种纸烟，一种价钱贵的，一种便宜的，便宜的是绿听子的，我不认识那是什么牌子，只记得烟头上带着黄纸的嘴，每五十枝的价钱大概是四角到五角，是鲁迅先生自己平日用的。另一种是白听子的，是前门烟，用来招待客人的，白烟听放在鲁迅先生书桌的抽屉里。来客人鲁迅先生下楼，把它带到楼下去，客人走了，又带回楼上来照样放在抽屉里。而绿听子的永远放在书桌上，是鲁迅先生随时吸着的。

鲁迅先生的休息，不听留声机，不出去散步，也不倒在床上睡觉，鲁迅先生自己说：

“坐在椅子上翻一翻书就是休息了。”

鲁迅先生从下午两三点钟起就陪客人，陪到五点钟，陪到六点钟，客人若在家吃饭，吃过饭又必要在一起喝茶，或者刚刚喝完茶走了，或者还没走就又来了客人，于是又陪下去，陪到八点钟，十点钟，常常陪到十二点钟，从下午两三点钟起，陪到夜里十二点，这么长的时间，鲁迅先生都是坐在藤躺椅上，不断的吸着烟。

客人一走，已经是下半夜了，本来已经是睡觉的时候了，可是鲁迅先生正要开始工作。在工作之前，他稍微阖一阖眼睛，燃起一支烟来，躺在床边上，这一支烟还没有吸完，许先生差不多就在床里边睡着了。（许先生为什么睡得这样快？因为第二天早晨六七点钟就要起来管理家务。）海婴这时也在三楼和保姆一道睡着了。

全楼都寂静下去，窗外也是一点声音没有了，鲁迅先生站起来，坐到书桌边，在那绿色的台灯下开始写文章了。

许先生说鸡鸣的时候，鲁迅先生还是坐着，街上的汽车嘟嘟的叫起来了，鲁迅先生还是坐着。

有时许先生醒了，看着玻璃窗白萨萨的了，灯光也不显得怎样亮了，鲁迅先生的背影不像夜里那样黑大。

鲁迅先生的背影是灰黑色的，仍旧坐在那里。

人家都起来了，鲁迅先生才睡下。

海婴从三楼下来了，背着书包，保姆送他到学校去，经过鲁迅先生的门前，保姆总是吩咐他说：

“轻一点走，轻一点走。”

鲁迅先生刚一睡下，太阳就高起来了。太阳照着隔院子的人家，明亮亮的；照着鲁迅先生花园的夹竹桃，明亮亮的。

鲁迅先生的书桌整整齐齐的，写好的文章压在书下边，毛笔在烧瓷的小龟背上站着。

一双拖鞋停在床下，鲁迅先生在枕头上边睡着了。

鲁迅先生喜欢吃一点酒，但是不多吃，吃半小碗或一碗。鲁迅先生吃的是中国酒，多半是花雕。

老靶子路有一家小吃茶店，只有门面一间，在门面里边设座，座少，安静，光线不充足，有些冷落。鲁迅先生常到这吃茶店来，有约会多半是在这里边，老板是犹太也许是白俄，胖胖的，中国话大概他听不懂。

鲁迅先生这一位老人，穿着布袍子，有时到这里来，泡一壶红茶，和青年人坐在一道谈一两个钟头。

有一天鲁迅先生的背后那茶座里边坐着一位摩登女子，身穿紫裙子黄衣裳，头戴花帽子……那女子临走时，鲁迅先生一看她，就用眼瞪着她，很怪异的看了她半天。而后说："是做什么的呢？"

鲁迅先生对于穿着紫裙子黄衣裳，花帽子的人就是这样看法的。

鬼到底是有的是没有的？传说上有人见过，还跟鬼说过话，还有人被鬼在后边追赶过，吊死鬼一见了人就贴在墙上。但没有一个人捉住一个鬼给大家看看。

鲁迅先生讲了他看见过鬼的故事给大家听：

"是在绍兴……"鲁迅先生说，"三十年前……"

那时鲁迅先生从日本读书回来，在一个师范学堂里也不知是什么学堂里教书，晚上没有事时，鲁迅先生总是到朋友家去谈天，这朋友住得离学堂几里路，几里路不算远，但必得经过一片坟地，谈天有的时候就谈得晚了，十一二点钟才回学堂的事也常有。有一天鲁迅先生就回去得很晚，天空有很大的月亮。

鲁迅先生向着归路走得很起劲时，往远处一看，远远有一个白影。

鲁迅先生不相信鬼的，在日本留学时是学的医，常常把死人抬来解剖的，鲁迅先生解剖过二十几个，不但不怕鬼，对死人也不怕，所以对于坟地也就根本不怕。仍旧是向前走的。

走了不几步，那远处的白影没有了，再看突然又有了。并且时小时大，时高时低，正和鬼一样。鬼不就是变换无常的吗？

鲁迅先生有点踌躇了，到底向前走呢？还是回过头来走？本来回学堂不止这一条路，这不过是最近的一条就是了。

鲁迅先生仍是向前走，到底要看一看鬼是什么样，虽然那时候也怕了。

鲁迅先生那时从日本回来不久，所以还穿着硬底皮鞋，鲁迅先生决心要给那鬼一个致命的打击，等走到那白影的旁边时，那白影缩小了，蹲下了，一声不响的靠住了一个坟堆。

鲁迅先生就用了他的硬皮鞋踢出去。

那白影噢的一声叫出来，随着就站起来，鲁迅先生定眼看去，他却是个人。

鲁迅先生说在他踢的时候，他是很害怕的，好像若一下不把那东西踢死，自己反而会遭殃的，所以用了全力踢出去。

原来是个盗墓子的人在坟场上半夜作着工作。

鲁迅先生说到这里就笑了起来。

“鬼也是怕踢的，踢他一脚就立刻变成人了。”

我想，倘若是鬼常常让鲁迅先生踢踢倒是好的，因为给了他一个作人的机会。

从福建菜馆叫的菜，有一碗鱼做的丸子。

海婴一吃就说不新鲜，许先生不信，别的人也都不信。因为那丸子有的新鲜，有的不新鲜，别人吃到嘴里的恰好都是没有改味的。

许先生又给海婴一个，海婴一吃，又是不好的，他又嚷嚷着。别人都不注意，鲁迅先生把海婴碟里的拿来尝尝，果然是不新鲜的。鲁迅先生说：

“他说不新鲜，一定也有他的道理，不加以查看就抹杀是不对的。”

…………

以后我想起这件事来，私下和许先生谈过，许先生说：“周先生的做人，真是我们学不了的。那怕一点点小事。”

鲁迅先生包一个纸包也要包得整整齐齐，常常把要寄出的书，鲁迅先生从许先生手里拿过来自己包，许先生本来包得多么好，而鲁迅先生还要亲自动手。

鲁迅先生把书包好了，用细绳捆上，那包方方正正的，连一个角也不准歪一点或偏一点，而后拿着剪刀，把捆书的那绳头都剪得整整齐齐。

就是包这书的纸都不是新的，都是从街上买东西回来留下来的。许先生上街回来把买来的东西一打开随手就把包东西的牛皮纸折起来，随手把小细绳圈了一个圈，若小细绳上有一个疙瘩，也要随手把它解开的。准备着随时用随时方便。

鲁迅先生住的是大陆新村九号。

一进弄堂口，满地铺着大方块的水门汀，院子里不怎样嘈杂，从这院子出入的有时候是外国人，也能够看到外国小孩在院子里零星的玩着。

鲁迅先生隔壁挂着一块大的牌子，上面写着一个“茶”字。

在一九三五年十月一日。

鲁迅先生的客厅摆着长桌，长桌是黑色的，油漆不十分新鲜，但也并不破旧，桌上没有铺什么桌布，只在长桌的当心摆着一个绿豆青色的花瓶，花瓶里长着几株大叶子的万年青，围着长桌有七八张木椅子。尤其是在夜里，全弄堂一点什么声音也听不到。

那夜，就和鲁迅先生和许先生一道坐在长桌旁边喝茶的。当夜谈了许多关于伪满洲国的事情，从饭后谈起，一直谈到九点钟十点钟而后到十一点，时时想退出来，让鲁迅先生好早点休息，因为我看出来鲁迅先生身体不大好，又加上听许先生说过，鲁迅先生伤风了一个多月，刚好了的。

但是鲁迅先生并没有疲倦的样子。虽然客厅里也摆着一张可以卧倒的藤椅，我们劝他几次想让他坐在藤椅上休息一下，但是他没有去，仍旧坐在椅子上。并且还上楼一次，去加穿了一件皮袍子。

那夜鲁迅先生到底讲了些什么，现在记不起来了。也许想起来的不是那夜讲的而是以后讲的也说不定。过了十一点，天就落雨了，雨点淅沥淅沥的打在玻璃窗上，窗子没有窗帘，所以偶一回头，就看到玻璃窗上有小水流往下流。夜已深了，并且落了雨，心里十分着急，几次站起来想要走，但是鲁迅先生和许先生一说再坐一下："十二点钟以前终归有车子可搭的。"所以一直坐到将近十二点，才穿起雨衣来，打开客厅外面的响着的铁门，鲁迅先生非要送到铁门外不可，我想为什么他一定要送呢？对于这样年轻的客人，这样的送是应该的么？雨不会打湿了头发，受了寒伤风不又要继续下去么？站在铁门外边，鲁迅先生说，并且指着隔壁那家写着有茶字的大牌子："下次来记住这个'茶'，就是这个'茶'的隔壁"，而且伸出手去，几乎是触到了钉在铁门旁边的那个九号的"九"字，"下次来记住茶的旁边九号"。

于是脚踏着方块的水门汀，走出弄堂来，回过身去往院子里边看了一看，鲁迅先生那一排房子统统是黑洞洞的，若不是告诉得那样清楚，下次来恐怕要记不住的。

鲁迅先生的卧室，一张铁架大床，床顶上遮着许先生亲手做的白布刺花的围子，顺着床的一边折着两床被子，都是很厚的，是花洋布的被面。挨着门口的床头的方面站着抽屉柜。一进门的左手摆着八仙桌，桌子的两旁藤椅各一，立柜站在和方桌一排的墙角，立柜本是挂衣裳的，衣裳却很少，都让糖盒子，饼干筒子，瓜子罐给塞满了，有一次××老板的太太来拿版权的图章花，鲁迅先生就从立柜下边大抽屉里取出的。沿着墙角望窗子那边走，有一张装饰台，桌子上有一个方形的满浮着绿草的玻璃养鱼池，里边游着的不是金鱼而是灰色的扁肚子的小鱼，除了鱼池之外另有一只圆的表，其余那上边满装着书。铁架床靠窗子的那头的书柜里书柜外都是书。最后是鲁迅先生的写字台，那上边也都是书。

鲁迅先生家里，从楼上到楼下，没有一个沙发，鲁迅先生工作时坐的椅子是硬的，休息时的藤椅是硬的，到楼下陪客人时坐的椅子又是硬的。

鲁迅先生的写字台面向着窗子，上海弄堂房子的窗子差不多满一面墙那么大，鲁迅先生把它关起来，因为鲁迅先生工作起来有一个习惯，怕吹风，他说，风一吹，纸就动，时时防备着纸跑，文章就写不好。所以屋子热得和蒸笼似的，请鲁迅先生到楼下去，他又不肯，鲁迅先生的习惯是不换地方。有时太阳照进来，许先生劝他把书桌移开一点都不肯。只有满身流汗。

鲁迅先生的写字桌，铺了一张蓝格子的油漆布，四角都用图钉按着。桌子上有小砚台一方，墨一块，毛笔站在笔架上，笔架是烧瓷的，在我看来不很细致，是一个龟，龟背上带着好几个洞，笔就插在那洞里。鲁迅先生多半是用毛笔的，钢笔也不是没有，是放在抽屉里。桌上有一个方大的白瓷的烟灰盒，还有一个茶杯，杯子上戴着盖。

鲁迅先生的习惯与别人不同，写文章用的材料和来信都压在桌子上，把桌子都压得满满的，几乎只有写字的地方可以伸开手，其余桌子的一半被书或纸张占有着。左手边的桌角上有一个带绿灯罩的台灯，那灯泡是横着装的，在上海那是极普通的台灯。

冬天在楼上吃饭，鲁迅先生自己拉着电线把台灯的机关从棚顶的灯头上拔下，而后装上灯泡子，等饭吃过了，许先生再把电线装起来，鲁迅先生的台灯就是这样做成的，拖着一根长的电线在棚顶上。

鲁迅先生的文章，多半是从这台灯下写的。因为鲁迅先生的工作时间，多半是下半夜一两点起，天将明了休息。

卧室就是如此，墙上挂着海婴公子一个月婴孩的油画像。

挨着卧室的后楼里边，完全是书了，不十分整齐，报纸和杂志或洋装的书，都混在这间屋子里，一走进去多少还有些纸张气味，地板被书遮盖得太小了，几乎没有了，大网篮也堆在书中。墙上拉着一条绳子或者是铁丝，就在那上边系了小提盒，铁丝笼之类；风干荸荠就盛在铁丝笼里，扯着的那铁丝几乎被压断了在弯弯着。一推开藏书室的窗子，窗子外边还挂着一筐风干荸荠。

“吃罢，多得很，风干的，格外甜。”许先生说。

楼下厨房传来了煎菜的锅铲的响声，并且两个年老的娘姨慢重重的在讲一些什么。

厨房是家里最热闹的一部分。整个三层楼都是静静的，喊娘姨的声音没有，在楼梯上跑来跑去的声音没有。鲁迅先生家里五六间房子只住着五个人，三位是先生的全家，余下的二位是年老的女佣人。

来了客人都是许先生亲自倒茶，即或是麻烦到娘姨时，也是许先生下楼去吩咐，绝没有站到楼梯口就大声呼唤的时候。所以整个的房子都在静悄悄之中。

只有厨房比较热闹了一点，自来水花花的流着，洋瓷盆在水门汀的水池子上每拖一下磨着嚓嚓的响，洗米的声音也是嚓嚓的。鲁迅先生很喜欢吃竹笋的，在菜板上切着笋片笋丝时，刀刃每划下去都是很响的。其实比起别人家的厨房来却冷清极了，所以洗米声和切笋声都分开来听得样样清清晰晰。

客厅的一边摆着并排的两个书架，书架是带玻璃橱的，里面有朵斯托益夫斯基的全集和别的外国作家的全集①，大半多是日文译

① 朵斯托益夫斯基：今通译陀思妥耶夫斯基。

本，地板上没有地毯，但擦得非常干净。

海婴公子的玩具橱也站在客厅里，里边是些毛猴子，橡皮人，火车汽车之类，里边装得满满的，别人是数不清的，只有海婴自己伸手到里边找什么就有什么，过新年时在街上买的兔子灯，纸毛上已经落了灰尘了，仍摆在玩具橱顶上。

客厅只有一个灯头，大概五十烛光，客厅的后门对着上楼的楼梯，前门一打开有一个一方丈大小的花园，花园里没有什么花看，只有一棵很高的七八尺高的小树，大概那树是柳桃，一到了春天，喜欢生长蚜虫，忙得许先生拿着喷蚊虫的机器，一边陪着谈话，一边喷着杀虫药水。沿了墙根，种了一排玉米，许先生说："这玉米长不大的，这土是没有养料的，海婴一定要种。"

春天，海婴在花园里掘着泥沙，培植着各种玩艺。

三楼则特别静了，向着太阳开着两扇玻璃门，门外有一个水门汀的突出的小廊子，春天很温暖的抚摸着门口长垂着的帘子，有时候帘子被风打得很高，飘扬的饱满得和大鱼泡似的，那时候隔院的绿树照进玻璃门扇里来了。

海婴坐在地板上装着小工程师在修着一座楼房，他那楼房是用椅子横倒了架起来修的，而后遮起一张被单来算做屋瓦，全个房子在他自己拍着手的赞誉声中完成了。

这屋间感到些空旷和寂寞，既不像女工住的屋子，又不像儿童室。海婴的眠床靠着屋子的一边放着，那大圆顶帐子日里也不打起来，长拖拖的好像从棚顶一直垂到地板上，那床是非常讲究的属于刻化的木器一类的。许先生讲过，租这房子时，从前一个房客转留下来的。海婴和他的保姆，就睡在五六尺宽的大床上。

冬天烧过的火炉，三月里还冷冰冰的在地板上站着。

海婴不大在三楼上玩的，除了到学校去，就是在院子里踏脚踏车，他非常喜欢跑跳，所以厨房，客厅，二楼，他是无处不跑的。

三楼整天在高处空着，三楼的后楼住着另一个老女工，一天很少上楼来，所以楼梯擦过之后，一天到晚干净得溜明。

一九三六年三月里鲁迅先生病了，靠在二楼的躺椅上，心脏跳动得比平日厉害，脸色略微灰了一点。

许先生正相反的，脸色是红的，眼睛显得大了，讲话的声音是平静的，态度并没有比平日慌张。在楼下，一走进客厅来许先生就告诉说：

"周先生病了，气喘……喘得厉害，在楼上靠在躺椅上。"

鲁迅先生呼喘的声音，不用走到他的旁边，一进了卧室就听得到的。鼻子和胡须在煽响，胸部一起一落。眼睛闭着，差不多永久不离开手的纸烟，也放弃了。藤躺椅后边靠着枕头，鲁迅先生的头有些向后，两只手空闲的垂着。眉头仍和平日一样没有聚皱，脸上是平静的，舒展的，似乎并没有任何痛苦加在身上。

"来了吗?"鲁迅先生睁一睁眼睛，"不小心，着了凉……呼吸困难……到藏书的房子去翻一翻书……那房子因为没有人住，特别凉……回来就……"

许先生看周先生说话吃力，赶快接着说周先生是怎样气喘的。

医生看过了，吃了药，但喘并未停，下午医生又来过，刚刚走。

卧室在黄昏里边一点一点的暗下去，外边起了一点小风，隔院的树被风摇着发响。别人家的窗子有的被风打着发出自动关开的响声，家家的流水道都是花拉花拉的响着水声，一定是晚餐之后洗着杯盘的剩水。晚餐后该散步的散步去了，该会朋友的会友去了，弄堂里来去的稀疏不断的走着人，而娘姨们还没有解掉围裙呢，就依着后门彼此搭讪起来。小孩子们三五一伙前门后门的跑着，弄堂外汽车穿来穿去。

鲁迅先生坐在躺椅上，沉静的，不动的阖着眼睛，略微灰了的脸色被炉里的火光染红了一点。纸烟听子蹲在书桌上，盖着盖子，茶杯也蹲在桌子上。

许先生轻轻的在楼梯上走着，许先生一到楼下去，二楼就只剩了鲁迅先生一个人坐在椅子上，呼喘把鲁迅先生的胸部有规律性的抬得高高的。

“鲁迅先生必得休息的，”须藤老医生是这样说的。可是鲁迅先生从此不但没有休息，并且脑子里所想的更多了，要做的事情都像非立刻就做不可，校《海上述林》的校样，印珂勒惠支的画，翻译《死魂灵》下部；刚好了，这些就都一起开始了，还计算着出三十年集（即鲁迅全集）。

鲁迅先生感到自己的身体不好，就更没有时间注意身体，所以要多作，赶快做，当时大家不解其中的意思，都以为鲁迅先生不加以休息不以为然，后来读了鲁迅先生《死》的那篇文章才了然了。

鲁迅先生知道自己的健康不成了，工作的时间没有几年了，死了是不要紧的，只要留给人类更多，鲁迅先生就是这样。

不久书桌上德文字典和日文字典又都摆起来了，果戈里的《死魂灵》，又开始翻译了。

鲁迅先生的身体不大好，容易伤风，伤风之后，照常要陪客人，回信，校稿子。所以伤风之后总要拖下去一个月或半个月的。

瞿秋白的《海上述林》校样，一九三五年冬，一九三六年的春天，鲁迅先生不断的校着，几十万字的校样，要看三遍，而印刷所送校样来总是十页八页的，并不是统统一道的送来，所以鲁迅先生不断的被这校样催索着，鲁迅先生竟说：

“看吧，一边陪着你们谈话，一边看校样的，眼睛可以看，耳朵可以听……”

有时客人来了，一边说着笑话，一边鲁迅先生放下了笔。有的时候也说：“就剩几个字了……请坐一坐……”

一九三五年冬天许先生说：

“周先生的身体是不如以前了。”

有一次鲁迅先生到饭馆里去请客，来的时候兴致很好，还记得那次吃了一只烤鸭子，整个的鸭子用大钢叉子叉上来时，大家看着这鸭子烤的又油又亮的，鲁迅先生也笑了。

菜刚上满了，鲁迅先生就到竹躺椅上吸一支烟，并且阖一阖眼睛。一吃完了饭，有的喝多了酒的，大家都乱闹了起来，彼此抢着苹果，彼此讽刺着玩，说着一些刺人可笑的话，而鲁迅先生这时候，坐在躺椅上，阖着眼睛，很庄严的在沉默着，让拿在手上纸烟的烟丝，慢慢的上升着。

别人以为鲁迅先生也是喝多了酒吧！

许先生说，并不的。

“周先生的身体是不如以前了，吃过了饭总要阖一阖眼稍微休息一下，从前一向没有这习惯。”

周先生从椅子上站起来了，大概说他喝多了酒的话让他听到了。

“我不多喝酒的，小的时候，母亲常提到父亲喝了酒，脾气怎样坏，母亲说，长大了不要喝酒，不要像父亲那样子……所以我不多喝的……从来没喝醉过……”

鲁迅先生休息好了，换了一支烟，站起来也去拿苹果吃，可是苹果没有了。鲁迅先生说：

“我争不过你们了，苹果让你们抢没了。”

有人抢到手的还在保存着的苹果，奉献出来，鲁迅先生没有吃，只在吸烟。

一九三六年春，鲁迅先生的身体不大好，但没有什么病，吃过了夜饭，坐在躺椅上，总要闭一闭眼睛沉静一会。

许先生对我说，周先生在北平时，有时开着玩笑，手按着桌子一跃就能够跃过去，而近年来没有这么做过，大概没有以前那么灵便了。

这话许先生和我是私下讲的，鲁迅先生没有听见，仍靠在躺椅上沉默着呢。

许先生开了火炉的门，装着煤炭花花的响，把鲁迅先生震醒了。一讲起话来鲁迅先生的精神又照常一样。

鲁迅先生睡在二楼的床上已经一个多月了，气喘虽然停止，但每天发热，尤其是下午热度总在三十八度三十九度之间，有时也到三十九度多，那时鲁迅先生的脸色是微红的，目力是疲弱的，不吃东西，不大多睡，没有一些呻吟，似乎全身都没有什么痛楚的地方。躺在床上有的时候张开眼睛看看，有的时候似睡非睡的安静的躺着，茶吃得很少。差不多一刻也不停的吸烟，而今几乎完全放弃了，纸烟听子不放在床边，而仍很远的蹲在书桌上，若想吸一支，是请许先生付给的。

许先生从鲁迅先生病起，更过度的忙了。按着时间给鲁迅先生吃药，按着时间给鲁迅先生试温度表，试过了之后还要把一张医生发给的表格填好，那表格是一张硬纸，上面画了无数根线，许先生就在这张纸上拿着米度尺画着度数，那表画得和尖尖的小山丘似的，又像尖尖的水晶石，高的低的一排连的站着。许先生虽然每天画，但那像是一条接连不断的线，不过从低处到高处，从高处到低处，这高峰越高越不好，也就是鲁迅先生的热度越高了。

来看鲁迅先生的人，多半都不到楼上来了，为的是请鲁迅先生好好的静养，所以把客人这些事也推到许先生身上来了。还有书、报、信，都要许先生看过，必要的就告诉鲁迅先生，不十分必要的，就先把它放在一处放一放，等鲁迅先生好了些再取出来交给他。然而这家庭里边还有许多琐事，比方年老的娘姨病了，要请两天假；海婴的牙齿脱掉一个要到牙医那里去看过，但是带他去的人没有，又得许先生。海婴在幼稚园里读书，又是买铅笔，买皮球，还有临时出些个花头，跑上楼来了，说要吃什么花生糖，什么牛奶糖，他上楼来是一边跑着一边喊着，许先生连忙拉住了他，拉他下了楼才跟他讲：

“爸爸病啦，”而后拿出钱来，嘱咐好了娘姨，只买几块糖而不准让他格外的多买。

收电灯费的来了，在楼下一打门，许先生就得赶快往楼下跑，怕的是再多打几下，就要惊醒了鲁迅先生。

海婴最喜欢听讲故事，这也是无限的麻烦，许先生除了陪海婴讲故事之外，还要在长桌上偷一点工夫来看鲁迅先生为着病耽搁下来的尚未校完的校样。

在这期间，许先生比鲁迅更要担当一切了。

鲁迅先生吃饭，是在楼上单开一桌，那仅仅是一个方木盘，许先生每餐亲手端到楼上去，那黑油漆的方木盘中摆着三四样小菜，每样都用小吃碟盛着，那小吃碟直径不过二寸，一碟豌豆苗或菠菜或苋菜，把黄花鱼或者鸡之类也放在小碟里端上楼去，若是鸡，那鸡也是全鸡身上最好的一块地方拣下来的肉，若是鱼，也是鱼身上最好一部分许先生才把它拣下放在小碟里。

许先生用筷子来回的翻着楼下的饭桌上菜碗里的东西，菜拣嫩的，不要茎，只要叶，鱼肉之类，检烧得软的，没有骨头没有刺的。

心里存着无限的期望，无限的要求，用了比祈祷更虔诚的目光，许先生看着她自己手里选得精精致致的菜盘子，而后脚板触着楼梯上了楼。

希望鲁迅先生多吃一口，多动一动筷，多喝一口鸡汤。鸡汤和牛奶是医生所嘱的，一定要多吃一些的。

把饭送上去，有时许先生陪在旁边，有时走下楼来又做些别的事，半个钟头之后，到楼上去取这盘子。这盘子装得满满的，有时竟照原样一动也没有动又端下来了，这时候许先生的眉头微微的皱了一点。旁边若有什么朋友许先生就说："周先生的热度高，什么也吃不落，连茶也不愿意吃，人很苦，人很吃力。"

有一天许先生用着波浪式的专门切面包的刀切着一个面包，是在客厅后边方桌上切的，许先生一边切着一边对我说：

"劝周先生多吃些东西，周先生说，人好了再保养，现在勉强吃也是没用的。"

许先生接着似乎问着我：

“这也是对的？”

而后把牛奶面包送上楼去了。一碗烧好的鸡汤，从方盘里许先生把它端出来了。就摆在客厅后的方桌上。许先生上楼去了，那碗热的鸡汤在桌子上自己悠然的冒着热气。

许先生由楼上回来还说呢：

“周先生平常就不喜欢吃汤之类，在病里，更勉强不下了。”

那已经送上去的一碗牛奶又带下来了。

许先生似乎安慰着自己似的。

“周先生人强，欢喜吃硬的，油炸的，就是吃饭也欢喜吃硬饭……”

许先生楼上楼下的跑，呼吸有些不平静，坐在她旁边，似乎可以听到她心脏的跳动。

鲁迅先生开始独桌吃饭以后，客人多半不上楼来了，经许先生婉言把鲁迅先生健康的经过报告了之后就走了。

鲁迅先生在楼上一天一天的睡下去，睡了许多日子就有些寂寞了，有时大概热度低了点就问许先生：

“有什么人来过吗？”

看鲁迅先生精神好些，就一一地报告过。

有时也问到有什么刊物来吗？

鲁迅先生病了一个多月了。

证明了鲁迅先生是肺病，并且是肋膜炎，须藤老医生每天来了，为鲁迅先生先把肋膜积水用打针的方法抽净，共抽过两三次。

这样的病，为什么鲁迅先生自己一点也不晓得呢？许先生说，周先生有时觉得肋痛了就自己忍着不说，所以连许先生也不知道，鲁迅先生怕别人晓得了又要不放心，又要看医生，医生一定又要说休息。鲁迅先生自己知道做不到的。

福民医院美国医生的检查，说鲁迅先生肺病已经二十年了。这次发了怕是很严重。

医生规定个日子，请鲁迅先生到福民医院去详细检查，要照 X 光的。

但鲁迅先生当时就下楼是下不得的，又过了许多天，鲁迅先生到福民医院去查病去了。照 X 光后给鲁迅先生照了一个全部的肺部的照片。

这照片取来的那天许先生在楼下给大家看了，右肺的上尖角是黑的，中部也黑了一块，左肺的下半部都不大好，而沿着左肺的边边黑了一大圈。

这之后，鲁迅先生的热度仍高，若再这样热度不退，就很难抵抗了。

那查病的美国医生，只查病，而不给药吃，他相信药是没有用的。

须藤老医生，鲁迅先生早就认识，所以每天来，他给鲁迅先生吃了些退热的药，还吃停止肺部菌活动的药。他说若肺不再坏下去，就停止在这里，热自然就退了，人是不危险的。

在楼下的客厅里许先生哭了。许先生手里拿着一团毛线，那是海婴的毛线衣拆了洗过之后又团起来的。

鲁迅先生在无欲望状态中，什么也不吃，什么也不想，睡觉是似睡非睡的。

天气热起来了，客厅的门窗都打开着，阳光跳耀在门外的花园里。麻雀来了停在夹竹桃上叫了三两声就又飞去，院子里的小孩子们唧唧喳喳的玩耍着，风吹进来好像带着热气，扑到人的身上，天气刚刚发芽的春天，变为夏天了。

楼上老医生和鲁迅先生谈话的声音隐约可以听到。

楼下又来了客人。来的人总要问：

“周先生好一点吗？”

许先生照常说：“还是那样子。”

但今天说了眼泪就又流了满脸。一边拿起杯子来给客人倒茶，一边用左手拿着手帕按着鼻子。

客人问：

“周先生又不大好吗？”

许先生说：

“没有的，是我心窄。”

过了一会鲁迅先生要找什么东西，喊许先生上楼去，许先生连忙擦着眼睛，想说她不上楼的，但左右的看了一看，没有人能替代了她，于是带着她那团还没有缠完的毛线球上楼去了。

楼上坐着老医生，还有两位探望鲁迅先生的客人，许先生一看了他们就自己低了头不好意思的笑了，他不敢到鲁迅先生的面前去，背转着身问鲁迅先生要什么呢，而后又是慌忙的把毛线缕挂在手上缠了起来。

一直到送老医生下楼，许先生都是把背向鲁迅先生而站着的。

每次老医生走，许先生都是替老医生提着皮提包送到前门外的。许先生愉快的、沉静的带着笑容打开铁门闩，很恭敬的把皮包交给老医生，眼看着老医生走了才进来关了门。

这老医生出入在鲁迅先生的家里，连老娘姨对他都是尊敬的，医生从楼上下来时，娘姨若在楼梯的半道，赶快下来躲开，站到楼梯的旁边。有一天老娘姨端着一个杯子上楼，楼上医生和许先生一道下来了，那老娘姨躲闪不灵，急得把杯里的茶都颠出来了。等医生走过去，已经走出了前门，老娘姨还在那里呆呆的望着。

“周先生好了点吧？”

有一天许先生不在家，我问着老娘姨。她说：

“谁晓得，医生天天看过了不声不响的就走了。”

可见老娘姨对医生每天是怀着期望的眼光看着他的。

许先生很镇静，没有紊乱的神色，虽然说那天当着人哭过一次，但该做什么，仍是做什么，毛线该洗的已经洗了，晒的已经晒起，晒干了的随手就把它缠成团子。

“海婴的毛线衣，每年拆一次，洗过之后再重打起，人一年一年的长，衣裳一年穿过，一年就小了。”

在楼下陪着熟的客人，一边谈着，一边开始手里动着竹针。

这种事情许先生是偷工就做的，夏天就开始预备着冬天的，冬天就做夏天的。

许先生自己常常说：

“我是无事忙。”

这话很客气，但忙是真的，每一餐饭，都好像没有安静的吃过。海婴一会要这个，要那个；若一有客人，上街临时买菜，下厨房煎炒还不说，就是摆到桌子上来，还要从菜碗里为着客人选好的挟过去。饭后又是吃水果，若吃苹果还要把皮削掉，若吃荸荠看客人削得慢而不好也要削了送给客人吃，那时鲁迅先生还没有生病。

许先生除了打毛线衣之外，还用机器缝衣裳，剪裁了许多件海婴的内衫裤在窗下缝。

因此许先生对自己忽略了，每天上下楼跑着所穿的衣裳都是旧的，次数洗得太多，扭扣都洗脱了，也磨破了，都是几年前的旧衣裳。春天时许先生穿了一件紫红宁绸袍子，那料子是海婴在婴孩时候别人送给海婴做被子的礼物。做被子，许先生说很可惜，就检起来做一件袍子，正说着，海婴来了，许先生使眼神，且不要提到，若提到海婴又要麻烦起来了，一定要说是他的，他就要要。

许先生冬天穿一双大棉鞋，是她自己做的。一直到二三月早晚冷时还穿着。

有一次我和许先生在小花园里一道拍一张照片，许先生说她的纽扣掉了，还拉着我站在她前边遮着她。

许先生买东西也总是到便宜的店铺去买，再不然，到减价的地方去买。

处处俭省，把俭省下来的钱，都印了书和印了画。

现在许先生在窗下缝着衣裳，机器声格答格答的，震着玻璃门有些颤抖。

窗外的黄昏，窗内许先生低着的头，楼上鲁迅先生的咳嗽声，都搅混在一起了，重续着，埋藏着力量。在痛苦中，在悲哀中，一种对于生的强烈的愿望站得和强烈的火焰那样坚定。

许先生的手指把捉了在缝的那张布片，头有时随着机器的力量低沉了一两下。

许先生的面容是宁静的、庄严的、没有恐惧的、坦荡的在使用着机器。

海婴在玩着一大堆黄色的小药瓶，用一个纸盒子盛着，端起来楼上楼下的跑。向着阳光照是金色的，平放着是咖啡色的，他招聚了小朋友来，他向他们展览，向他们夸耀，这种玩意只有他有而别人不能有。他说：

“这是爸爸打药针的药瓶，你们有吗？”

别人不能有，于是他拍着手骄傲的呼叫起来。

许先生一边招呼着他，不叫他喊，一边下楼来了。

“周先生好了些？”

见了许先生大家都是这样问的。

“还是那样子，”许先生说，随手抓起一个海婴的药瓶来：“这不是么，这许多瓶子，每天打一针，药瓶子也积了一大堆。”

许先生一拿起那药瓶，海婴上来就要过去，很宝贵的赶快把那小瓶摆到纸盒里。

在长桌上摆着许先生自己亲手做的蒙着茶壶的棉罩子，从那蓝缎子的花罩子下拿着茶壶倒着茶。

楼上楼下都是静的了，只有海婴快活的和小朋友们的吵嚷躲在太阳里跳荡。

海婴每晚临睡时必向爸爸妈妈说：“明朝会！”

有一天他站在走上三楼去的楼梯口上喊着：

“爸爸，明朝会！”

鲁迅先生那时正病得沉重，喉咙里边似乎有痰，那回答的声音很小，海婴没有听到，于是他又喊：

“爸爸，明朝会！”他等一等，听不到回答的声音，他就大声的连串地喊起来：

“爸爸，明朝会，爸爸，明朝会……爸爸，明朝会……”

他的保姆在前边往楼上拖他，说是爸爸睡了，不要喊了。可是他怎么能够听呢，仍旧喊。

这时鲁迅先生说“明朝会”，还没有说出来喉咙里边就像有东西在那里堵塞着，声音无论如何放不大。到后来，鲁迅先生挣扎着把头抬起来才很大声的说出：

“明朝会，明朝会。”

说完了就咳嗽起来。

许先生被惊动得从楼下跑来了，不住的训斥着海婴。

海婴一边笑着一边上楼去了，嘴里唠叨着：

“爸爸是个聋人哪！”

鲁迅先生没有听到海婴的话，还在那里咳嗽着。

鲁迅先生在四月里，曾经好了一点，有一天下楼去赴一个约会，把衣裳穿得整整齐齐，手下挟着黑花包袱，戴起帽子来，出门就走。

许先生在楼下正陪客人，看鲁迅先生下来了，赶快说：

“走不得吧，还是坐车子去吧。”

鲁迅先生说：“不要紧，走得动的。”

许先生再加以劝说，又去拿零钱给鲁迅先生带着。

鲁迅先生说不要不要，坚决的就走了。

“鲁迅先生的脾气很刚强。”

许先生无可奈何的，只说了这一句。

鲁迅先生晚上回来，热度增高了。

鲁迅先生说：

“坐车子实在麻烦，没有几步路，一走就到。还有，好久不出去，愿意走走……动一动就出毛病……还是动不得……”

病压服着鲁迅先生又躺下了。

七月里，鲁迅先生又好些。

药每天吃，记温度的表格照例每天好几次在那里画，老医生还是照常的来，说鲁迅先生就要好起来了，说肺部的菌已停止了一大半，肋膜也好了。

客人来差不多都要到楼上来拜望，拜望，鲁迅先生带着久病初愈的心情，又谈起话来，披了一张毛巾子坐在躺椅上，纸烟又拿在手里了，又谈翻译，又谈某刊物。

一个月没有上楼去，忽然上楼还有些心不安，我一进卧室的门，觉得站也没地方站，坐也不知坐在那里。

许先生让我吃茶，我就倚着桌子旁站着。好像没有看见那茶杯似的。

鲁迅先生大概看出我的不安来了，便说：

“人瘦了，这样瘦是不成的，要多吃点。”

鲁迅先生又在说玩笑话了。

“多吃就胖了，那么周先生为什么不多吃点？”

鲁迅先生听了这话就笑了，笑声是明朗的。

从七月以后鲁迅先生一天天的好起来了，牛奶，鸡汤之类，为了医生所嘱也隔三差五的吃着，人虽是瘦了，但精神是好的。

鲁迅先生说自己体质的本质是好的，若差一点的，就让病打倒了。

这一次鲁迅先生保持了很长的时间。没有下楼更没有到外边去过。

在病中，鲁迅先生不看报，不看书，只是安静的躺着。但有一张小画是鲁迅先生放在床边上不断看着的。

那张画，鲁迅先生未生病时，和许多画一道拿给大家看过的，小得和纸烟包里抽出来的那画片差不多。那上边画着一个穿大长裙子飞散着头发的女人在大风里边跑，在她旁边的地面上还有小小的红玫瑰花的花朵。

记得是一张苏联某画家着色的木刻。

鲁迅先生有很多画，为什么只选了这张放在枕边。

许先生告诉我的，她也不知道鲁迅先生为什么常常看这小画。

有人来问他这样那样的，他说：

“你们自己学着做，若没有我呢！”

这一次鲁迅先生好了。

还有一样不同的，觉得做事要多做……

鲁迅先生以为自己好了，别人也以为鲁迅先生好了。

准备冬天要庆祝鲁迅先生工作三十年。

又过了三个月。

一九三六年十月十七日，鲁迅先生病又发了，又是气喘。

十七日，一夜未眠。

十八日，终日喘着。

十九日，夜的一下半夜，人衰弱到极点了。天将发白时，鲁迅先生就像他平日一样，工作完了，他休息了。

一九三九年十月

（收入生活书店 1940 年 7 月版《回忆鲁迅先生》）

致萧军

均：

因为夜里发烧，一个月来，就是嘴唇，这一块那一块的破着，精神也烦躁得很，所以一直把工作停了下来。想了些无用的和辽远的想头。文章一时寄不去。

买了三张画，东墙上一张北墙上一张，一张是一男一女在长廊上相会，廊口处站着一个弹琴的女人。还有一张是关于战争的，在一个破屋子里把花瓶打碎了，因为喝了酒，军人穿着绿裤子就跳舞，我最喜欢的是第三张，一个小孩睡在檐下了，在椅子上，靠着软枕。旁边来了的大概是她的母亲，在栅栏外肩着大镰刀的大概是她的父亲。那檐下方块石头的廊道，那远处微红的晚天，那茅草的屋檐，檐下开着的格窗，那孩子双双的垂着的两条小腿。真是好，不瞒你说，因为看到了那女孩好像看到了自己似的，我小的时候就是那样，所以我很爱她。投主称王，这是要费一些心思的，但也不必太费，反正自己最重要的是工作——为大体着想，也是工作。聚合能工作一方面的，有个团体，力量可能充足，我想主要的特色是在人上，自己来罢，投什么主，谁配作主？去他妈的。说到这里，不能不伤心，我们的老将去了还不几天啊！

关于周先生的全集，能不能很快的集起来呢？我想中国人集中国人的文章总比日本集他的方便，这里，在十一月里他的全集就要出版，这真可配（佩）服。我想找胡、聂、黄等诸人，立刻就商量起来。

商市街被人家喜欢，也很感谢。

莉有信来，孩子死了，那孩子的命不大好，活着尽生病。

这里没有书看，有时候自己很生气。看看《水浒》吧！看着看着就睡着了，夜半里的头痛和恶梦对于我是非常坏。前夜就是那样醒来的，而不敢再睡了。

我的那瓶红色酒，到现在还是多半瓶，前天我偶然借了房东的锅子烧了点菜，就在火盆上烧的（对了，我还没告诉你，我已经买了火盆，前天是星期日，我来试试）。小桌子，摆好了，但吃起来不是滋味，于是反受了感触，我虽不是什么多情的人，但也有些感触，于是把房东的孩子唤来，对面吃了。

地震，真是骇人，小的没有什么，上次震得可不小，两三分钟，房子格格地响着，表在墙上摇着。天还未明，我开了灯，也被震灭了，我梦里梦中（懵）的穿着短衣裳跑下楼去，房东也起来了，他们好像要逃的样子，隔壁的老太婆叫唤着我，开着门，人却没有应声，等她看到我是在楼下，大家大笑了一场。

纸烟向来不抽了，可是近几天忽然又挂在嘴上。

胃很好，很能吃，就好像我们在顶穷的时候那样，就连块面包皮也是喜欢的，点心之类，不敢买，买了就放不下。也许因为日本饭没有油水的关系，早饭一毛钱，晚饭两毛钱，中午两片面包一瓶牛奶。越能它，我越节制着，它，我想胃病好了也就是这原因。但是闲饥难忍，这是不错的。但就把自己布置到这里了，精神上的不能忍也忍了下去，何况这一个饥呢？

又收到了五十元的汇票，不少了。你的费用也不小，再有钱就留下你用吧，明年一月末，照预算是够了的。

前些日子，总梦想着今冬要去滑冰，这里的别的东西都贵，只有滑冰鞋又好又便宜，旧货店门口，挂着的崭新的，简直看不出是旧货，鞋和刀子都好，十一元。还有八九元的也好。但滑冰场一点钟的门票五角。还离得很远，车钱不算，我合计一下，这干不得。我又打算随时买一点旧画，中国是没处买的，一方面留着带回国去，一方面，围着火炉看一看，消消寂寞。

均：你是还没过过这样的生活，和蛹一样，自己被卷在茧里去了。希望顾（固）然有，目的也顾（固）然有，但是都那么远和那么大。人尽靠着远的和大的来生活是不行的，虽然生活是为着将来而不是为着现在。

窗上洒满着白月的当儿，我愿意关了灯，坐下来沉默一些时候，就在这沉默中，忽然像有警钟似的来到我的心上："这不就是我的黄金时代吗？此刻。"于是我摸着桌布，回身摸着藤椅的边沿，而后把手举到面前，模模糊糊的，但确认定这是自己的手，而后再看到那单细的窗棂上去。是的，自己就在日本。自由和舒适，平静和安闲，经济一点也不压迫，这真是黄金时代，是在笼子过的。从此我又想到了别的，什么事来到我这里就不对了，也不是时候了。对于自己的平安，显然是有些不惯，所以又爱这平安，又怕这平安。

均：上面又写了一些怕又引起你误解的一些话，因为一向你看得我很弱。

前天我还给奇一信。这信就给她看吧！

许君处，替我问候。

吟（一九三六年）十一月十九日

九一八致弟弟书

可弟：小战士，你也做了战士了，这是我想不到的。

世事恍恍惚惚的就过了；记得这十年中只有那么一个短促的时间是与你相处的，那时间短到如何程度，现在想起就像连你的面孔还没有来得及记住，而你就去了。

记得当我们都是小孩子的时候，当我离开家的时候，那一天的早晨你还在大门外和一群孩子们玩着，那时你才是十三四岁的孩子，你什么也不懂，你看着我离开家向南大道上奔去，向着那白银似的满铺着雪的无边的大地奔去。你连招呼都不招呼，你恋着玩，对于我的出走，你连看我也不看。

而事隔六七年，你也就长大了，有时写信给我，因为我的漂流不定，信有时收到，有时收不到。但在收到信中我读了之后，竟看不见你，不是因为那信不是你写的，而是在那信里边你所说的话，都不像是你说的。这个不怪你，都只怪我的记忆力顽强，我就总记着，那顽皮的孩子是你，会写了这样的信的，会说了这样的话的，哪能够是你。比方说——生活在这边，前途是没有希望，等等……

这是什么人给我的信，我看了非常的生疏，又非常的新鲜，但心里边都不表示什么同情，因为我总有一个印象，你晓得什么，你小孩子，所以我回你的信的时候，总是愿意说一些空话，问一问家里的樱桃树这几年结樱桃多少？红玫瑰依旧开花否？或者是看门的大白狗怎样了？关于你的回信，说祖父的坟头上长了一棵小树。在这样的话里，我才体味到这信是弟弟写给我的。

但是没有读过你的几封这样的信，我又走了。越走越离得你远了，从前是离着你千百里远，那以后就是几千里了。

而后你追到我最先住的那地方，去找我，看门的人说，我已不在了。

而后婉转的你又来了信，说为着我在那地方，才转学也到那地方来念书。可是你扑空了。我已经从海上走了。

可弟，我们都是自幼没有见过海的孩子，可是要沿着海往南下去了，海是生疏的，我们怕，但是也就上了海船，飘飘荡荡的，前边没有什么一定的目的，也就往前走了。

那时到海上来的，还没有你们，而我是最初的。我想起来一个笑话，我们小的时候，祖父常讲给我们听，我们本是山东人，我们的曾祖，担着担子逃荒到关东的。而我们又将是那个未来的曾祖了，我们的后代也许会在那里说着，从前他们也有一个曾祖，坐着渔船，逃荒到南方的。

我来到南方，你就不再有信来。一年多又不知道你那方面的情形了。

不知多久，忽然又有信来，是来自东京的，说你是在那边念书了。恰巧那年我也要到东京去看看。立刻我写了一封信给你，你说暑假要回家的，我写信问你，是不是想看看我，我大概七月下旬可到。

我想这一次可以看到你了。这是多么出奇的一个奇遇。因为想也想不到，会在这样一个地方相遇的。

我一到东京就写信给你，你住的是神田町，多少多少番。本来你那地方是很近的，我可以请朋友带了我去找你。但是因为我们已经不是一个国度的人了，姐姐是另一国的人，弟弟又是另一国的人。直接的找你，怕与你有什么不便。信写去了，约的是第三天的下午六点在某某饭馆等我。

那天，我特别穿了一件红衣裳，使你很容易的可以看见我。我五点钟就等在那里，因为我在猜想，你如果来，你一定要早来的。我想你看到了我，你多少喜欢。而我也想到了，假如到了六点钟不来，那大概就是已经不在了。

一直到了六点钟，没有人来，我又多等了一刻钟，我又多等了半点钟，我想或者你有事情会来晚了的。到最后的几分钟，竟想到，大概你来过了，或者已经不认识我，因为始终看不见你。第二天，我想还是到你住的地方看一趟，你那小房是很小的。有一个老婆婆，穿着灰色大袖子衣裳，她说你已经在月初走了，离开了东京了，但你那房子里还下着竹帘子呢。帘子里头静悄悄的，好像你在里边睡午觉的。

半年之后，我还没有回上海，不知怎么的，你又来了信，这信是来自上海的，说你已经到了上海，是到上海找我的。

我想这可糟了，又来了一个小吉卜西①。

这流浪的生活，怕你过不惯，也怕你受不住。

但你说，“你可以过得惯，为什么我过不惯。”

于是你就在上海住下了。

等我一回到上海，你每天到我的住处来，有时我不在家，你就在楼廊等着，你就睡在楼廊的椅子上，我看见了你的黑黑的人影，我的心里充满了慌乱。我想这些流浪的年轻人，都将流浪到哪里去，常常在街上碰到你们的一伙，你们都是年轻的，都是北方的粗直的青年。内心充满了力量，你们是被逼着来到这人地生疏的地方，你们都怀着万分的勇敢，只有向前，没有回头。但是你们都充满了饥饿，所以每天到处找工作。你们是可怕的一群，在街上落叶似的被秋风卷着，寒冷来的时候，只有弯着腰，抱着膀，打着寒颤。肚里饿着的时候，我猜得到，你们彼此的乱跑，到处看看，谁有可吃的东西。

在这种情形之下，从家跑来的人，还是一天一天的增加，这自然都说是以往，而并非是现在。现在我们已经抗战四年了。在世界上还有谁不知我们中国的英勇，自然而今你们都是战士了。

不过在那时候，因此我就有许多不安。我想将来你到什么地方去，并且做什么？

那时你不知我心里的忧郁，你总是早上来笑着，晚上来笑着。似乎不知道为什么你已经得到了无限的安慰了。似乎是你所存在的地方，已经绝对的安然了，进到我屋子来，看到可吃的就吃，看到书就翻，累了，躺在床上就休息。

---

① 吉卜西：通译吉普赛，一个以流浪著称的族群。

你那种傻里傻气的样子，我看了，有的时候，觉得讨厌，有的时候也觉得喜欢，虽是欢喜了，但还是心口不一地说："快起来吧，看这么懒。"

不多时就"七七"事变，很快你就决定了，到西北去，做抗日军去。

你走的那天晚上，满天都是星，就像幼年我们在黄瓜架下捉着虫子的那样的夜，那样黑黑的夜，那样飞着萤虫的夜。

你走了，你的眼睛不大看我，我也没有同你讲什么话。我送你到了台阶上，到了院里，你就走了。那时我心里不知道想什么，不知道愿意让你走，还是不愿意。只觉得恍恍惚惚的，把过去的许多年的生活都翻了一个新，事事都显得特别真切，又都显得特别的模糊，真所谓有如梦寐了。

可弟，你从小就苍白，不健康，而今虽然长得很高了，仍旧是苍白不健康，看你的读书，行路，一切都是勉强支持。精神是好的，体力是坏的，我很怕你走到别的地方去，支持不住，可是我又不能劝你回家，因为你的心里充满了诱惑；你的眼里充满了禁果。

恰巧在抗战不久，我也到山西去，有人告诉我你在洪洞的前线，离着我很近，我转给你一封信，我想没有两天就可看到你了。那时我心里可开心极了，因为我看到不少和你那样年轻的孩子们，他们快乐而活泼，他们跑着跑着，当工作的时候嘴里唱着歌。这一群快乐的小战士，胜利一定属于你们的，你们也拿枪，你们也担水，中国有你们，中国是不会亡的。因为我的心里充满了微笑。虽然我给你的信，你没有收到，我也没能看见你，但我不知为什么竟很放心，就像见到了你的一样。因为你也是他们之中的一个，于是我就把你忘了。

但是从那以后，你的音信一点也没有的。而至今已经四年了，你到底没有信来。

我本来不常想你，不过现在想起你来了，你为什么不来信。

于是我想，这都是我的不好，我在前边引诱了你。

今天又快到九一八了，写了以上这些，以遣胸中的忧闷。

愿你在远方快乐和健康。

给流亡异地的东北同胞书

沦落在异地的东北同胞们：

当每个中秋的月亮快圆的时候，我们的心总被悲哀装满。想起高粱油绿的叶子，想起白发的母亲或幼年的亲眷。

他们的希望曾随着秋天的满月，在幻想中赊取了十次。而每次都是月亮如期的圆了，而你们的希望却随着高粱叶子萎落。但是，自从八一三之后，上海的炮火响了，中国政府的积极抗战揭开，成了习惯的愁惨的日子，却在炮火的交响里，焕成了鼓动，兴奋和感激。这时，你们一定也流泪了，这是鼓舞的泪，兴奋的泪，感激的泪。

记得抗战以后，第一个可欢笑的“九一八”是怎样纪念的呢？

中国飞行员在这天作了突击的工作。他们对于出云舰的袭击作了出色的成绩。

那夜里，江面上的日本神经质的高射炮手，浪费的惊恐的射着炮弹，用红色的绿色的淡蓝色的炮弹把天空染红了。但是我们的飞行员，仍然以精确的技巧和沉毅的态度（他们有好多是东北的飞行员）来攻击这摧毁文化摧毁和平的法西斯魔手。几百万的市民都仰起头来寻觅——其实他们什么也看不见的，但他们一定要看，在黑魆魆的天空里，他们看见了我们民族的自信和人类应有的光辉。

第一个煽惑起东北同胞的思想的是：

“我们就要回老家了！”

家乡多么好呀，土地是宽阔的，粮食是充足的，有顶黄的金子，有顶亮的煤，鸽子在门楼上飞，鸡在柳树下啼着，马群越着原野而来，黄豆像潮水似的在铁道上翻涌。

人类对着家乡是何等的怀恋呀，黑人对着“迪斯”痛苦的向往，爱尔兰的诗人夏芝[①]一定要回到那“蜂房一窠，莱畦九垅”的“茵尼斯”去不可，水手约翰·曼殊斐尔（英国桂冠诗人）狂热的要回到海上。

但是等待了十年的东北同胞，十年如一日，我们心的火越着越亮，而且路子显现得越来越清楚。我们知道我们的路，我们知道我们的作战的位置——我们的位置，就是站在别人的前边的那个位置。我们应该是第一个打开了门而是最末走进去的人。

抗战到现在已经遭遇到最艰苦的阶段，而且也就是最后胜利接触的阶段。在贾克伦敦[②]所写的一篇短篇小说上，描写两个拳师在冲击的斗争里，只系于最后的一拳。而那个可怜的老拳师，所以失败了的原因，也只在少吃了一块“牛扒”。假如事先他能吃得饱一点，胜利一定是他。中国的胜利是经过了这个最后的阶段，而东北人民在这里是决定的一环。

东北流亡同胞们，我们的地大物博，决定了我们的沉着毅勇，正如敌人的家当使他们急功切进一样。在最后的斗争里，谁打得最沉着，谁就会得胜。

我们应该献身给祖国作前卫工作，就如我们应该把失地收复一样，这是我们的命运。

东北流亡同胞，为了失去的地面上的大豆，高粱，努力吧！为了失去的土地的年老的母亲，努力吧！为了失去的地面上的痛心的一切的记忆，努力吧！

谨此即颂

健康

（原刊1941年9月1日香港《时代文学》第1卷第4期）

---

① 夏芝：通译叶芝（1865—1939），爱尔兰诗人、剧作家。作品有《塔楼》、《旋梯》等。

② 贾克伦敦：今通译杰克·伦敦（1876—1916），美国作家，主要作品有长篇小说《马丁·伊登》等。

致许广平

许先生：

还是在十二月里，我听说霞飞坊着火，而被烧的是先生的家。这谣传很久了，不过我是十二月听到。我看到你的信，我才晓得那件事已经很晚了，那还是十月里的事情。但这次来的很好，因为关心这件事情的人太多，延安和成都，都有人来信问过。再说二周年祭，重庆也开了会，可是那时我不能去参加，那理由你是晓得的。你叫我收集一些当时的报纸，现在算起，过了两个月了，但怕你的贴报簿仍没有重庆的篇幅，所以我还是在收集，以后挂号寄上，因为过时之故，所以不能收集得快，而且也怕不全。这都是我这样的年青人做事不留心的缘故，不然何必现在收集呢？不是本来就应该留起的吗？

名叫《鲁迅》的刊物，至今尚未出。替转的那几张信，谢谢你。你交了白卷，我不生气（因为我不敢），所以我也不小气，打算给你写文的。不知现在时间已过你要不要？

《鲁迅》那刊物不该打算出得那样急，为的是赶二周年，因为周先生去世之后，算算自己做的事情太少，就心急起来。心急是不行的，周先生说过，这心急要拉得长，所以这刊物我始终计算着，有机会就要出的。年底看，在这一年中，各种方法我都想，想方（法）收集稿子，想法弄出版关系，即最后还想自己弄钱。这三条都是要紧的，尤其是关于稿子，这刊物要名实合一，要外表也漂亮，因为导师喜欢好的装修（漂亮书），因为导师的名字不敢侮辱，要选极好的作品，做编辑的要铁面无私，要宁缺勿滥，所以不出月刊，有钱有稿就出一本，不管春夏秋冬，不管三月五月，整理好就出一本，本头要厚，出一本就是一本。载一长篇，三两篇短篇，散文一篇，诗有好的要一篇，没有好的不要。关于周先生，要每期都有关于他的文章。研究、传记，……所以先想请你做传记的工作（就是写回忆文），这很对不起，我不该就这样指定，我的意思不是指定，就是请你具体的赞同。还请求茅盾先生，台静农先生……若赞同就是写稿。但这稿也并不收在我手里（登出一期，再写信讨来一段），因为内地警报多，怕烧毁。文章越长越好，研究我们的导师非长文不够用，在这一年之中，大概你总可以写出几万字的，就是这刊物不管怎样努力也不能出的话，那时就请你出单行本吧，我们都是要读的。导师的长处，我们知道得太少了，想做好人是难的。其实导师的文章就够了，绞了那么多的心血给我们还不够吗？但是我们这一群年青人非常笨，笨得就像一块石头，假若看了导师怎样对朋友，怎样谈闲天，怎样看电影，怎样包一本书，怎样用剪子连包书的麻绳都剪得整整齐齐。那或者帮助我们做成一个人更快一点，因为我们连吃饭走路都得根本学习的，我代表青年们向你呼求，向你要索。

我们这里一谈起话来就是导师导师，不称周先生也不称鲁迅先生，你或者还没有机会听到，这声音是到处响着的，好像街上的车轮，好像檐前的滴水。（下略）

萧红上　三月十四日

（原刊1939年《鲁迅风》旬刊第12期
“乱离中的作家书简”栏目）

编者后记

在中国现代文学史上，有一位性情率真、才华横溢的女性，仅以不足十年的创作历程，就在三十有一英年早逝的身后留下了不俗的文学成就，她就是萧红。人们知道萧红，也许是缘她的小说《生死场》，而她的散文也是那样杰出，因而鲁迅先生曾说她在散文创作方面“比谁都更有前途”（聂绀弩《回忆我和萧红的一次谈话》）。

萧红生前刊行的与散文有关的集子大约有六个，其中三个是短篇小说与散文合集：《跋涉》（与萧军作品的合集）、《桥》、《牛车上》；三个是散文集：《商市街》、《萧红散文》、《回忆鲁迅先生》。此外，生前尚未结集的散文尚有不少。仅此即可以见出萧红散文创作用力之勤，成果之富。

这本萧红散文的小集，首先收录的是她的散文名著《商市街》。这本散文集取材于她与萧军在哈尔滨一起度过的一段极其艰难的生活。虽然所叙写的仅是两个年轻人的一段生活，但应该说，至今读来，还是给人以深深的震撼。读完这些作品，男女主人公冻馁交加的窘境不能不给我们留下深刻的记忆；而追寻其后的背景，我们不仅会感受到一个城市、一个时代、一个民族的切身之痛，也许还会生出深广的人类之思。我们当然不应该忘记那些至今不肯认错的人们的可恶与可怜，但我们心头更应该涌起的是尊重人、尊重生命以及人们之间克己助人、友爱相处的坚定信念。

本书的第二部分，主要来自另外的几个集子；第三个部分，则主要是集外文。无疑，这些作品同样有自叙传的特点，但生活场景不同，视野也更为开阔，较为直接地触及了社会现实。其中写人的几篇，尤其笔致独到，有小说的细致，又有散文的洒落；文中的人物，真实生动，同样能引起人们的深长之思。而《放火者》、《长安寺》等篇，直接写到了日本侵略者对祖国大西南的狂轰滥炸，愤怒之情溢于言表。是的，从黑土地走来的作者，对日本侵略者的罪恶有着刻骨的记忆，对故乡有着铭心的眷恋，这些，在那篇《给流亡异地的东北同胞书》中，可以深深感受得到。

萧红与鲁迅先生有着深切的交往，无论是创作还是生活，先生及夫人许广平都曾给她以很大的帮助。这段亦师亦长的交往，自然在萧红的作品中有所反映。这个集子里，不仅收录了她的长篇回忆文字《回忆鲁迅先生》，还收录了其他两篇短记，以及致许广平的一封信。这些文字，比较全面地记述了鲁迅先生，笔触细腻，感情深挚，不可多得。萧红写给萧军的信也不少，但限于篇幅，本集只选收了一篇；此外，还选收了一封给弟弟的信。这样，回忆鲁迅先生的三篇文字和四封信，就归在一起，成为一辑。

关于萧红散文的风格，林非先生曾概括说："萧红的小说写得有散文的韵味，散文就更有散文的风格。"（《中国现代散文的借鉴与研究》）这风格，或许倒是"有小说的韵味"。读过了作品，自然分晓。

编　者

图书在版编目（CIP）数据

萧红散文/何璐璐选编．—上海：上海科学技术文献出版社，2013．1

ISBN 978-7-5439-5722-0

Ⅰ．①萧… Ⅱ．①何… Ⅲ．①散文集—中国—现代 Ⅳ．①I266

中国版本图书馆 CIP 数据核字(2012)第 319332 号

责任编辑： 张 树

封面设计： 戴东明

萧红散文

萧红／著 何璐璐／选编

*

上海科学技术文献出版社出版发行

（上海市长乐路 746 号 邮政编码 200040）

全 国 新 华 书 店 经 销

北京建泰印刷有限公司印刷

开本 150×230 1/16 印张 16 插页 2 字数 210 千字

2013 年 1 月第 1 版 2013 年 1 月第 1 次印刷

ISBN 978-7-5439-5722-0

定价：25.00 元

http：//www.sstlp.com